LEGENDARY AUTHORS
and the Clothes They Wore
名作家和他们的衣橱

[英]特莉·纽曼 / 著　林　燕 / 译

人民文学出版社　天天出版社

目录

导言	4
萨缪尔·贝克特	8
乔治·桑	14
约翰·厄普代克	20
阿尔蒂尔·兰波	24
格特鲁德·斯泰因	30
帕蒂·史密斯	36

标志性形象：眼镜	42
艾伦·金斯堡	43
罗伯特·克拉姆	44
乔伊斯·卡罗尔·欧茨	45
科内尔·韦斯特	45

大卫·福斯特·华莱士	46
西尔维娅·普拉斯	52
伊迪丝·西特韦尔	58
F.斯科特·菲茨杰拉德和泽尔达·菲茨杰拉德	64
马塞尔·普鲁斯特	70

标志性形象：西服套装	76
T.S.艾略特	77
盖伊·特立斯	77
布雷特·伊斯顿·埃利斯	78
埃德加·爱伦·坡	78
马克·吐温	79

杰奎琳·苏珊	80
弗兰·勒博维茨	84
乔·奥顿	88
西蒙娜·德·波伏娃	94

标志性形象：头发和胡须	**100**
苏珊·桑塔格	101
卡尔·奥韦·克瑙斯高	102
马尔科姆·格拉德威尔	103
迈克尔·夏邦	103
托妮·莫里森	104
欧内斯特·海明威	105
唐娜·塔特	106
科莱特	112
亨特·S.汤普森	118
多萝西·帕克	124
昆汀·克里斯普	128
琼·狄迪恩	134
弗吉尼亚·吴尔夫	140
杜娜·巴恩斯	146
扎迪·史密斯	152
奥斯卡·王尔德	156
标志性形象：帽子	**162**
佐拉·尼尔·赫斯顿	163
伊迪丝·华顿	164
索尔·贝娄	164
杜鲁门·卡波特	165
威廉·S.巴勒斯	166
詹姆斯·乔伊斯	170
南希·米特福德	176
玛雅·安吉洛	182
汤姆·沃尔夫	186
鸣谢	192
参考书目	193
图片来源	204

导　言

没有文学，时尚会走向何方？
——戴安娜·弗里兰[1]，《D.V.》，1984年

《名作家和他们的衣橱》这本书似乎涉及一个冒险的假设，即譬如说，把萨缪尔·贝克特的巨大价值与讨论他穿其乐牌（Clarks）袋鼠鞋捆绑在一起。然而在现实中，公众形象与人的穿着方式紧密相连，《等待戈多》的作者喜欢穿经典、舒适且永不过时的鞋子，这在很大程度上说明了他的个人品位，因而也说明了他的个性。书中列入的这些与众不同的个人，不仅是妙不可言的作家；他们的形象也妙不可言。

快节奏的时尚世界处于不断的变化之中，它根据季节运转，但设计师们在不断寻找，寻找可经久不衰并定义其形象的标志性内核。香奈儿这家时装屋拥有可即刻辨识的品质，这与加布里埃勒·可可·香奈儿本人拥有经久不衰的气质有重大关系。观看她接受采访，你能目睹她个性中的霸气：她是个专一、锐利、充满创意的女商人。就她而言，她永远正确，她不会浪费时间，让失望来妨碍自己。充满原创性的香奈儿服装，就是为这种特立独行、潇洒时髦、难缠但有趣的顾客打造

---

1. 戴安娜·弗里兰（Diana Vreeland，1903—1989），著名时尚专栏作家、编辑，曾任《时尚》与《时尚芭莎》杂志时尚编辑及纽约大都会博物馆服饰研究院顾问。

的。这个品牌之所以延续至今，正是因为它植根于一个知道自己喜爱什么的女人的冲动和性情。这个女人的好恶融入了公司的DNA，融入了那些金属链的细节和妥帖合身的袖子。真实对于长盛不衰至关重要，这就是为什么个性是成就精彩形象的关键：感觉和相信自己的言行举止和衣着打扮无不恰到好处，会转化成为不折不扣的魅力。倘若你是个我行我素、原创性十足的人，而且还能把所有这些都写出来，你的魅力就更上了一层楼。高档时装屋经常从作家那里发现灵感，其原因就在于此，这也是为何那些穿衣只为自己高兴、不受"时尚"限制的作家，却有无限的征服力。观看时装目录，仿佛阅读一本书：它是一座金矿，蕴藏着丰富的影响力、可参照性、可研究性和创造性。同样，一位作家的作品，集合了作家的生活、价值观、想象力、才华以及独特性。其中一些具有魔力的成分，必然渗入他们的衣橱，因此，审视我们最爱的作家的衣着，与讲故事一般让人心动。

时装屋经常在文学和文学才俊中挖掘想法和信誉。例如，昆汀·克里斯普、唐娜·塔特、亨特·S.汤普森，以及弗吉尼亚·吴尔夫和她的布鲁姆斯伯里派，他们都为T台系列提供了启示。新西兰设计师凯特·西尔维斯特的2015秋冬季展，就受到塔特的《校园秘史》的启发，而英国设计师亨利·荷兰的城市猎装系列，则受到亨特·S.汤普森着装风格的影响。时装屋也通过售书来与文学结缘：马克·雅克布斯[1]、川久保玲[2]和卡尔·拉格斐[3]的店铺搁架上，无不摆放具有收藏价值的艺术画册和不易寻觅的小众读物。阅读是时尚的。这听上去多少让人不悦，对那些不喜欢迎合时尚的人尤其如此，但书籍正在成为最有趣的配饰。你读什么，与你穿什么一样重要。作家的穿戴成为设计师创意的原始素材。因此，文学界与时尚界是同步的，图书馆员的极客时尚是一种必然会流行的形象。

同样，许多有趣的作家，将一些着装精华融进其

---

1. 马克·雅克布斯（Marc Jacobs），1963年生于美国纽约，美国知名时装设计师。

2. 川久保玲（Rei Kawakubo，1942— ），日本设计师，创建和领导了总部在东京的日本时尚品牌CDG（Comme des Garçons），该品牌名是法文，意为"像个男孩"。

3. 卡尔·拉格斐（Karl Lagerfeld，1933—2019），生于德国汉堡，香奈儿艺术总监、艺术家、摄影师。

作品的情节与场景。从《尤利西斯》到《第二性》，从《瓶中美人》到《追忆逝水年华》，那些小说捕捉到服装在交流功能上的创造性，让想象和内在的复杂性具有发人深省和富有挑战的维度。洞晓你最喜爱的人物的穿着，进而洞晓他们对自己所穿衣服的感受，这一额外要素所带来的纷繁复杂，拉近了读者与作者叙述之间的距离。知道詹姆斯·乔伊斯一度醉心于爱尔兰花呢，以致当过布料推销员；知道格特鲁德·斯泰因对艺术和文化拥有无可挑剔的鉴赏力，曾跨界去指导时尚设计师（女装设计师皮埃尔·巴尔曼在巴黎初试身手时，得到过她的鼓励和支持），这些都让人称心快意。而弗吉尼亚·吴尔夫有时会担心哪天帽子戴得不合适，这对于忠实读者和时尚追随者来说，也是一种安慰。

深入探讨作家的衣橱，以及他们描写衣着的方式，还能让人瞥见他们生活的世界和生活的瞬间。科莱特在其回忆录《回首往事》中写到1941年翻阅《时尚》杂志（Vogue），读至某页上描写一款"点缀了淡蓝色饰品的黑罗缎"礼服长裙。她接着谈到当时存在战时配给，蛋黄酱里没有鸡蛋，鞋子也不是皮革的，禁不住嘲笑时尚杂志期望她在如此这般的条件下穿丝绒长裙等等。战争刚刚结束，南希·米特福德就热心谈论迪奥"新风貌"[1]那令人难以置信的美丽。宽大的裙摆，以及为创造美好年代[2]式样的紧身梦幻使用大量布料，不用再受配额的限制，这些相比需要凑合度日的丑陋和匮乏岁月，似乎无比神奇。普鲁斯特的世纪末社会背景揭示了午宴着装与晚宴着装的复杂礼仪，在他所混迹的各类上流社会圈子，此一礼仪被认为是必要的要求。而多年之后，亨特·S.汤普森的《地狱天使》探讨了战后社会的亚文化，在此类亚文化中，那些被认为必要的标准，正在被统统抛向九霄云外。时尚是一部历史书，也是一面镜子，顺便了解一下何人在何时何地穿了什么，以及为何这样穿，增加了文化阅读的密度。

文学中贯穿了时尚的方方面面，无论是作家所用

---

1. 新风貌（New Look），法国服装设计师克里斯汀·迪奥（Christian Dior）在1947年推出的女装新款。
2. 美好年代（belle époque），指欧洲，尤其是法国在普法战争结束后至第一次世界大战开始前的一段黄金时期。

的词语，还是他们所穿的衣裳，往往都有内在的联系。伊迪丝·西特韦尔是个古怪的实验派诗人，实际上，她的形象也相当古怪和具有实验性。她戴装饰性的人造珠宝首饰，穿曳地黑色斗篷。西尔维娅·普拉斯的作品揭示了她饱受困扰的灵魂；但她的服装却让她看上去很克制、沉着——她自己搭配那些1950年代流行的单品，并穿着印花连衣裙，严整、精洁、端庄，它们成为她心灵的盾牌。她用衣着来掩饰自己的感情；循规蹈矩的穿着隐藏了她的焦虑。衣装隐匿和卫护了她真实的情绪——通过穿两件套开襟衫，戴珍珠项链，她甚至能够在罹患抑郁症最严重的时刻显得正常。在她精神崩溃、心烦意乱之时，扣紧衣服的纽扣是把一切藏之于内，面对一天日常的途径。

时尚乃即时的语言。
——缪西娅·普拉达，
《历史上二十五条最佳时尚名言》，
克里斯汀·阿尼森编辑，《魅力》杂志（*Glamour*），2011年

与此同时，威廉·S.巴勒斯则是一个疯狂的离经叛道者，我行我素，很少在意或关心主流社会对他的看法或希望。他的文字是先锋式的挽歌，让人洞悉他那疯狂的、引起幻象的情感和幻觉。为了抵挡怀疑，他的形象却正好相反，很端庄节制、书呆子气和循规蹈矩：彻底的伪装，一件可以让他的想象力天马行空的制服。然而，亨特·S.汤普森却向世界传递明确的信息。他的想法、文字、行为，以及他的猎装搭墨镜的着装理念，一目了然地体现了他的头脑、身体和精神的无政府反叛精神。

乍看上去，所有这些传奇作家的衣着与他们的观点之间，似乎并无明显的联系，但翻看他们的抽屉，个性就显露出来并逐渐展开。杜娜·巴恩斯、科莱特、琼·狄迪恩和F.斯科特·菲茨杰拉德都是不仅措辞明确，而且穿着也明确的著名作家，他们的衣着打扮往往是其情感和文字的公开表露。

萨缪尔·贝克特
SAMUEL BECKETT

他不戴帽子就无法思想。
——萨缪尔·贝克特,《等待戈多》,1952年

萨缪尔·贝克特从容不迫的优雅,可以佐证他那种坚定地不追时尚的雍容。倘若他活在今日,玛格丽特·霍威尔(Margaret Howell)、A.P.C.这样的时装设计品牌,最可能是CDG,都会试图诱惑他以他们的方式加入广告活动,或出现在时装秀台上。当然,他会拒绝:他拒绝一切。甚至1969年的诺贝尔文学奖,他都没有露面去领奖。据《纽约时报》报道,"找不到贝克特先生对获奖作出评论。据他的巴黎出版商说,他在突尼斯某处,联系不上,诺贝尔委员会的官员们都说不清他是否已获知得奖的消息。"甚至早在1959年,去都柏林三一学院参加颁发他名誉学位的仪式,对他就没什么吸引力:在给爱尔兰学者亚伯拉罕·利文撒尔的信(该信发表于《萨缪尔·贝克特书信集,第三卷:1957—1965》)中,他写道:"除了一套棕色旧西装,我没别的衣服,如果它不够体面,就让他们把那文学博士学位搁在他们那一大堆证书中吧。"但作家和社交名流南希·丘纳德看到这件西装时,她明白了他的风格,1956年,她称贝克特是"一尊无与伦比的墨

对页:
萨缪尔·贝克特,
1975年。

西哥雕像"。

贝克特的潇洒是个无人可比的奇迹。他的作品探索生活的荒唐与绝望,他的外表和性情却是谜一般的神秘。从风格上说,他既简约,又节制。他创造出一种性感又实用的外表,恰似他的文学作品一样经久不衰。贝克特的写作方法开创了新的天地,但他对衣服的选择则体现了持久、经典和可持续的眼光。他的日常穿着包括标志性的高领毛衣,披上就走的战壕风衣,柔软、实用和品位十足的其乐牌麂皮袋鼠靴,永不过时的圆镜片眼镜,结实耐用的阿伦毛衣,以及整洁的衬衫和领带。这是如今时尚男装系列所标榜、铜版纸印刷杂志中所展现的经典服装,是当代男人的时尚蓝图;身材修长的贝克特,不动声色地做到了。

贝克特生于十三日星期五——1906年4月13日。 对于迷信的人来说,这是个不吉利的日子。但那天恰好又是耶稣受难日。他喜欢这其中的讽刺意味。

贝克特就读于北爱尔兰恩尼斯基伦的波尔托拉皇家寄宿学校,曾获得那里的轻重量级拳击冠军。

贝克特是现代主义版的詹姆斯·狄恩[1]。他像狄恩一样长相俊朗,此外,他那摇滚歌星飞机头般的发型看上去让人眼熟,也很像不朽的特立独行者狄恩所营造出的那种精心修饰的造型。这是一种貌似冷漠、却很性感的招牌风格,它呼唤人用手将它揉乱,当然,同时还有更重要的事情需要思索。贝克特的关键剧作《等待戈多》发表于1952年,比狄恩的电影《无因的反叛》搬上银幕还早了几年。狄恩饰演的角色吉姆·斯达克哀叹道:"我不知道还能做什么,可能只有死。"在《等待戈多》中,贝克特笔下人物波卓的最后台词清晰地表达了同样的观点,甚至更加绝望:"他们让新的生命诞生在坟墓上,光明只闪现了一刹那,跟着又是黑夜。"贝克特十七岁时第一次把额发向上

---

1. 詹姆斯·狄恩(James Dean, 1931—1955),美国电影演员。

> 我忘记自己是谁,像个陌生人似的在自己眼前高视阔步,这种事时有发生,将来还会再次发生。
>
> ——萨缪尔·贝克特,《莫洛伊》,1951年

萨缪尔·贝克特与女演员伊娃·卡塔琳娜·舒尔茨,当时柏林席勒剧院正在上演他的剧作《开心的日子》,他指导她扮演温妮这一角色,1971年。

梳；而这种发型他以后留了一辈子——后来年事渐长，头发染霜，愈显优雅而有品位。

他也颇具幽默感，《等待戈多》有闹剧成分，也有对更广大世界的悲悯。贝克特的靴子似乎是了解人的思想的钥匙。他的人物埃斯特拉贡每天都在与鞋子做斗争，就像人类每天都在与生存搏斗。

贝克特悲天悯人，第二次世界大战期间，他在法国参加抵抗运动，后来被授予法国十字军功章，但他认为自己的勇敢不值一提，简单说成是"童子军的把戏"。他当年得到文学界大腕儿詹姆斯·乔伊斯的指导，他也以同样的方式鼓励年轻的剧作家哈罗德·品特。《萨缪尔·贝克特书信集，第一卷：1929—1940》中曾这样详细记述：1937年他写信给好友、爱尔兰诗人托马斯·麦格里维，透露他的导师在付钱时经常付他实物而非现金："我给乔伊斯校对清样十五小时，他付给我二百五十法郎……然后，他拿出一件旧大衣和五条领带，当作额外补偿！我没有拒绝。被人伤害比伤害人要容易得多。"

1970年代初，贝克特把一只如今已是经典款的古驰牌真皮水饺包作为自己的日常包。

乔治·桑
GEORGE SAND

我们谁没有一些需要化解的忧伤，一些需要摆脱的桎梏呢？
——乔治·桑，《马略卡岛的冬天》，1855年

乔治·桑1804年在巴黎出生，原名阿芒蒂娜-吕茜勒-奥萝尔·迪潘。在同时代人的眼中，她的生活方式惊世骇俗。她靠写作养活自己，和丈夫离婚，与男人和女人恋爱。她独立生活，我行我素地穿梭于巴黎和法国其他地方——高兴时经常穿男装，抽雪茄也是常事。对当今的许多女人来说，她是女权主义的象征。她质疑社会，拒绝社会的性别分类。在一个认为只有男人才该有职业生涯和野心并实现自我愿望的世界中，她的生活是成功的。她认定，所有这一切也是她想要的。

因为如此无拘无束，她也是浪漫主义的真正代言人：她寻求通过文字的艺术，来表达激情和能量，而且她挚爱自然所激发的情感。她热爱乡村那种简单的优雅。在1846年出版的著作《魔沼》的导言中，她写出了自己的生活哲学："看简单的东西吧，我亲爱的读者；看天空、田野、树木，看农民身上的善良与真实；你将在我的书中瞥见他们的身影，但在自然中，你会更好地看到他们。"她打算"写一个非常感人而

对页：
乔治·桑，
1864年。

裹在天鹅绒中的乔治·桑，1880年代中期。

且非常简单的故事"。

她的另外两部重要的田园小说《小法岱特》(1849)和《风笛手》(1852)，都折射出她在贝里地区祖母的诺昂庄园度过的田园诗般的童年。她四岁时，父亲骑马坠亡，她就搬到那里。十八岁时，祖母去世，她继承了五十万法郎，还有那栋房子，一位远房叔叔成了她的监护人。为了能够掌控自己的财产，她在1822年匆匆嫁给一位法国男爵的私生子弗朗索瓦·卡齐米尔·杜德旺。

她年轻时开始穿男装打猎。这个习惯在后来的生活中让她变得臭名昭著，尽管她二十三岁才开始摸索自己的写作风格，开始写她称为《奥维涅游记》的日记，回忆她在奥维涅的假日。她把自己描写成一个十六岁的少女，穿着典型的田园服装："肤色黝黑，但看上去生机勃勃。宛如那些野花，在没有艺术或文化的滋养下生长，但色彩欢快而艳丽。"

桑在自传《我毕生的故事》中，反思了自己古怪的着装选择，这些选择成了她标志性的风格。她的态度是实用，这一点很现代，远远超出了19世纪初贵族少妇的行为和穿衣准则。如今，松松垮垮的白衬衫、马甲和定制西服，经常作为女装出现在时装秀台上，但在1830年代，桑对男装的盗用违背了传统，具有开创性。她在《我毕生的故事》中描

> 乔治·桑认为，维克多·雨果那部1862年的作品《悲惨世界》含有太多的基督教成分。

> 乔治·桑的父亲莫里斯·迪潘与前波兰国王有亲戚关系；她的母亲索菲·德拉博德是养鸟人的女儿。

虚荣是最专制和邪恶的主人，我永远不能成为自己恶习的奴隶。

——乔治·桑，《妒忌：泰韦里诺》，1845年

小玛丽依然戴着头巾,她的前额是那样白皙、光洁,它拒绝让亚麻的白色在它上面布下阴影。虽然一夜没有合眼,但清晨的空气,尤其是如天空一样无瑕的灵魂深处的欢乐,以及被青春的谦恭所抑制的隐藏着的微微火焰,让她的面颊泛着微红,如四月初的桃花一样娇嫩。

——乔治·桑,《魔沼》,1846年

绘了这种实用性:"时尚帮助我伪装自己,因为男子穿又长又宽的礼服大衣,像个有产阶级。它们长及脚踝,一点不贴身,以至于有一天我哥哥在诺昂穿上他的大衣后对我说:'是不是剪裁得真不错?裁缝在岗亭里量的尺寸,这大衣适合整个团的人穿了。'我有一件灰粗布的'岗亭大衣',还有相配的裤子和马甲。戴上灰色的帽子,再围一条宽大的羊毛领巾,我看上去就像个一年级学生。"不过,乔治·桑从不囿于她经常穿的服装——在穿衣上,她擅长急转弯,而且非常极端,只要愿意,她经常一时兴起,身着礼服配珍珠项链去听歌剧。

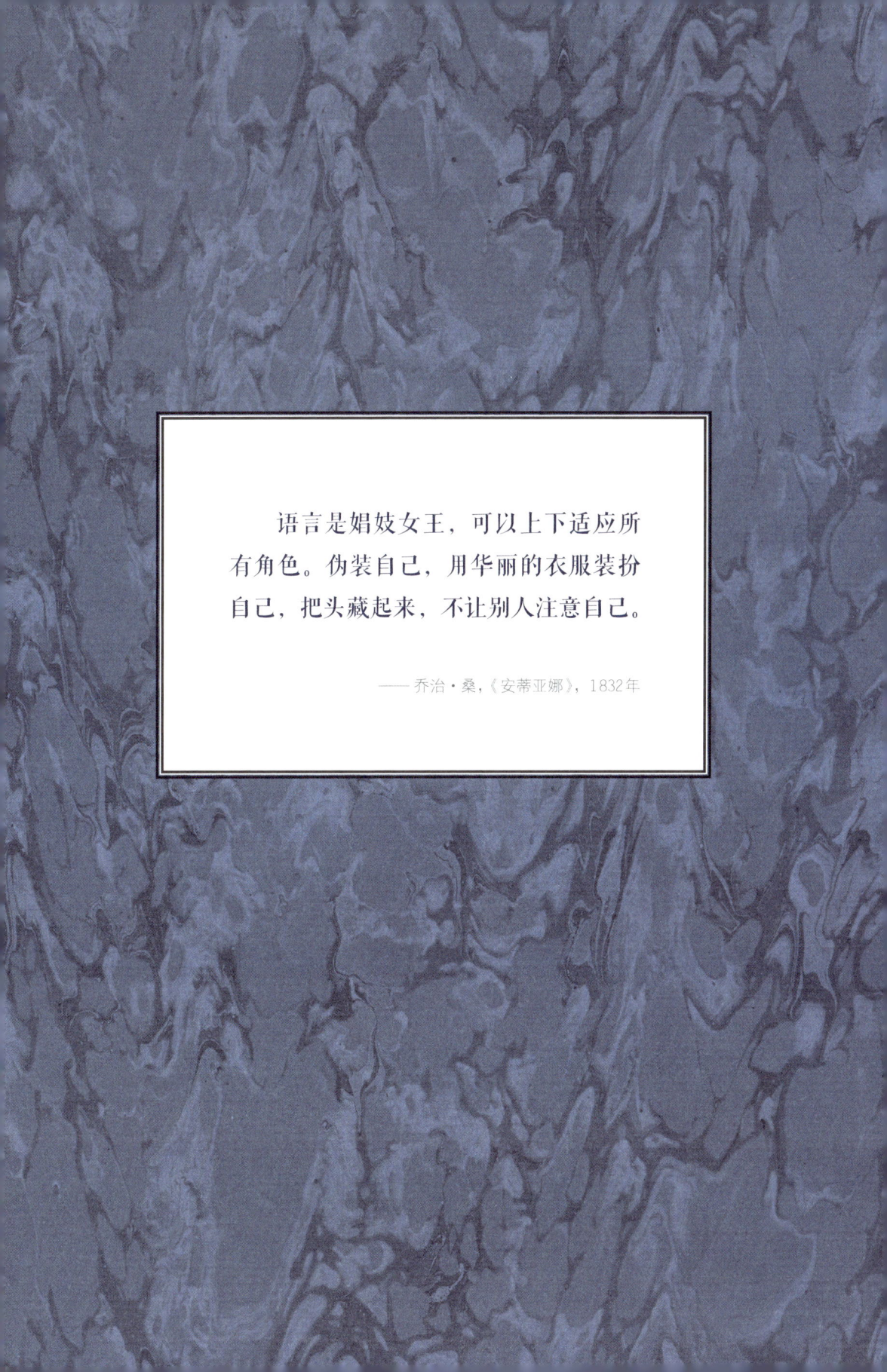

> 语言是娼妓女王,可以上下适应所有角色。伪装自己,用华丽的衣服装扮自己,把头藏起来,不让别人注意自己。
>
> ——乔治·桑,《安蒂亚娜》,1832年

约翰·厄普代克
JOHN UPDIKE

做一个真正的人比按自己的方式生活更重要。
——约翰·厄普代克,《兔子歇了》,1990年

并无大张旗鼓的宣传,约翰·厄普代克已悄无声息地被尊为美国所有时代最伟大的作家之一。他一生都在多产地发表作品,聚焦生存背后的故事,把20世纪美国郊区那些鲜为人知的、被埋没的普通人的生活,表现得活灵活现。他的短篇小说《A&P》1961年刊载在《纽约客》上,就是一个典型的例子,它详细描述了发生在当地一家杂货铺付款台前那些平淡无奇的时刻和反叛行为。

1960年出版的《兔子,快跑》是四部曲中的第一部,它们讲述了厄普代克笔下人物哈利·"兔子"·安斯特朗的故事。这些故事描写了1950年代到1980年代的美国,记述了主人公一家在每一个十年里的生活,以及普通美国人的梦想所遭遇的现实。他的主人公最初是个篮球明星,最后成了汽车推销员,尽管在最后一部小说《兔子歇了》中,人们看到他穿戴得像个"山姆大叔",走在小镇的游行队伍中,享受了社会小名流的最后荣耀。兔子的真实性还在更多的方面取胜,如今人们评价他的方式,正符合厄普代克的初衷:他很"典型"。

对页:
约翰·厄普代克,1955年前后。他二十二岁就在《纽约客》上发表了自己的第一篇故事。

1957年,厄普代克和妻子玛丽·彭宁顿以及他们不断壮大的家庭,欢天喜地地从纽约搬到马萨诸塞州的伊普斯威奇。在1968年接受《巴黎评论》的采访时,他承认:"离开那个由代理人、可能成名者和凑热闹瞎掺和者组成的文学风流圈,我确实没什么遗憾的;那个世界不能滋养人,只能扰乱人。"如今住到离波士顿不远的路边,他满怀喜悦、全身心地投入新的常态,人所共知的就是四处留情,充分享受欢快、隔绝的日常生活所带来的社交欢愉。

厄普代克1968年的小说《夫妇们》,是一场展现社会隐晦面的荒淫放荡的滑稽舞蹈。如同他的"兔子"系列,《夫妇们》有生动的历史背景:肯尼迪被暗杀和性革命设置了行为场景。新英格兰生活的铺垫,让厄普代克有了更多可以研究和审视的传统美国原型。他在《夫妇们》中描绘的生活,折射出他自己的生活。路易斯·梅南德在《纽约客》上撰文分析亚当·贝格利的厄普代克传记,他说《夫妇们》描述了"1960年代'后避孕药时代的天堂'",还有随之而来的所有考验和灾难。厄普代克本人在一场婚外恋后,于1974年与妻子离婚,并在1977年娶了情人玛莎·拉格尔斯·伯恩哈德。他俩住在位于波士顿以北二十英里的贝弗利农场的一所大宅子里,直到他2009年去世。

厄普代克本人的着装标准高于普通人。他的身材又高又瘦,很适

上图:
约翰·厄普代克在马萨诸塞州贝弗利农场的家中,1991年4月。

合美国东北部私校生讲究的着装风格。终其一生，他的着装都是时髦的、经过精心挑选的、传统的、自己搭配的。如同他的写作，简单舒适加时髦是他的着装风格。1960年代，约翰·厄普代克的单排扣西装外套、直筒西裤套装是现代主义气氛的回响，他的乱蓬蓬、青春洋溢的头发后面和侧面都剪得很短，前面额发稍长，看上去干净利索，与当时正在兴起的意大利风格的里维埃拉时尚有很多共通之处。在伍德斯托克[1]之前，这种风格在男装中颇为时兴。后来虽然年龄渐长，但他的着装风格却很少改变。粗花呢上装、绞花毛衣、领尖有扣子的衬衫和卡其布裤子，是他的主要衣着，也是他个人衣橱独特的组成部分。2012年，《智族》杂志（GQ）称他为时尚达人，他的着装方式成为21世纪男装的典范和时尚潮流。

约翰·厄普代克儿时想成为漫画家，1954年，他获得诺克斯奖学金，到牛津大学拉斯金绘画与美术学院学习。

1. 此处指1969年在纽约州伍德斯托克举行的世界上最著名的摇滚音乐节。

这些女孩走进来时，只穿泳衣。我在第三收款台，背对着门，所以没看到她们，直到她们走到摆放面包的地方。第一个引起我注意的，是那个穿上下分开的绿格子泳衣的女孩。她胖乎乎的，皮肤晒得黑红，屁股看上去宽宽的、软软的，大腿根部有两道白白的月牙，似乎太阳永远都照不到。我站在那里，手里拿着一盒HiHo牌薄脆饼干，忘记了是否已经打入它的价格。我又打了一遍，于是那个顾客开始闹翻了天。她是那种死盯着收款员的顾客，一个五十岁左右的老巫婆，颧骨上抹着胭脂，没有眉毛。我知道她为抓住我的小辫子而兴奋无比。

——约翰·厄普代克，《A&P》，1961年

阿尔蒂尔·兰波
ARTHUR RIMBAUD

人必须绝对现代。

——阿尔蒂尔·兰波,《地狱一季》,1873年

阿尔蒂尔·兰波阐明了过把瘾就死的青春哲学,他狂放不羁,十五岁就从家乡——法国小城夏尔维勒——逃到巴黎。1871年5月,他在写给朋友保罗·德梅尼的那封著名的"先知"信里,认为他只有通过"有意识地抛弃常理",才能成为一个"预言"诗人。于是他抛弃一切,投身于这样的一个世界:酗酒、吸毒、不洗澡,带着满身的虱子在城里四处游荡,与年纪比他大十岁的诗人保罗·魏尔伦恋爱,而后者的妻子正在怀孕。兰波就是一个年少轻狂、超众出群、肮脏贫贱与美丽的混合体。

兰波生于1854年,一百多年后,他的故事和作品成为披头族(beatnik)、嬉皮士、朋克摇滚乐手和艺术家的偶像参照物:他的著名崇拜者包括维克多·雨果(他称兰波为"婴儿莎士比亚")、吉姆·莫里森、帕蒂·史密斯、冲撞乐队、亨利·米勒和艾伦·金斯堡。兰波二十一岁后就拒绝再写诗歌,这是他最后一次无法无天的炫耀:他加入了荷兰军队,后来又开小差,最后消失在非洲。他在埃塞俄比亚度

对页:
十六岁的阿尔蒂尔·兰波,1870年。

过最后的岁月，零敲碎打地赚点钱——卖猎象枪、咖啡和香料。

在兰波身上，魏尔伦看到的是一个狂野不羁的少年，有一双穿透人心的蓝眼睛和残忍的若无其事：在兰波那一副质朴的漫不经心里，裹藏着好莱坞令人断肠者身上的一切基因。再加上，他还是个令人炫目的诗人。二人变得不可分离。

兰波的诗《我的波西米亚（幻想曲）》写于他十六岁之时，诗中短暂地触及了衣服对作家思想自由的作用；与魏尔伦对褴褛外套的价值的深刻捕捉相一致，兰波的诗句欢呼破外套和需要缝补的裤子的价值。兰波知道，他的衣服讲述了他的故事——他当时所在的地点、思想、言语和瞬间。若无真诚，年轻的游吟诗人一文不值，而他的衣服明确反映出这一点。时尚的追随者们之所以被邋邋遢遢和购买前已经破旧的名牌服装所吸引，原因就在于它那种先锋的感觉——衣衫不整、头发凌乱的模样，爆发出青春和若无其事的混乱的魅力。在今天，它是一种时尚宣言，但对兰波来说，它是艺术家真实的面貌。

十七岁时，兰波差不多已经成为他立志要做的那种真正的流浪诗人。他系着破布条打成的领结，不断逃跑，并因为逃票和无家可归被送进巴黎的监狱。只要衣服和外表也像他那样激进和反叛，它们就是长期流浪不可或缺的一部分。"我正在尽量让自己脏兮兮

普法战争期间，兰波当过国民警卫队员。

《捉虱子的人》这首诗，兰波写的是在夏尔维勒学校求学时他的老师乔治·伊藏巴尔的姨妈们，因为她们经常坐在那里，从他的头发上捉虱子。

兰波住在埃塞俄比亚时，曾与哈勒尔区总督拉斯·马康南成为挚友，后者是海尔·塞拉西皇帝的父亲。而拉斯塔法里运动[1]相信，海尔·塞拉西皇帝是上帝转世。

---

1. 拉斯塔法里运动（Rastafarian movement），又称拉斯塔法里教（Rastafarianism），是1930年代起自牙买加的一场黑人基督教宗教运动。该教信徒相信埃塞俄比亚皇帝海尔·塞拉西一世是上帝在现代的转世，是《圣经》中预言的弥赛亚重临人间。

无所事事的青春，成了万物的囚徒；
如此敏感的性情，虚掷了我的年华。

——阿尔蒂尔·兰波，《高塔之歌》，1872年

阿尔蒂尔·兰波,在埃塞俄比亚哈勒尔,1883年。据说他移居那里是为了咖啡生意,但实际上是为了休养他那紧张的身心。

的。为什么？因为我想当诗人，我在努力把自己变成先知。这一点你毫不理解，我也几乎无法向你解释。我的想法就是通过颠覆一切情感而触及未知。这涉及巨大的痛苦，但人必须坚强，必须是天生的诗人。我已经意识到我是个诗人。这真不是我的错。"

1886年，魏尔伦把兰波的诗作编撰成集，取名《彩图集》。多年后，这些杰作启发了一波又一波的自由思想者，包括：加缪和萨特等存在主义者，他们被隐喻诗《醉舟》所吸引；达达主义者，他们被兰波对社会的异见所唤醒；超现实主义者，他们拥护他对非理性的拥抱。一个十六岁少年稚嫩的声音，以及他在给诗人泰奥多尔·德·邦维勒的一封崇拜信中所传达的一切，现在依然让任何一个具有创造性的局外人激动不已，受到震荡："我快十七岁了。如人们所说，充满希望和可怕的年龄，我——一个被缪斯触摸过的孩子，如果这是陈词滥调，那就对不起了——已经开始表达我的信仰，我的希望，我的感情，所有诗人应该做的事情——我称其为春天……野心！啊！疯狂的野心！"

他给母亲起的绰号是"黑暗的大嘴"，因为她特别严厉，总是试图控制他。

格特鲁德·斯泰因
GERTRUDE STEIN

这都是那些黑暗岁月中的好时光,然后……他给我们带回了亲爱巴黎的一丝气息,还有织补袜子和床单的棉线,这就是皮埃尔。
——格特鲁德·斯泰因,《人和思想:皮埃尔·巴尔曼——巴黎时装的巨大新成功,黑暗岁月的回忆》,《时尚》,1945年

正如露西·丹尼尔的书《格特鲁德·斯泰因》所记载,1934年,时代广场的霓虹灯打出了"格特鲁德·斯泰因抵达纽约"的字样。她刚刚出版了《艾丽斯·B.托克拉斯自传》,此书的畅销推动了一次美国巡回演讲。它所讲述的,皆为格特鲁德的生活历险,却是从她的情人艾丽斯的角度来写的。为了这一演讲,斯泰因从巴黎抵达纽约,身穿一件手工制作的爱马仕外衣,这是她用《艾丽斯·B.托克拉斯自传》所得的收入对自己的款待。她在1937年的续作《每个人的自传》中叙述道:"我给自己买了辆八缸的福特新车,还有最贵的外衣,由爱马仕定制,裁缝是给赛马做马衣的人……我过去从未赚过什么钱,所以现在兴奋无比。"《纽约时报》着迷于她的外表,对此进行了详细描述,在1934年的一篇题为《格特鲁德·斯泰因抵达,她的明确反让记者困惑》的文章中报道说:"[她]身着粗花呢……脚蹬厚

对页:
格特鲁德·斯泰因在她的书桌旁,1936年。

厚的毛线长袜和圆头平跟牛津鞋。棕色的粗花呢上装遮住了宽大的樱桃色马甲,以及乳白色和黑色条纹相间的男士衬衫。帽子是典型的斯泰因帽……一顶欢快的帽子,让人觉得她仿佛刚从罗宾汉的林子里跳出来。"

她的写作风格也如她的着装方式一样不同寻常;她的革新性和充满力量的着装是她的招牌。她穿宽大的长袍和凉鞋、金线锦缎马甲,挂硕大的天青石挂件。她的头发剪得很短,是僧侣版的精灵短发,几乎每时每刻都戴一顶帽子。毕加索1905年的画作《格特鲁德·斯泰因》表现出作家典型的风格:一顶棕色丝绒小帽,配上堆叠起伏的长袍,白色海盗衬衫,领口别一枚琥珀扣襻。

> 在托斯卡纳艳阳的灼晒下,她是一个金棕色的存在,温暖的褐发闪着金光。她穿着一身温暖的棕色灯芯绒西装,戴着一枚又大又圆的珊瑚胸针,她说话时(这种时候很少),或大笑时(这种时候很多),我觉得她的声音是从那枚胸针里发出来的。它不似任何其他人的声音,深沉、圆润、天鹅绒一般柔软,好似一位伟大的女低音歌唱家的声音,仿佛两个声音。
>
> ——格特鲁德·斯泰因,
> 《艾丽斯·B.托克拉斯自传》,1933年

与艺术家和作家面对面进行深度私聊,在斯泰因的日常起居中是常事,这些人包括巴勃罗·毕加索、亨利·马蒂斯、T.S.艾略特、杜娜·巴恩斯、詹姆斯·乔伊斯、埃兹拉·庞德、让·科克托[1]、乔治·布拉克和欧内斯特·海明威。她把所有这一切倾注在她的自传中。她对天才们,以及她那个充满异国情调和创造性的知己关系网的家庭细节进行了不动声色的研究,迷住了读者。与毕加索的关系可算是成果最丰。他的立体主义时期与斯泰因本人对文学的立体主义手法

---

1. 让·科克托(Jean Cocteau,1889—1963),法国诗人、小说家、剧作家、设计师、艺术家和导演,代表作有《可怕的孩子们》等。

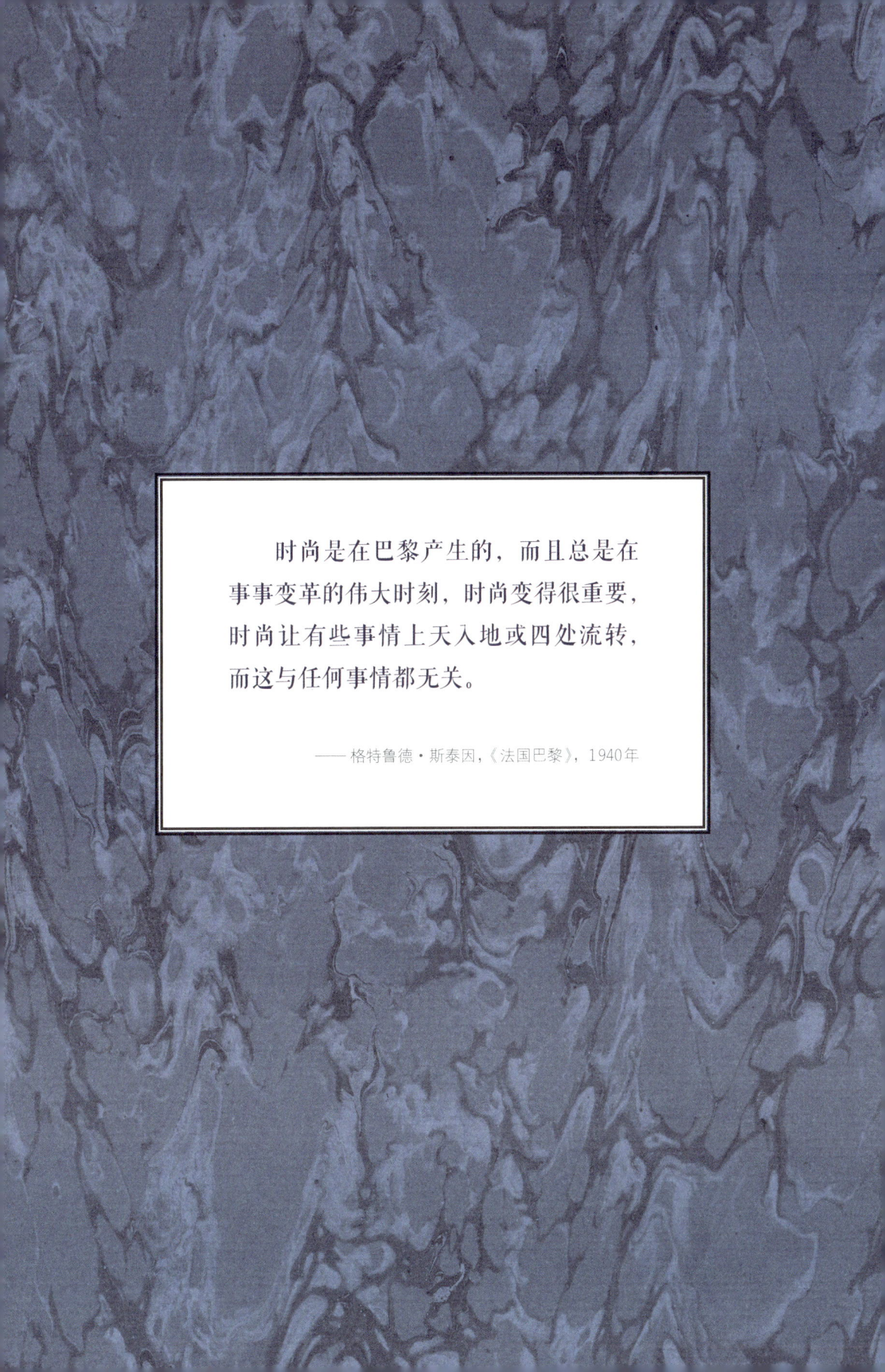

时尚是在巴黎产生的,而且总是在事事变革的伟大时刻,时尚变得很重要,时尚让有些事情上天入地或四处流转,而这与任何事情都无关。

——格特鲁德·斯泰因,《法国巴黎》,1940年

格特鲁德·斯泰因和艾丽斯·B.托克拉斯在法国东部山区一村庄的街道上遛她的狗"篮子"。

并行不悖。在他们的整个交往过程中，两人一起对各种艺术想法、可能性和哲学进行了游戏般的实验。

斯泰因在1940年的著作《法国巴黎》中，解释了漂亮帽子与民族活力之间的关系："艺术和文学颇为有趣，时尚是其中的一部分。两年前，人人都说，法国江河日下，正在沦为二等国家，等等。而我说，我认为不是那么回事，因为自从战争爆发，好多年了，帽子就没有像现在这样五花八门、漂亮可爱，而且这样法式……我认为，当一国特有的艺术和文学欣欣向荣时，这个民族是不会走下坡路的。再没有什么能比一个民族特有的艺术产品更准确地衡量一个民族的状态了，它与物质生活无关。因此，如果巴黎的帽子依然可爱，依然是法式的，而且四处可见，那么法国就没有问题。"

斯泰因最爱吃烤牛肉。她在诗集《柔软的纽扣》中，对此整整写了七大页。

1893年，格特鲁德在哈佛附属的女子学院拉德克利夫学院求学时，就在着装上另辟蹊径——一贯穿黑色衣服，从不穿当时习俗所要求的紧身胸衣。

亨利·马蒂斯送了斯泰因一幅他妻子戴帽子的画作，因为斯泰因赞叹过他妻子戴帽子的方式。

斯泰因的写作具有强大的影响力，萨缪尔·贝克特曾非常专注地研究过她的文学实验。在1937年写给朋友阿克塞尔·考恩的信中，他写道："格特鲁德·斯泰因的语素式写作更接近我的想法。语言的构造至少变得具有气孔，能被渗透。"格特鲁德·斯泰因的风格和本质都是复杂的、非正统的和无人尝试过的：她的作品很晦涩，她的时尚感不落俗套，她的品位是有远见的——而且是永恒的。

帕蒂·史密斯
PATTI SMITH

我的想象力一向丰富。我或者想着自己的事情，或者经常被别人所做的事情所吸引。

——帕蒂·史密斯，彼得·梅琴为"沙龙网"所作的访谈，2015年

帕蒂·史密斯是个多面手，她的才能从一个魔幻项目飞跃到另一个。对生活，她秉承不妥协的艺术态度，这意味着六十多年来，她一直在自发地创作和与别人合作。她的着装准则体现出她个性的精髓。她以无与伦比的本真发出震颤，听她唱歌或朗诵自己的诗，是在触摸生命的本质。

史密斯出生在芝加哥，家境贫穷。她生命的头几年在费城度过，后来去了新泽西。就是在那里，虽然文化缺失，但优雅的智性让她在十几岁时，就有了认真探究的精神。她先在工厂打了几份摧残灵魂的工，还有一次意外怀孕，然后在1967年去了纽约。在2010年的回忆录《只是孩子》中，她写道："二十岁那年，我穿着工装裤、黑色高领衫和我在卡姆登买的那件灰色旧风衣，登上公共汽车。红黄格图案的小箱子里，装着一些绘图铅笔、一个笔记本、《彩图集》、几件衣服，还有兄弟姐妹的照片……一切都在等待着我。"

对页：
帕蒂·史密斯，
1970年代中期。

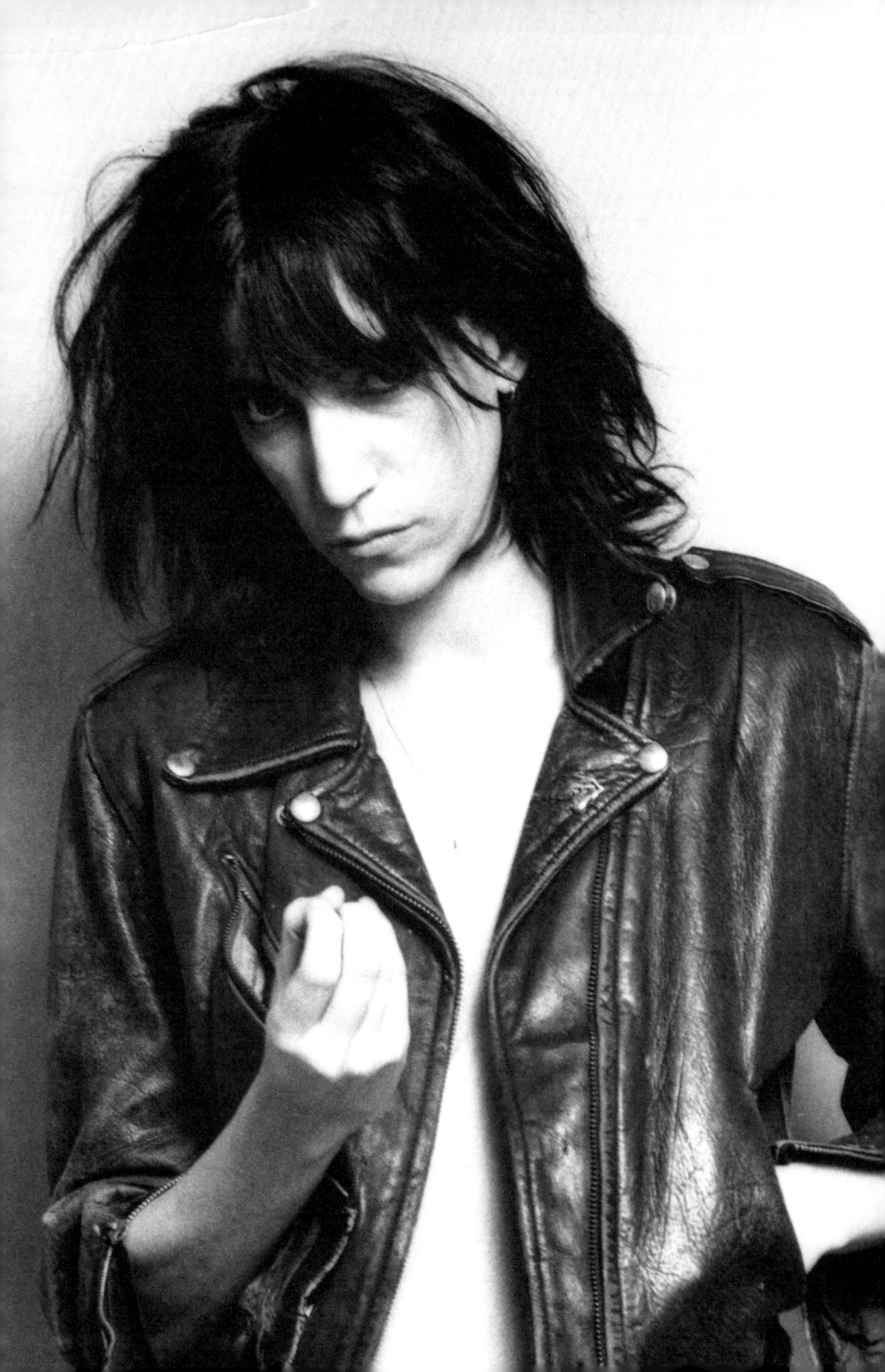

今天看来，史密斯引人注目的雌雄莫辨似乎是老生常谈，没什么怪的。但她在成长的过程中，却觉得自己的外表令人费解，直到她发现了艺术。如维克多·博克里斯在其未经授权的传记中所详述的那样，她说："艺术彻底解放了我。我发现了莫迪利亚尼[1]，我发现了毕加索的蓝色时期，我想，'看啊，这些人是大师，而女人们的身材都像我。'我开始把书里的画撕下来带回家，在镜子前摆姿势。"

同样，对她长大后要表现出女人味的期待，她也感到恐惧。2010年，她在接受《纽约时报》采访时说："还是个孩子时，我就知道自己不想要什么。我不想抹红色唇膏。当母亲说'你应该刮腿毛'时，我就会问'为什么？'我不明白为什么我们必须向外界展示一个不同的自己。"1975年，摄影家罗伯特·梅普尔索普为她的首张专辑《马群》拍摄了那张著名的迷人封面。她身着白衬衣和黑西装的形象，甚至概括了她现在对时髦的态度。她承认，这没什么大不了的；2014年，她在接受格雷格·科特为《芝加哥论坛报》所做的采访时说，"这就是我一贯的穿衣方式。"

对史密斯来说，不当回事是个标志性风格，此后这种风格一直浸润着她的着装理念，充满自由、典雅和灵感。但史密斯创建自己的形象并不容易，直到她来到"大苹果城"[2]，才明确变得自信。她在美国公共电视网（PBS）的一次访谈中回忆："我在成长过程

史密斯小时候最喜爱的书，是安徒生童话和蓬头安的故事[3]。

她十几岁时，曾想象阿尔蒂尔·兰波和鲍勃·迪伦是自己的男朋友。

2014年8月，她在电视犯罪片《谋杀》第四季第一集中客串一个小角色，一位神经外科医生。

约翰尼·德普过生日时，她没有送礼物，而是为他写了《九》这首歌。2012年她的专辑《邦加》收录了这首歌。

---

1. 阿梅代奥·莫迪利亚尼（Amedeo Modigliani，1884—1920），意大利表现主义画家和雕刻家。
2. 纽约市的昵称。
3. 美国著名画家、儿童文学家约翰尼·格鲁埃尔（Johnny Gruelle，1880—1938）的"蓬头安"系列作品。

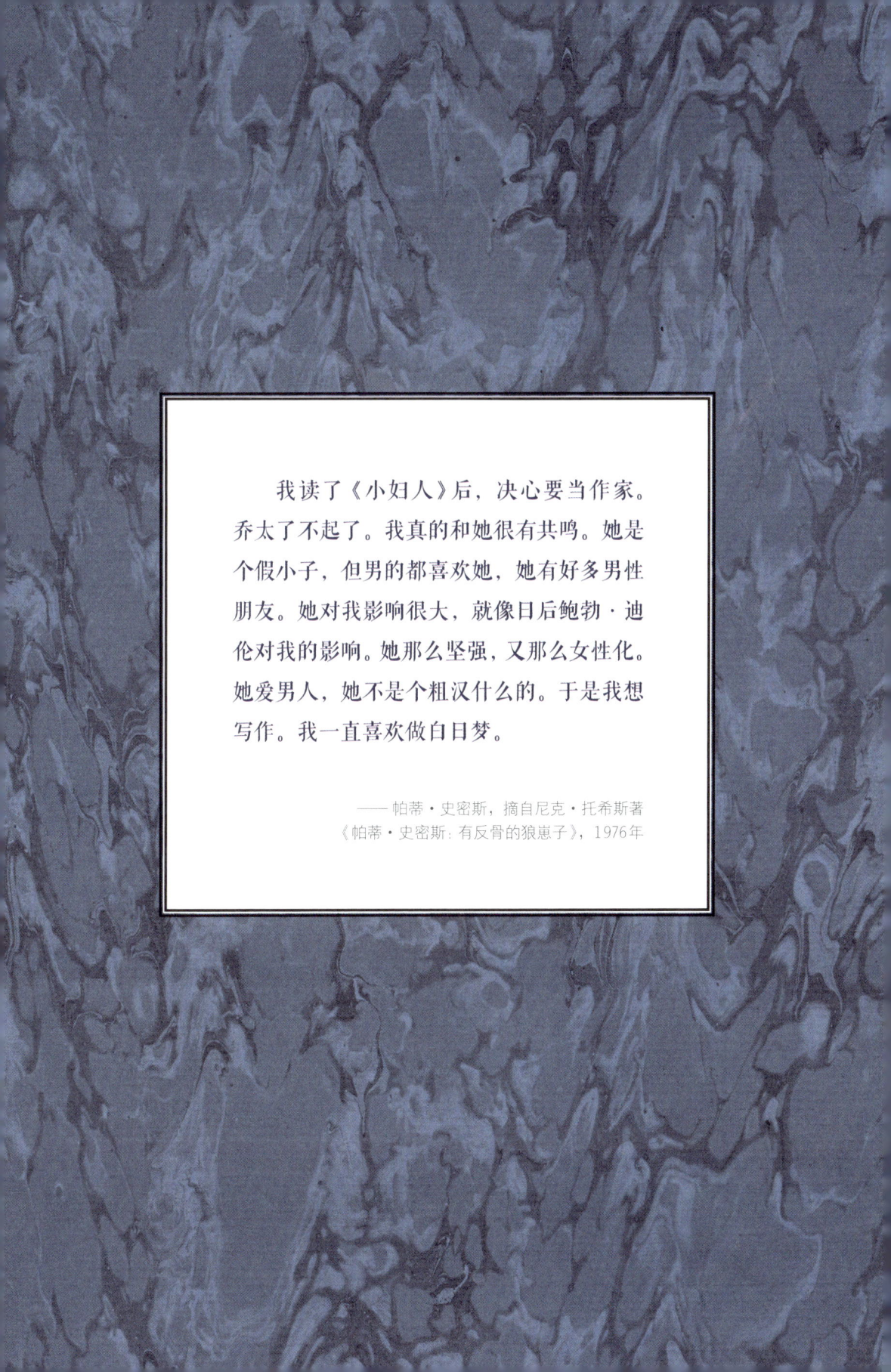

我读了《小妇人》后，决心要当作家。乔太了不起了。我真的和她很有共鸣。她是个假小子，但男的都喜欢她，她有好多男性朋友。她对我影响很大，就像日后鲍勃·迪伦对我的影响。她那么坚强，又那么女性化。她爱男人，她不是个粗汉什么的。于是我想写作。我一直喜欢做白日梦。

——帕蒂·史密斯，摘自尼克·托希斯著
《帕蒂·史密斯：有反骨的狼崽子》，1976年

帕蒂·史密斯在芝加哥格兰特公园劳勒珀鲁泽音乐节（Lollapalooza）的后台，2007年。

中受过很多次嘲弄,因为我很瘦,梳着油腻的辫子,穿得像个披头族。我确实与我长大的地方非常隔膜;我的样子与其他女孩不同,没有梳蜂窝发型[1]。而在纽约,我突然就融入了其他所有人。没有人在意。我不会被警察拦住。不会有人从车里冲我吼叫。我很自由。我认为这是纽约对我来说最大的意义——自由。"

在1970年代初,史密斯的诗给人的感觉是反常规的。梅普尔索普鼓励她写诗和表演这些诗,值得注意的是,她后来的一些作品纪念和赞美了他的为人和才华。如今她所写的作品似乎毫不费力地展现了现代性。

史密斯的文学源泉来自对艺术独特的、充满想象力的献身。她把各种媒介合成一体的方式现在已经司空见惯,但在当时却异乎寻常。她在美国公共电视网的访谈中继续解释道:"我很小就知道,威廉·布莱克画画,写歌,参加社会活动,写了这些诗,有自己的哲学思想,是个预言家。莱昂纳多·达·芬奇是科学家和艺术家。刘易斯·卡罗尔是摄影师、作家和诗人。我很早就非常欣赏这个主意。"

> 她是大陆漂移协会二十七位会员中的第二十三位,该协会是纪念德国地球物理学家阿尔弗雷德·魏格纳的一个俱乐部。

1. 1960年代的流行发型。

我不是音乐家。在写《马群》之前,我有十年工夫都在画画和写诗。我出版书。为什么人们总想知道我到底是谁?我是不是诗人?我到底是干这个的还是干那个的?我总是让人警惕。最初他们称我为摇滚诗人。然后我是涉足摇滚的诗人。然后我是涉足艺术的摇滚人。但对我来说,以不同的形式工作,似乎是个非常自然的过程。

——帕蒂·史密斯,摘自戴维·马尔谢塞著
《〈旋转〉杂志(SPIN)访谈:帕蒂·史密斯》,2008年

标志性形象：

眼镜

    戴眼镜是思想深邃的简略表达方式，尽管眼镜是学者们的经典装饰物，但它们已上升到真正的时尚高度。下文中的作者需要戴眼镜，而且他们喜爱的眼镜，已成为他们本身独特形象的一部分。

艾伦·金斯堡
ALLEN GINSBERG

　　高尚的知性主义贯穿披头族整个群体的目标和态度,艾伦·金斯堡的眼镜是对它的完美体现。他的作品《嚎叫》成为艺术上激进一代的圣歌。他一般都穿邋邋遢遢的裤子和不相配的上衣,但正是一副圆眼镜,将他的服装整合到一起。金斯堡从未打算成为时尚英雄:他有更重要的事情要做。但他的眼镜神圣不可亵渎,是他的脑力和洞察力的实际象征。

上图:
艾伦·金斯堡,1970年。

罗伯特·克拉姆
ROBERT CRUMB

罗伯特·克拉姆作为反文化漫画的祖师爷名扬天下。他于1960年代末移居旧金山，在那里创办了《活力先锋派》[1]，并创作了他那些著名的人物，其中包括"安琪芙德（Angelfood）"、"自然先生（Mr.Natural）"和"怀特曼（Whiteman）"。2016年，克拉姆在接受伦敦《卫报》的采访时承认，上学时他是个"异类"和"天生的怪胎"。如今，他戴尺寸略大的圆眼镜，这暗示了他的古怪。然而在1960年代末，他戴一副大方框近视镜，加上他那瘦高的身材，产生的形象若在21世纪，就会被认为是时尚界的一种时髦。他如今住在法国南部一座中世纪的古堡里。

1. 即"Zap Comix"，1960年代和1970年代的美国先锋漫画刊物。

左图：
罗伯特·克拉姆，旧金山，1969年。

对页，上图：
乔伊斯·卡罗尔·欧茨，1990年。

对页，下图：
科内尔·韦斯特，2003年。

乔伊斯·卡罗尔·欧茨
JOYCE CAROL OATES

乔伊斯·卡罗尔·欧茨著有四十多部小说，她戴上眼镜时，纤瘦、精致的面庞微微变得古怪和严肃起来。她在1970年代和1980年代所戴的大框眼镜，完全淹没和压倒了她的外表，以致她看上去仿佛戴了一副假面具。无论是否为了隐匿自己，欧茨的眼镜都比极客时尚早了几十年。她看上去古怪、冷静，而且有趣。到了21世纪，欧茨戴的是金边眼镜，镜片很薄，而且带颜色，小小的椭圆形镜框更适合她的脸型，是一种优雅老去的时尚。

科内尔·韦斯特
CORNEL WEST

科内尔·韦斯特是最早成为哈佛教授的黑人学者之一，他在那里任教至今。1994年，他名声最大的著作《种族问题》出版，讨论了当今美国的种族经济学和政治学。韦斯特的细边眼镜温文尔雅，有如他的传统白衬衫、黑西装和金袖扣。他看上去永远衣冠楚楚，在《纽约时报》的一次采访中，他说自己"随时准备好躺进棺材。我打了领带，穿着白衬衣，一切齐全。只要把我的蓬松头发整理好就行了"。然而，他的眼镜才是锦上添花之物。他在2009年的著作《无禁的生活和恋爱》中说，他毕生的工作就是"点燃我灵魂的火焰，让我的知识奏成的蓝调，去点燃他人"。

大卫·福斯特·华莱士
DAVID FOSTER WALLACE

每个人未说出的秘密都是一样的,即相信内心深处的自己与众不同。

——大卫·福斯特·华莱士,《无尽的玩笑》,1996年

每一个十年的文化产品都体现了这个十年的精神,反观过去时,才往往可能看到在一个时代中个性的融合。时尚是区分一代人声音的绝佳起点。从过于简单的层面说,1980年代是权力套装的时代,品牌服装体现了已经站稳脚跟的消费主义所呈现的巨大财富螺旋式增长。而在战后的1950年代,乐观主义深入骨髓,那时的服装,即欢快的阿尔卑斯少女系樱桃派印花裙,配上嗖嗖甩动的马尾辫,也反映出这一点。与此同时,曾在颓废、放纵的1920年代活跃的富人们穿戴着皮草镶边的大衣和白领结组成的全套服装奔赴派对。

1990年代混杂着各类自由形式的艺术,而大众文化得以幸存。时尚的分支自由发展,从垃圾摇滚风,到海洛因时尚,到美国设计师汤姆·福特打造的1995年古驰天鹅绒与锦缎系列的光彩照人,再到比利时设计师马丁·马吉拉打造的1994年皮毛假发和山羊蹄式分趾靴的解构风格代码。华莱士的写作风格分解和传递了大量细节,仔细审视周

对页:
大卫·福斯特·华莱士,伊利诺伊州香槟-厄巴纳市,1996年。

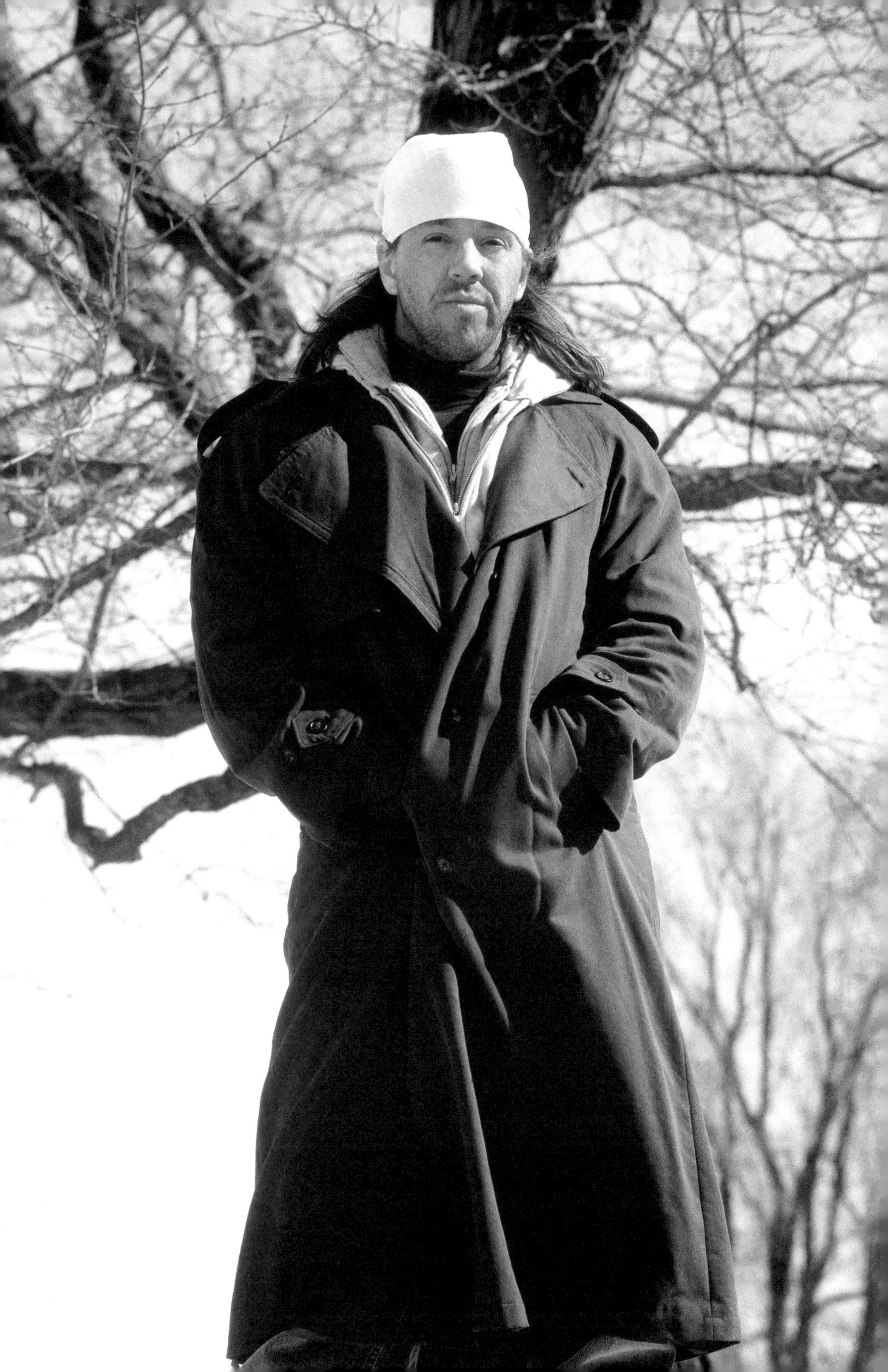

大卫·福斯特·华莱士，纽约市，2005年。

> 如果你崇拜金钱和物质 —— 倘若那是你生活的真正意义所在 —— 那么，无论拥有多少，你都会觉得不够。你永远不会满足。这是真理。崇拜自己的身体、美貌和性魅力，你将会永远嫌弃自己丑陋，而当岁月和年龄的痕迹开始显现，在死亡终于给你致命的一击之前，你早已死过一百万次。
>
> —— 大卫·福斯特·华莱士，《这是水：就如何活出共情人生的几点想法，在一次重要场合的演讲》，2009年

围的世界，再作为逸事重新包装。他说过："虚构作品就是讲述他妈的人是怎么回事。"他的虚构作品就是讲述1990年代的多角度现实世界。

华莱士颇有魅力的着装风格兼具懒人风和滑板高手风。他不刮脸，头发长而油腻，皱巴巴的T恤衫和褪了色的牛仔裤随随便便套在身上。他栖居于自己的衣服之中。他的着装准确地反映出他是何许人 —— 摇滚歌星的文学翻版，再加上那点睛之笔印花头巾，就大功告成了。奠定华莱士风格的头饰，并非缘于追随《时尚》的季节潮流预测。相反，它象征着一位善于思考、极擅表达、胆战心惊的作家的脑部空间，该作家试图揣摩他所生活的世界。这是他的心灵完全真诚的延伸，在1990年代那个迅速拼凑出真相的世界，华莱士孤独的反省现在看来似乎颇能唤起记忆。

华莱士成长于中西部，他家在那里过着安逸的生活，但他的头脑并不安分。在阿默斯特学院[1]就读时，他曾因抑郁症而住院。他在该学院杂志上发表的第

《无尽的玩笑》由577608个单词组成。

大卫·福斯特·华莱士最喜爱的书是C.S.路易斯的《地狱来鸿》。

---

1. 位于马萨诸塞州，美国最好的文科学院之一。

一个短篇小说是半自传体的，讲述了他与那一疾病的斗争。到2008年自杀时，他已经接受了十二个疗程的电击治疗，以前也曾有过一次自杀的企图。他酗酒，吸大麻，参加嗜酒者互诫协会。他放弃服用抗抑郁药物拿地尔，但最终发现不吃药，生活就变得难以忍受。他的写作诙谐、机敏、尖锐、痛苦。他诚实地写作，他那些卷帙浩繁的元文本作品是复杂和诚恳的，表达了对乐观选择的渴求。

格林和米尔德丽德·邦克，还有与T.杜西合住一间活动房的另一对夫妇，他们经历过这样一个时期，不时参加学院里各种不同的聚会，与学院的高端人士混在一起，二月里有一次，格林发现自己在哈佛大学的宿舍，他们正在那里参加一个好似沙滩主题的聚会，在公用起居室那层楼，地上铺了一翻斗卡车的沙子，每人脖子上都挂着一串鲜花，皮肤因擦了润肤霜或去了日光浴美黑沙龙而呈现出古铜色，所有浅黄头发的家伙穿着不掖在裤子里的大花衬衫，带着死板、高贵的神情，在屋子里走来走去，喝着杯里插着小伞的鸡尾酒，或者穿着速比涛泳裤，上身光膀子，后背光溜溜的，连他妈的一粒粉刺也没有，假装在冲浪板上冲浪，那冲浪板被人钉在蓝白纸屑做成的驼峰状海浪上……米尔德丽德·邦克穿着从啤酒桶聚会的一堆衣服里扒出来的一条草裙和比基尼胸罩，即便已经怀孕快七个月，仍然扭着屁股，加入摇摇摆摆的大拨人群中。

——大卫·福斯特·华莱士，《无尽的玩笑》，1996年

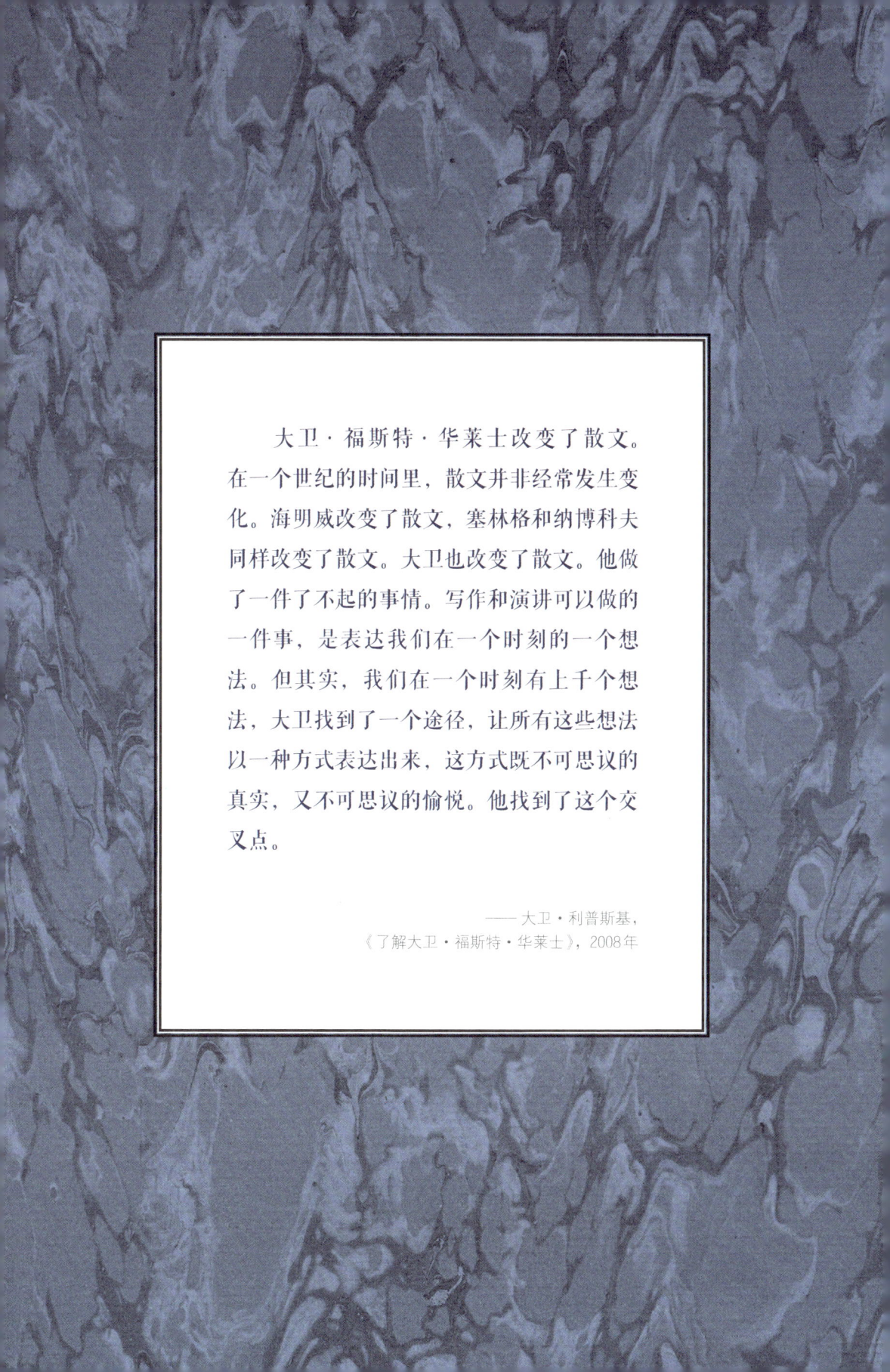

> 大卫·福斯特·华莱士改变了散文。在一个世纪的时间里，散文并非经常发生变化。海明威改变了散文，塞林格和纳博科夫同样改变了散文。大卫也改变了散文。他做了一件了不起的事情。写作和演讲可以做的一件事，是表达我们在一个时刻的一个想法。但其实，我们在一个时刻有上千个想法，大卫找到了一个途径，让所有这些想法以一种方式表达出来，这方式既不可思议的真实，又不可思议的愉悦。他找到了这个交叉点。
>
> ——大卫·利普斯基，
> 《了解大卫·福斯特·华莱士》，2008年

西尔维娅·普拉斯
SYLVIA PLATH

顺便说一句，生活中的一切都是可以书写的，只要你有示人的胆量这样做，并且有即兴创作的想象力。创造性的最大敌人是自我怀疑。

—— 西尔维娅·普拉斯，《西尔维娅·普拉斯未删节日记集》，1950—1962年

她看上去就像1950年代的一个梦。美国东北部私校生流行的里外两件套、双圈珍珠项链、夏季衬衣式连衣裙，是这些形象帮助建造了她的神话。但有如她的散文和诗歌讲述故事的方式，西尔维娅·普拉斯的服装起的是一种虚构作用。她把服装，或者说试图把服装作为抵挡世界的盔甲，以演绎出一个更强大、更忙碌和更有用的自我。1950年代的着装典范，在今天看来似乎陈腐到滑稽的地步，但如普拉斯在她的小说《瓶中美人》中所讲述，那时的社会现实可以令女性窒息。

现在看起来，普拉斯的制服式着装，更像是她为了让自己不崩溃而在扮演一个角色。她第一次企图自杀是在1953年，当时她已在纽约的《小姐》杂志（*Mademoiselle*）成功地当了一个月的学生客座编辑。如伊丽莎白·温德尔在关于普拉斯经历的书中所详述，她喜欢盛装打扮，在从马萨诸塞州去纽约之前，她把史密斯学院宝贵的奖学金都花

对页：
西尔维娅·普拉斯，1950年代中期。

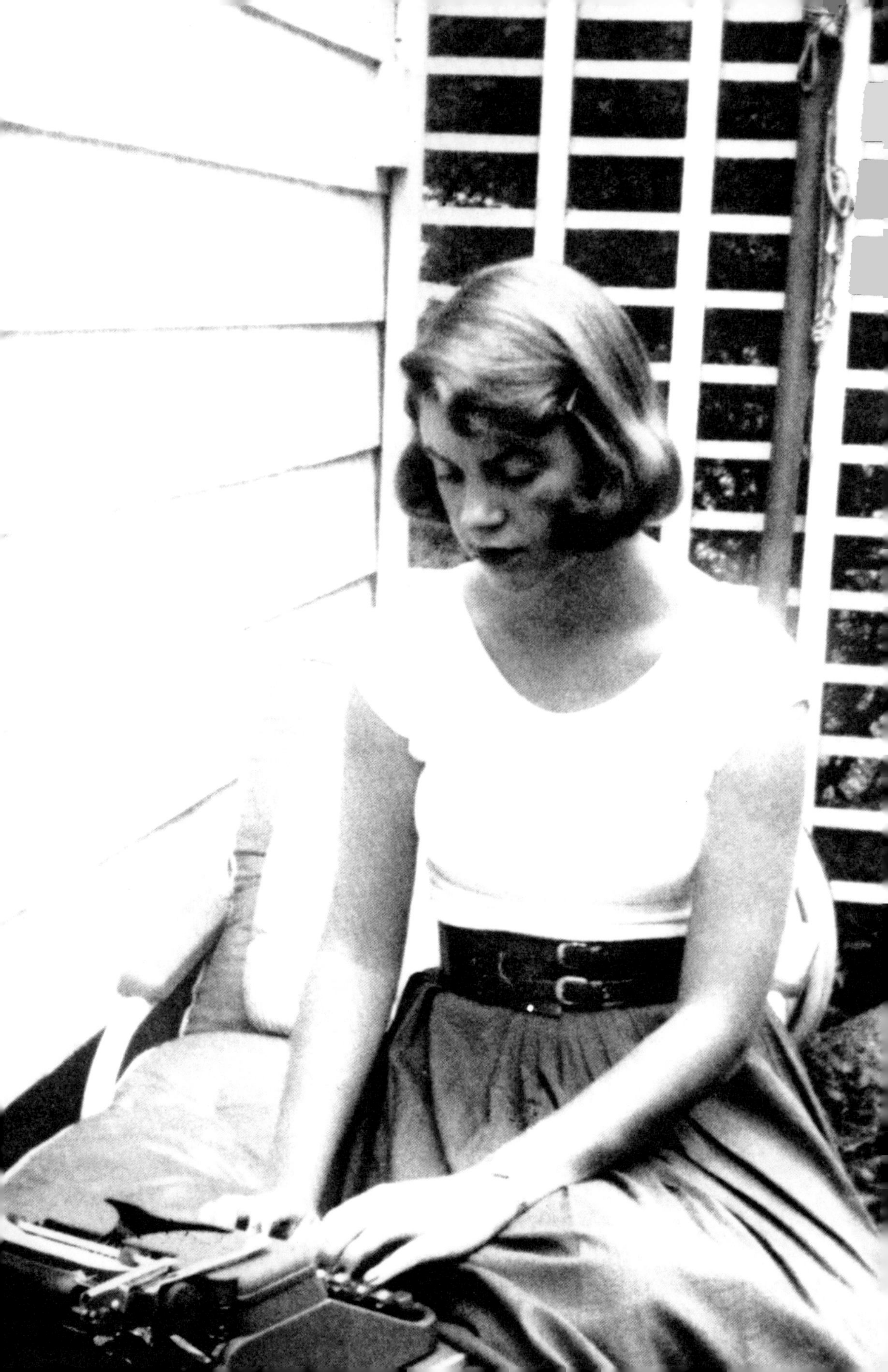

在了购买"纯尼龙衬衫、灰色直筒裙、黑色紧身毛线衫和黑色高跟鞋"上。她希望自己看上去属于曼哈顿，能够直接融入《小姐》杂志的世界——而当时，对美国多数出类拔萃并在学术上有竞争力的二十一岁女人来说，那世界是非常严酷的。

服装等同于成功、受人欢迎的程度和特权，可以保护她自身。对普拉斯来说，它们是圈内人和才干超群的暗语。但这个盔甲上却存在裂纹。就在去世前几年，普拉斯认识了诗人露丝·芬莱特，后者能够看到表面之下更深层的内里，明白普拉斯的衣着只是伪装。2013年，她在伦敦《卫报》上发表了一篇特写，回忆道："我的第一印象是，一个内心燃烧着勃勃雄心和智慧才华的年轻女人，试图伪装成恪守常规、忠诚奉献的妻子。她戴着一顶小帽，身穿宽下摆、闪闪发光的紧身墨绿色连衣裙——好似我在纽约的一个姑妈，穿成要去参加鸡尾酒会的样子。那种伪装近乎过度。"

为纪念詹姆斯·乔伊斯史诗般的小说《尤利西斯》，西尔维娅·普拉斯与特德·休斯在1956年6月16日结婚，因为小说中的故事发生在1904年6月16日这一天的时间里。6月16日被尊为"布鲁姆日"，在全世界，人们通过重演这个故事的某一部分来纪念这一天。

普拉斯说，与世界上任何别处相比，她更愿意住在伦敦，1959年，她在摄政公园附近的樱草花山租了一套公寓，诗人威廉·巴特勒·叶芝也曾居于那一地区。

1961年8月，普拉斯完成了《瓶中美人》。它以维多利亚·卢卡斯的笔名发表，因为精确地说，它讲述的是一个自传体故事，而她不想得罪朋友和家人。它透过女主人公埃丝特·格林伍德的伪装，重新讲述了普拉斯在纽约为《小姐》杂志工作的时光。在离开曼哈顿时，埃丝特对那种肤浅生活大失所望，强烈到她扔掉了自己所有的漂亮衣裳。这正是普拉斯本人在离开《小姐》的世界而返回家乡时的所作所为。

普拉斯1932年生于波士顿，1958年，她与新婚丈夫、英国作家特

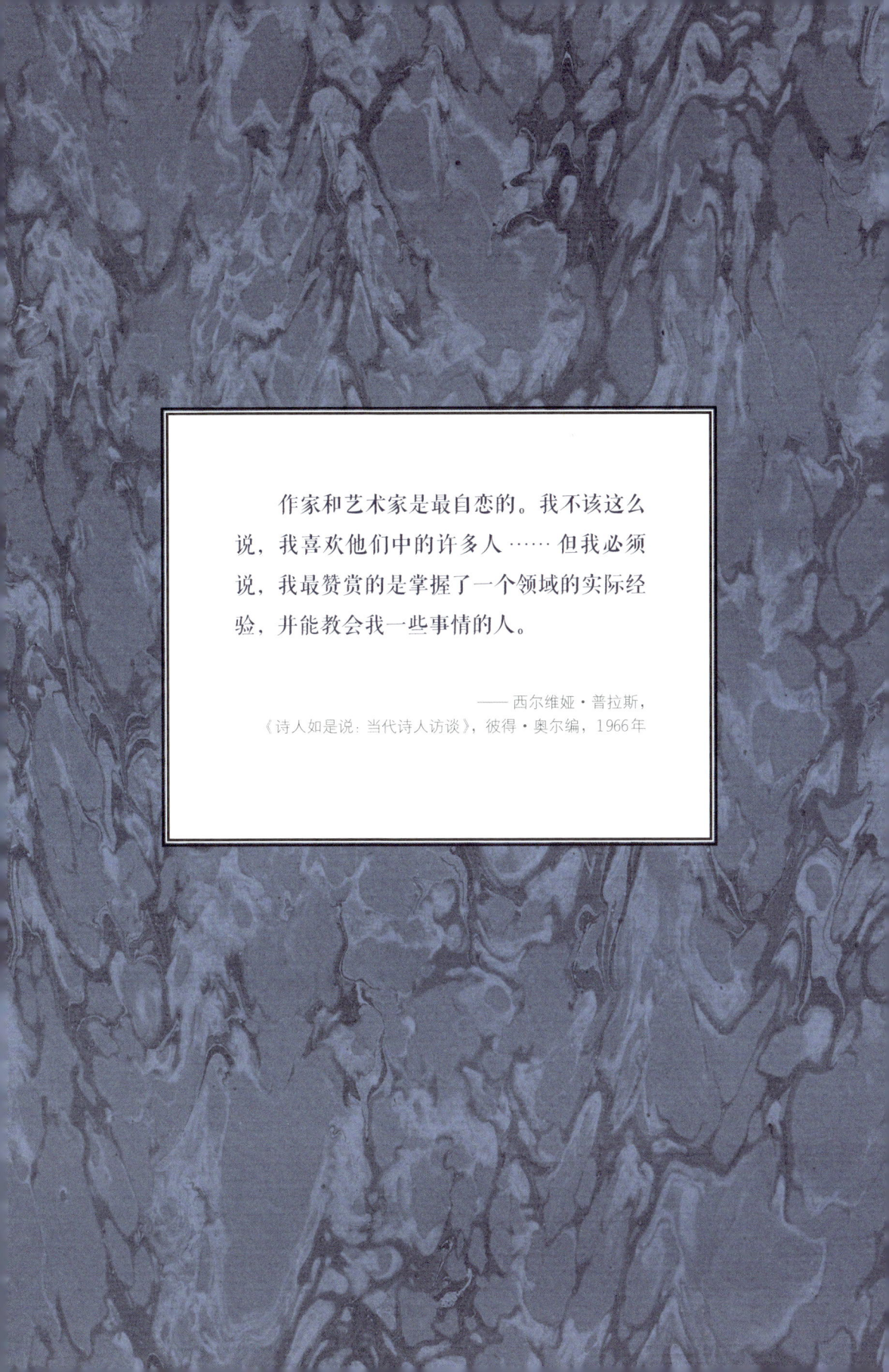

> 作家和艺术家是最自恋的。我不该这么说，我喜欢他们中的许多人……但我必须说，我最赞赏的是掌握了一个领域的实际经验，并能教会我一些事情的人。
>
> ——西尔维娅·普拉斯，
> 《诗人如是说：当代诗人访谈》，彼得·奥尔编，1966年

西尔维娅·普拉斯，1957年。

德·休斯一起重返故里。同年，她还和她的朋友、作家安妮·塞克斯顿一起参加了诗人罗伯特·洛威尔举办的诗歌研讨会。人们认为是塞克斯顿鼓励普拉斯找到了自己"自白"的声音，而且大约就是在这个时候，普拉斯的写作变得更加成熟和完善。

普拉斯痛苦和愤怒的声音，不仅是在回应让她倍感挫折的社会，而且来自于她压抑的精神错乱，可能还来自于她八岁时突然丧父。普拉斯所感到的困惑和悲痛始终未能化解，她曾在他死后宣布，"我再也不和上帝对话了。"1962年，她写了一首名为《爸爸》的诗，她在最后写道："爸爸，爸爸，你这浑蛋，我解脱了。"这首诗写完几个月后，她在伦敦公寓里最后一次尝试自杀，终于如愿以偿。她身后留下两个年幼的孩子。

西尔维娅在伦敦老贝利街法院的记者席上，观看了对D.H.劳伦斯的《查泰莱夫人的情人》的有伤风化罪审判。

这是我的最后一夜。

我抓住自己抱着的那捆衣服，拽着苍白的一头往外抽。一条无肩带的松紧长衬裙落到我手中，这衬裙已经穿得没有弹性了。我挥舞着它，像挥舞一面休战旗，一次，两次……微风擒住了它，我松开手。

一小片白色飘入夜空，开始慢慢下降。我不知它会歇息到哪条街或哪片屋顶……

一件又一件，我把我的全部衣服送入夜风，那些灰色的碎片震颤着，仿佛心爱之人的骨灰，它们飘走了，在纽约漆黑的心脏，散落在这里、那里，确切是哪里，我永远不会知道。

——西尔维娅·普拉斯，《瓶中美人》，1963年

伊迪丝·西特韦尔
EDITH SITWELL

我不会梦想追随时尚……人怎么可能每三个月就变成另外一个不同的人呢?

——伊迪丝·西特韦尔,摘自伊丽莎白·索尔特著《一个反叛者的最后岁月》,1967年

对页:
伊迪丝·西特韦尔,
1937年。

贵族作家伊迪丝·西特韦尔用扩音喇叭朗诵自己的先锋诗作,还为其配上音乐。她是一只笨拙的天堂鸟,她在视觉上的夺目形象也像她的文学作品一样,让人难以忘怀。从风格上讲,她类似意大利超现实主义者、艺术家和时装设计师艾尔莎·夏帕瑞丽。如那位意大利时尚女达人,戏剧性也是西特韦尔夸张形象的关键,她的艺术加手工艺式的波西米亚生活方式亦是如此。她有一种摄人心魄的着装魅力。西特韦尔并非传统意义上的美女,因此她的招牌缠头是一种俊美的、充满异域风情和乌托邦意味的装扮。

伊迪丝着装理念的戏剧感反映出她的文学手法。1922年,她第一次表演朗诵组诗《门面》。在伦敦的家中,从厚厚的窗帘背后,她吟咏了配上音乐的概念诗行。她声称是斯特拉文斯基[1]启发了她作品的节奏,当今许多人觉得她是现代说唱的鼻祖。西特韦尔精妙和具有强烈韵律的语言,如她的

---

1. 斯特拉文斯基(Igor Fyodorovich Stravinsky,1882—1971),生于俄国,是20世纪最重要和最有影响力的作曲家。

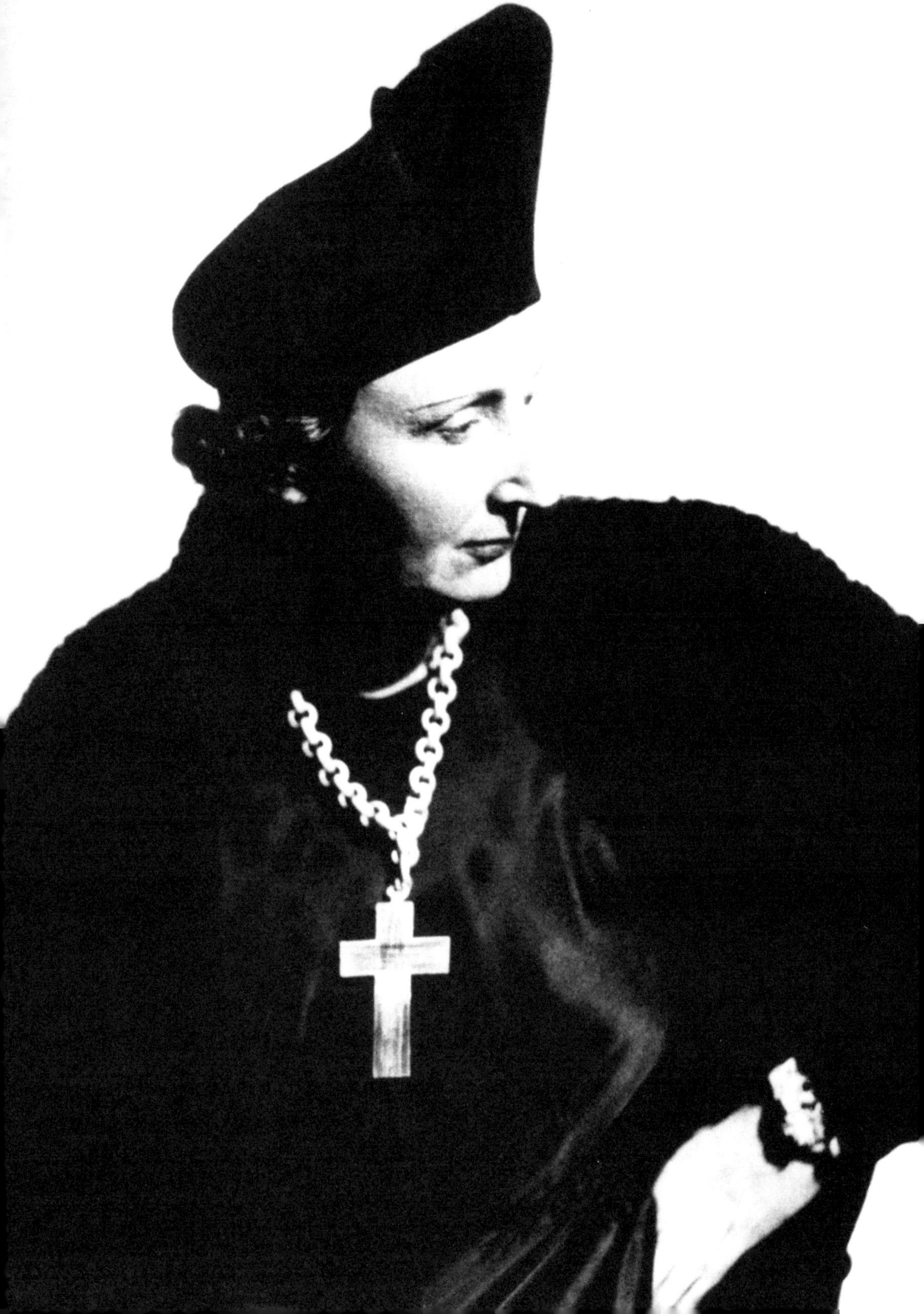

公众形象一样孤寂和不受约束。

19世纪末，西特韦尔出生在英格兰北部偏僻的海滨小城斯卡伯勒，那小城离峰区[1]不远。她在名为雷尼绍豪尔的乡村庄园长大，在那里，她身穿一副铁束腰，是她父亲为了矫正她的脊椎变形为她定制的。她在家中接受教育，爱上了阿尔蒂尔·兰波的法文作品。在1965年的自传《照顾》中，她称自己是"父母庄园中的低能儿"，并宣称父母从来都不待见她。

西特韦尔死于1964年，同一年，玛莉官[3]在伦敦推出迷你裙，设计师艾莉·萨博[4]和萧志美[5]刚刚出生。

然而，时尚和文学这两个世界开始青睐西特韦尔。1914年，她从家中出逃，搬进伦敦贝斯沃特的一间小公寓。其时香奈儿的第一家时装店刚刚开张，引入了简洁而不费力的"飞女郎"[2]形象，这一形象将风靡整个1920年代。但西特韦尔却来了个一百八十度大转弯，开始脱离主流社会，开创自己的高度装饰性风格。十八岁时，她得到四英镑，给自己买了一条黑色天鹅绒长裙。她喜欢天鹅绒，在她一生中，这种衣料成了她衣橱的主要构成。她甚至因为喜欢家纺面料的厚重质感，而把它们买来裁成礼服。

西特韦尔不喜欢读威廉·S.巴勒斯的书，1959年《裸体午餐》出版后，她数次写信给《泰晤士报文学副刊》，表示"把鼻子钉在别人的厕所上，可不是我希望度过余生的方式，我更喜欢香奈儿5号香水"。

2014年，美国当代设计师里克·欧文斯在巴黎《时尚》杂志上写道，伊迪丝"把自己变成了一个神话。我喜欢虽无貌美的优势却能化腐朽为神奇的人"。她的魅力继续在时尚行业的最高层产生回响。马克·雅各布斯2015年秋季的黑天鹅系列，就受到了伊迪丝发型的启发；一度当过《时尚》编辑的伊莎

---

1. 峰区（Peak District），英格兰中部和北部的高地。
2. 即"flapper-girl"，形容20世纪20年代美国那些美丽时髦的年轻女郎。
3. 玛莉官（Mary Quant），1934年生于英国伦敦，英国时装设计师，"迷你裙之母"。
4. 艾莉·萨博（Elie Saab），1964年生于黎巴嫩，著名时装设计师。
5. 萧志美（Anna Sui，又译安娜·苏），1964年生于美国，美国华裔时装设计师。

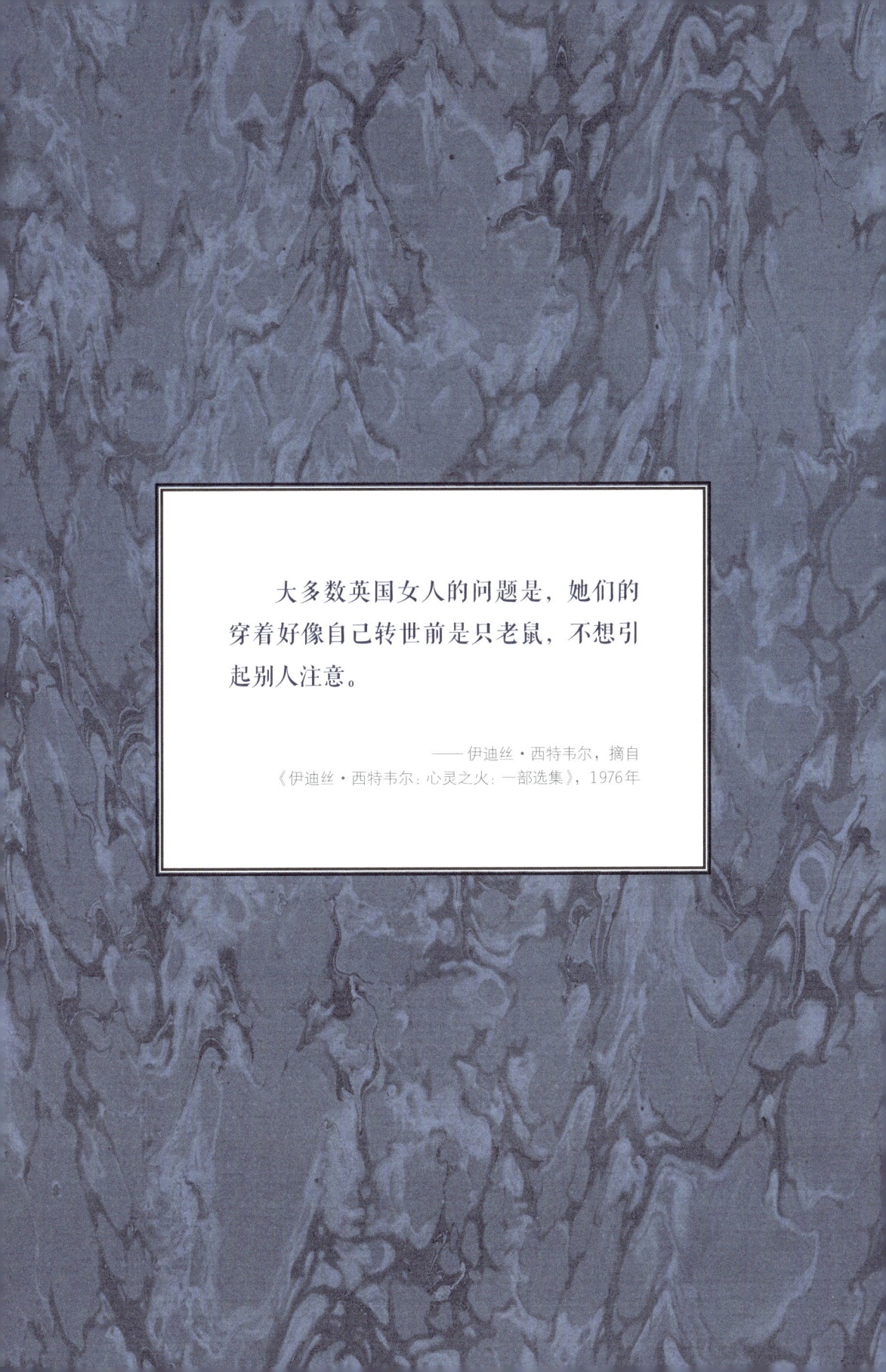

> 大多数英国女人的问题是,她们的穿着好像自己转世前是只老鼠,不想引起别人注意。
>
> ——伊迪丝·西特韦尔,摘自《伊迪丝·西特韦尔:心灵之火:一部选集》,1976年

伊迪丝·西特韦尔，1920年代后期。

贝拉·布罗是亚历山大·麦昆[1]的缪斯，她"通常穿成……伊迪丝·西特韦尔的模样"来到《时尚》的办公室，2007年安娜·温图尔[2]在《独立报》的一篇文章中这样写道。

伊迪丝四岁时，被问到长大想做什么，她回答说："天才。"为此，她被罚去睡觉。

西特韦尔我行我素的装束，为她有必要做个圈外人的观念提供了推力。"为什么不做自己呢？那是成功外表的奥秘。如果是条灵缇犬，又何必非要看上去像条哈巴狗？"她在自己的作品选《心灵之火》中这样问。虽然在她生前，无论是对她的作品还是对她的服装，人们的评价都是毁誉参半，但事后看来，她的审美已经成为创意界永恒的试金石。让·保罗·高缇耶[3]、德赖斯·范诺顿[4]和约翰·加利亚诺[5]所热爱的异域风情和非现实世界，都帮助他们形成了自己的招牌风格，这种热爱同样也构成了伊迪丝的衣橱。

她穿丝质锦缎长袍，佩戴同样材质的头饰；纤长、精致的手指上戴着最重的蓝晶和黄玉戒指。"不戴戒指，我觉得自己好像没穿衣服。"1959年她在BBC的节目《面对面》中如是说。后来她又宣称："我不能穿太时髦的衣裳。我若穿着外衣和裙子走来走去，人们会怀疑上帝的存在。"西特韦尔的着装永远与她那个时代的常规不合拍，直到1964年离世，她看上去总是离经叛道。有很长一段时间，她的服装都是由她所爱上的俄国同性恋画家巴维尔·切利乔夫来设计。在他眼中，它们成就了西特维尔一生树立的波烈[6]式金雀花王朝贵妇形象。

1. 亚历山大·麦昆（Alexander McQueen，1969—2010），英国著名时装设计师。
2. 安娜·温图尔（Anna Wintour），1949年生于伦敦，《时尚》杂志美国版主编。
3. 让·保罗·高缇耶（Jean Paul Gaultier），1952年生于法国巴黎，法国高级时装设计师。
4. 德赖斯·范诺顿（Dries Van Noten），1958年生于比利时安特卫普，比利时高级时装设计师。
5. 约翰·加利亚诺（John Galliano），1960年生于直布罗陀，英国高级时装设计师，曾为迪奥首席设计师。
6. 保罗·波烈（Paul Poiret，1879—1944），20世纪前20年统领时装界的法国时装大师。

F. 斯科特·菲茨杰拉德和泽尔达·菲茨杰拉德
F. SCOTT AND ZELDA FITZGERALD

青春犹如梦幻，人人似癫若狂。
——F. 斯科特·菲茨杰拉德，《一颗像里茨饭店那么大的钻石》，1922年

F. 斯科特·菲茨杰拉德和泽尔达·菲茨杰拉德是无数崇拜者心中的时尚偶像，而其中还有许多人，可能从未读过他们两人的任何作品：这足以说明他们的名声之大。F. 斯科特·菲茨杰拉德的试金石小说《了不起的盖茨比》，曾数度被改编成电影。巴兹·鲁赫曼[1]2013年的版本，捕捉到了那个纸醉金迷、灯红酒绿的十年的华丽色彩。F. 斯科特·菲茨杰拉德笔下故事的结构，是导演和设计师们的梦想；叙述菲茨杰拉德夫妇的生活和作品，具有魔幻般和悲剧般的魅力，电影界和时装界从不会对此感到厌倦。2011年，凯特·摩丝[2]的婚礼受到泽尔达的启发，英国版《时尚》为其刊登了十八页照片；她的婚纱礼服是1920年代式斜裁，她所戴的传统戒指，是泽尔达和斯科特婚戒的翻版。

F. 斯科特·菲茨杰拉德的作品，刺破了美国梦的肥皂泡，以及伴随它的所有光辉和哀伤。根据安德鲁·胡克的传记，1922年1月，F. 斯科特在写给友人、美国作家埃

对页：
F. 斯科特·菲茨杰拉德和泽尔达·菲茨杰拉德在法国蔚蓝海岸，1926年。

---

1. 巴兹·鲁赫曼（Baz Luhrmann），1962年出生，澳大利亚导演、编剧、制作人。
2. 凯特·摩丝（Kate Moss），1974年生于伦敦，英国超级名模。

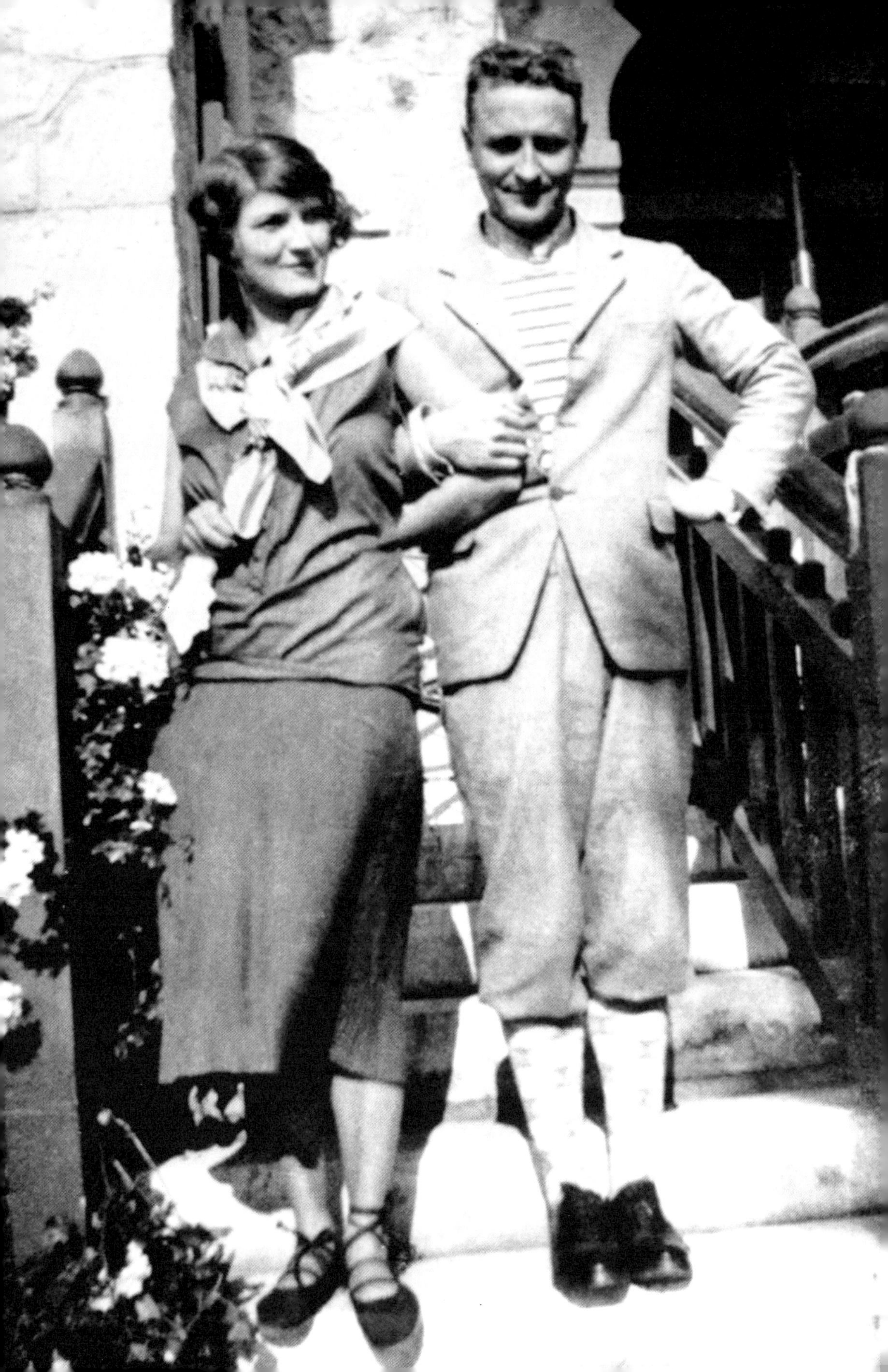

德蒙·威尔逊的信中承认,"在我遇到泽尔达的四年半时间里,我受到的最大影响就是她彻底、精致、全心全意的自私和冷漠。"

菲茨杰拉德夫妇过着速朽、轻佻的生活——他们花钱如流水,全年都在度假,毁坏酒店房间,整天烂醉如泥,跳舞,随随便便与朋友断交。他们的生存方式最终毁灭了自己。他们的时尚理念成为一个崇尚华丽和挥霍的时代的象征。

任天堂的视频游戏《泽尔达传说》[1],名字即来自泽尔达·菲茨杰拉德。

泽尔达1920年去纽约结婚前,过着南方美女的轻松生活。她带着一箱薄纱连衣裙和丝绒休闲长裤来到纽约。斯科特·菲茨杰拉德认定她需要更时髦的打扮。他让她跟随自己的老友玛丽·赫希去采买,后者领她见识了法国设计师让·巴度轻松的时尚、简洁的设计和完全现代而修长的轮廓。没过多久,泽尔达的都市衣橱成形了,小城长裤被彻底抛弃。她的卷曲短发烫成完美的波浪形,身穿镶亮片和毛皮的礼服出席派对,那些礼服的剪裁让她看上去像四季豆一样苗条,还衬出让人艳羡的平胸。斯科特则几乎一向身着三件套花呢西装,系领带,口袋里放着手帕;时髦的中分头涂了发蜡,更凸显他那种荧屏俊男的魅力。如同时尚形成他们的性格,帮助他们炫耀想要吸引世界注意的东西,时尚在他们的写作中也同样发挥了作用,其中情绪和个性与服装的描写有着微妙的平行关系。要了解菲茨杰拉德首创的"爵士时代"一词,时尚是关键。1925年,《了不起的盖茨比》在满目颓废堕落中出版,快活、渴望、辉煌和忧郁是该书的所有中心主题。那是一个被菲茨杰拉德夫妇人格化的时刻。

F. 斯科特·菲茨杰拉德的名字是为了纪念他的一个亲戚弗朗西斯·斯科特·基,此人是《星条旗之歌》[2]的词作者。

1.《泽尔达传说》(The Legend of Zelda),一般译为《塞尔达传说》。
2.《星条旗之歌》(The Star-Spangled Banner),美国国歌。

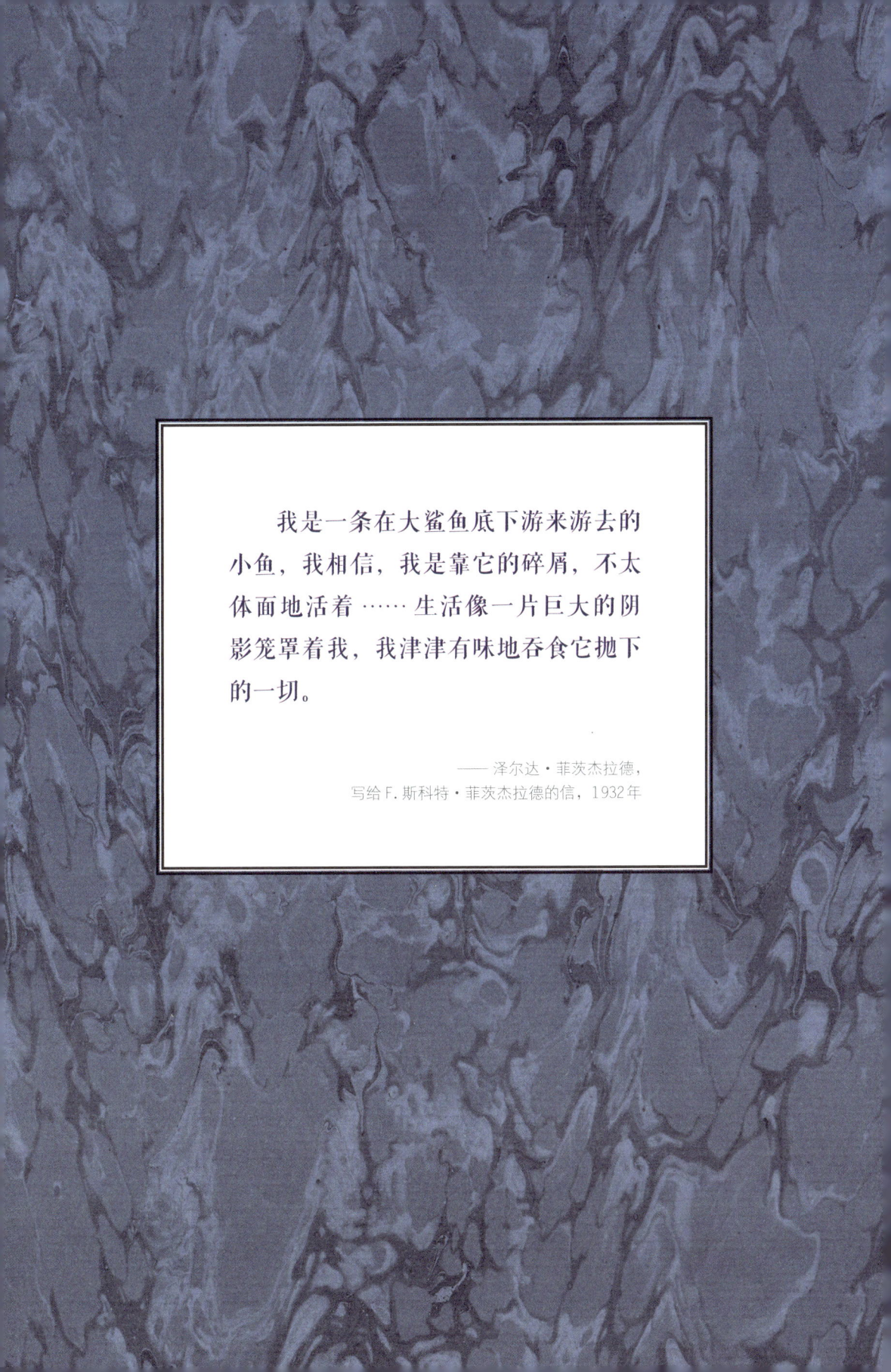

> 我是一条在大鲨鱼底下游来游去的小鱼，我相信，我是靠它的碎屑，不太体面地活着……生活像一片巨大的阴影笼罩着我，我津津有味地吞食它抛下的一切。
>
> ——泽尔达·菲茨杰拉德，
> 写给 F. 斯科特·菲茨杰拉德的信，1932 年

F. 斯科特·菲茨杰拉德和泽尔达·菲茨杰拉德，1921年。

厌世、美丽和富有，是 F. 斯科特·菲茨杰拉德笔下有教养人群存在的目的。他描写毁灭的和神圣的。激情、炫耀、金钱和灾难是他笔下故事的招牌元素。泽尔达在城里乱跑，跳进华盛顿广场的喷泉，与丈夫之外的男人调情，同时在皮草和香槟上大肆挥霍，这已经成为1920年代漫画的标配。

但在现实中，泽尔达和 F. 斯科特·菲茨杰拉德的生活是灾难性的梦魇。F. 斯科特·菲茨杰拉德四十四岁在好莱坞突发心脏病去世，那时他正努力当个编剧，并试图写完最后一部未完成的作品《末代大亨的情缘》。泽尔达四十七岁殒命于北卡罗来纳州阿什维尔高地医院的一场火灾，当时她正在那里接受精神病治疗。两人最后都未能活到颐享天年：F. 斯科特·菲茨杰拉德从不认为自己作为作家留下了什么遗产，泽尔达则对自己的命运心灰意冷，这加重了她的精神疾病。

F. 斯科特·菲茨杰拉德的著作《人间天堂》，第一印卖了三天即售罄。

泽尔达·菲茨杰拉德和塔卢拉赫·班克黑德[1]是小学一年级同学。

在 F. 斯科特·菲茨杰拉德的小说《人间天堂》里，他的自传性主角艾莫里·布莱恩证实了作者拥有的一些虚有其表的自我价值。"油头粉面"这一人格面具的人生哲学和风格，正是斯科特在现实世界中的追求。而这一人格面具在小说中的定义，绝对酷似他本人："他衣着讲究，外表整洁，这个名称肯定来源于短发中分，油光水滑，循着时髦样式向后梳拢。"

---

1. 塔卢拉赫·班克黑德（Tallulah Bankhead），生于1902年，美国电影、戏剧女演员。

马塞尔·普鲁斯特
MARCEL PROUST

时尚本身就是渴望变化的产物，它自然也会变化神速。
—— 马塞尔·普鲁斯特，《在少女花影下》，1919年

于1871年出生在巴黎奥特伊区的普鲁斯特，是一位美好年代的花花公子。他戴洗熨平整的白手套，扣眼中别着卡特兰花，这是他每日从巴黎皇家路那家昂贵的拉绍姆花店买来的奢侈品。他遵循并体现了那个时代着装的优美精妙——头发梳成优美的波浪型，抹着头油，小胡子充溢着那个时代的精致。他总是系一只硕大的领结，而且总是系得恰如其分地优雅。他穿"毛皮镶边大衣"，据说经常穿着它去赴晚宴。常有人看到他穿着它去里茨饭店喝茶。

普鲁斯特年轻时患哮喘病，身体羸弱，但他平静地忍受了这一切。受英国水彩画家、艺术评论家和赞助人约翰·拉斯金的启发，他的生活循着新艺术运动[1]的艺术节奏，但他的著作《追忆逝水年华》已经成为20世纪最重要的现代派小说。

《追忆逝水年华》是深入普鲁斯特灵魂和精神的细腻、曲折之旅。对敢于接受挑战而阅读皇皇七卷的书虫来说，这是一条体验的隧道：三千多页，探讨生命、爱情和艺术

对页：
马塞尔·普鲁斯特，
巴黎，1900年。

1. 新艺术运动（art nouveau），一场在艺术、建筑和应用艺术，特别是装饰艺术方面的形式主义运动，发端于1880年代，在1890—1910年代达到顶峰，风靡欧美。

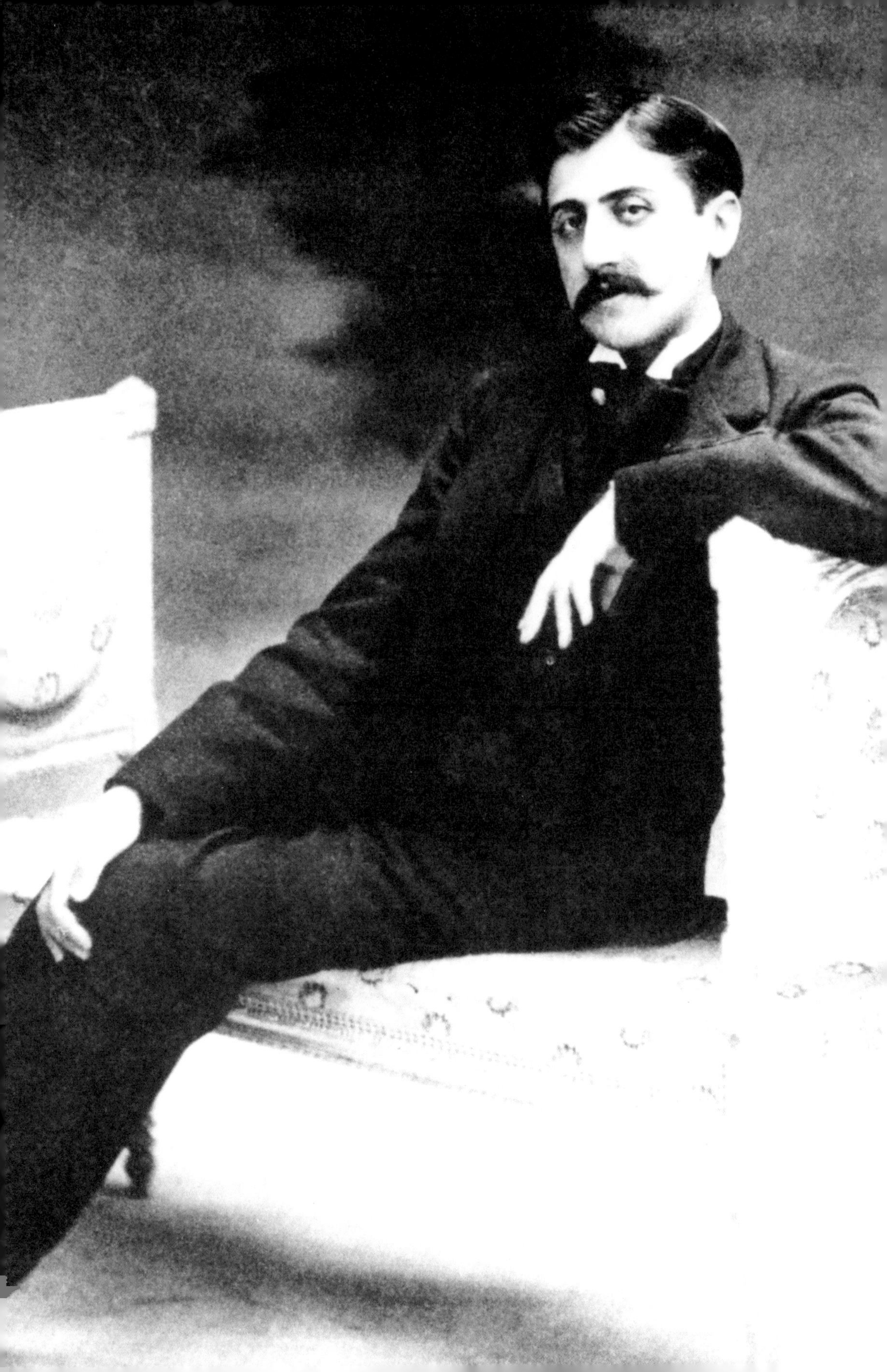

的意义所在。它出版于1913年至1927年（最后一卷出版时，普鲁斯特已经去世），是一部深入心灵和描绘思想的小说。它还是一部承认衣服及其缥缈、超世俗共鸣的价值，并淋漓尽致地评价其重要性的小说。

在这部小说中，普鲁斯特主要描绘了在19世纪末最时髦的沙龙里常见的那些风格时尚，当时的设计宗旨是装饰性的、难以企及的优雅。最精美的花边和衣料，最雅致的配饰，包括几乎总是堆砌着羽毛和花朵的帽子，是高贵的上流社会人士的日常穿着。1907年，西班牙设计师马里亚诺·福迪尼打造出自己的希腊柱形礼服裙——德尔斐褶皱裙。这一裙装用打褶的丝绸缝制，它的柱子形状与当时颇为繁复的紧身轮廓形成鲜明的对比。通过《在斯万家那边》，普鲁斯特对其气质进行了颇为精妙的描述。

福迪尼与普鲁斯特的关系有些特殊。此人娶了普鲁斯特的朋友雷纳尔多·阿恩的妹妹，在《追忆逝水年华》中，他的艺术作品被用作一个隐喻。叙述者马塞尔对威尼斯的崇拜、流动多变的渴望之情以及他的情人阿尔贝蒂娜的蜕变，全部融入阿尔贝蒂娜所穿的衣服之中。她行事离奇，不落俗套，但在第五卷《女囚》中，她穿马塞尔给她买的设计师福迪尼的礼服，因为"巴黎最会穿衣的女人"盖尔芒特公爵夫人喜欢福迪尼。在这一卷里，普鲁斯特对时装的利用是错综复杂的：他对衣料、剪裁和构造的关注表明了个性和社会地位，也有追忆和怀

> 据说，在《追忆逝水年华》中，普鲁斯特的女主人公阿尔贝蒂娜的原型，是他的秘书阿尔弗雷德·阿戈斯蒂内利。

> 剧作家让·热内曾因偷盗等轻罪入狱，他在狱中读普鲁斯特并受到启发，于1944年写出描绘巴黎地下世界的充满诗意和流畅优美的小说《鲜花圣母》。

> 在普鲁斯特的早期笔记中，他写的是烤面包和蜂蜜触发回忆，而不是《追忆逝水年华》中著名的小玛德莱娜蛋糕。

> 我们没能按照自己的欲望改变世界,而是我们的欲望在逐渐改变。
>
> ——马塞尔·普鲁斯特,《女逃亡者》,1925年

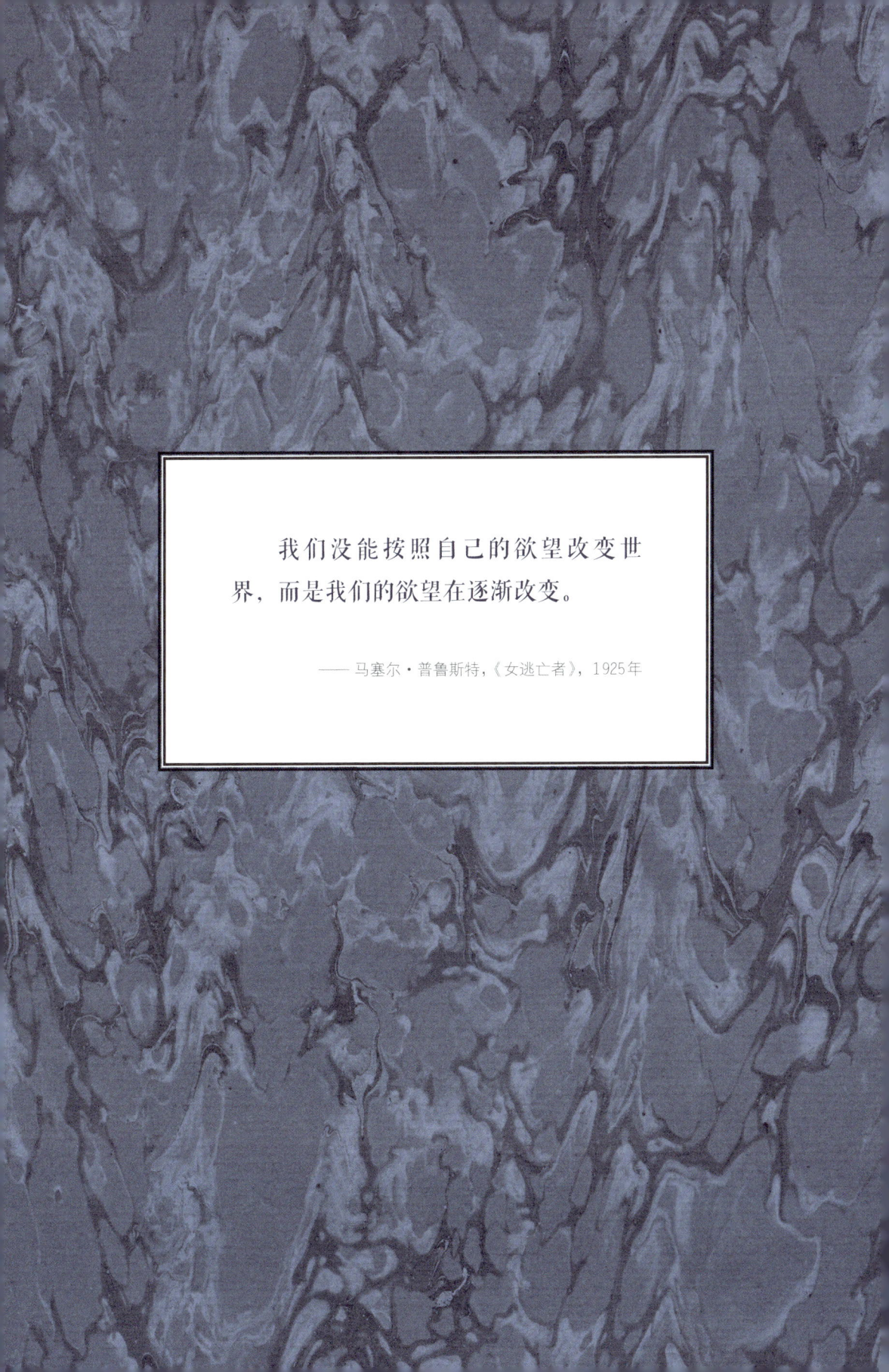

马塞尔·普鲁斯特,巴黎,1905年。

旧之情。

普鲁斯特是备受学者和引领时尚潮流者推崇的作家。在作家中，唯有他的设计师地位被时尚教主伊夫·圣罗兰尊为神圣。1971年，玛丽－埃莱娜·德·罗斯柴尔德为庆祝普鲁斯特百年诞辰举行舞会，圣罗兰为舞会设计了若干款礼服，其中包括为英国女演员和音乐家简·柏金设计的一款塔夫绸礼服。这款乳白色的礼服有羊腿形泡泡袖，背后系了一只镶蕾丝边的硕大蝴蝶结。这听上去酷似难缠新娘的恐怖故事，但与美好年代的俗丽装饰不同，它优雅易穿，而且在那晚她翩翩起舞时，看上去美妙无比。

1. 安布瓦斯图书馆（Ambrosian Library），意大利米兰一座历史悠久的图书馆。
2. 乔万尼·巴蒂斯塔·蒂埃波洛（Giovanni Battista Tiepolo, 1696 — 1770），是生于威尼斯的意大利著名画家，威尼斯画派的代表人物。
3. 此处采用周克希先生译文。

阿尔贝蒂娜当晚穿的福迪尼睡裙，在我眼里犹如我无法见到的威尼斯的魅人的幽灵。她浑身上下都是阿拉伯装饰，有如威尼斯，有如像蒙着缀满宝石的面纱的苏丹后妃那般神秘的威尼斯宫殿，有如安布瓦斯图书馆[1]里精美的善本古书，有如雕刻着象征生死轮回的东方鸟的石柱，这些鸟儿此刻在睡裙的闪光中交替出现，而睡裙上的深蓝色，随着我目光的移动渐渐变为柔和的金色，宛若从贡多拉船头望出去，大运河的蔚蓝色转换成闪闪发光的金属光泽。袖口衬里的红色，更是威尼斯风味十足，人称蒂埃波洛[2]玫瑰红。

——马塞尔·普鲁斯特，《女囚》，1923年[3]

标志性形象：

西服套装

　　西服套装的好处，是能让人轻松地进入穿衣的舒适区，同时保持彬彬有礼。穿上它，你从不需要担心：一套西服可以让你有体面的外表。但以下作家惹人注目的套装穿着方式，显示出重要的不是穿什么，而是怎样穿。

T.S. 艾略特
T.S. ELIOT

经典、完整的三件套西服和领带，是T.S. 艾略特的穿衣选择，几乎从未有人看到过他穿别样的衣服。他扣上全部纽扣，以无懈可击的方式大步走出去，看上去优雅、彬彬有礼和有教养。他赫赫有名的诗作《荒原》发表于1922年，当时的爵士年代开始鼓励战后年青一代丢弃谨慎，无拘无束地生活。在这首诗中，艾略特合成了那个时代的情绪，这成为对那个荒芜和迷失时代的最复杂和最现代的回应。

盖伊·特立斯
GAY TALESE

还是小男孩时，盖伊·特立斯就穿手工的定制套装：他的父亲是个裁缝。他每天都穿西服套装，并且承认自己"有一百来套"。往往配上一顶宣示个性的软呢帽和一根粗雪茄，特立斯精明强干、派头老练的个人风格引人注目。1966年，他在《绅士》杂志(*Esquire*)上发表特写《弗兰克·辛纳屈感冒了》，该文被称为"美国有史以来最具影响力的文章"，它读起来不像特写，更像短篇小说。他帮助推广了"叙事新闻"这一门类。特立斯把垫衬衫用的纸板剪成卡片，每天在上面做笔记。卡片的大小正好可以放进衬衫口袋，这样它们就不会因为划到外套的里子而窸窣作响。

上图：
T.S. 艾略特，1950年。

下图：
盖伊·特立斯在纽约家中，2014年。

布雷特·伊斯顿·埃利斯
BRET EASTON ELLIS

布雷特·伊斯顿·埃利斯在1984年卖出了他的处女作《比零还少》，书名来自艾维斯·卡斯提洛[1]的一首歌。那时他才二十一岁，就读佛蒙特州的本宁顿学院。埃利斯穿的是真正1980年代风格的宽肩西服，看上去更像个雅痞，而不是他书中那些无所事事消磨时光的洛杉矶青年。然而，格调、讽刺和内涵是埃利斯的专长，西服套装已经成为他的一个标志——他那定义一个十年的煽动性文学《美国精神病》是其中之一，这部作品讽刺性地回顾了现代生活及其唯设计论的堕落。埃利斯本人承认，他出去参加活动最喜欢穿的西装，是"低档的"雨果博斯（Hugo Boss）。

埃德加·爱伦·坡
EDGAR ALLAN POE

埃德加·爱伦·坡是最早推出哥特式小说的美国作家之一。坡的西服通常让他与众不同：纽扣扣上、剪裁合体的三件套。他的熟人兰伯特·威尔默在1860年说："我看到他穿的，从来都是时髦整洁、近乎优雅的衣服。"他从来都穿黑色套装。从某种程度上说，他明确显示出，自己就是人们记忆中那个古怪、浪漫、具艺术性的作家。

---

1. 艾维斯·卡斯提洛（Elvis Costello），生于1954年，英国乐手、歌手、歌曲作者。

马克·吐温
MARK TWAIN

在1905年的杂文《沙皇独语》中，马克·吐温说："没有衣服就没有权势。而统治人类的是权势。"吐温最喜爱的衣服颜色是白色。七十岁时，他在自传中写道，十月放弃穿白色西装让他很伤心："我希望自己一点点积累起足够的勇气，在纽约整个冬天都穿白色衣服。"那是吐温珍爱的服装，也让它来代表他最喜爱的角色。在1884年他的里程碑式小说《哈克贝利·费恩历险记》中，哈克是这样描述收留了他的那位举止优雅的绅士格兰杰福特上校的：他穿着"亚麻西服，颜色白到你看上一眼，眼睛就会被刺伤"。吐温看重衣着，觉得要给人以深刻印象。

对页，上图：
布雷特·伊斯顿·埃利斯在2013年第七十届威尼斯国际电影节上参加影片《峡谷》的首映式，他是该片的编剧。

对页，下图：
埃德加·爱伦·坡，1849年。

右图：
马克·吐温，1905年。

杰奎琳·苏珊
JACQUELINE SUSANN

人人都有自己的身份。一个属于自己，一个用来给别人看。
—— 杰奎琳·苏珊，《纯真告别》，1966年

对页：
1960年代中期，杰奎琳·苏珊在纽约中央公园南街上的公寓书房中规划自己的小说《爱情机器》。

杰奎琳·苏珊于1936年十七岁时，在费城参加了一场选美比赛。虽然不是最漂亮的姑娘，但她获得了银杯，原因是某些好心的评委与她家是世交。她也不是白老汇最棒的女演员，但她努力跻身中游，在1940年代和1950年代成为纽约表演业界的名人，主持自己的电视时装系列节目，并定期在喜剧演员莫雷·阿姆斯特丹的节目里饰演卖烟姑娘萝拉。尽管苏珊不是最伟大的作家，但在1966年成了世界畅销书作家，她的第二本书《纯真告别》出版，连续二十八周在畅销书榜上排名第一，并令人嫉妒地在前十名榜上保持了六十八周。迄今为止，它的全球销量为三千多万本，她的几本小说都被改编成好莱坞电影和迷你剧。传记片《她是不是很伟大》（2000）讲述的就是她的一生，贝蒂·米德勒[1]在其中饰演苏珊，电影的结束语是"才华不等于一切"。

但苏珊的确有才华。她还勇敢、泼辣，具有传奇色彩，是个开拓者——这一点对作家来说最为重要。她描

---

1. 贝蒂·米德勒（Bette Midler），生于1945年，美国著名歌手、演员以及喜剧演员。

ROBIN STONE
AMANDA
Maggie Stewart
Judith Austin
Gregory
Adam Bergman
Ethel
Danton Miller
RYAN
Slugger

写了女性性生活的大胆情节，而当时的读者才刚刚意识到女人也有性生活。苏珊拒绝为她的女主人公创造幸福结局：她坚持认为，生活与幸福结局没有关系，她宁可讲述真实的生活。她用我们现在已经非常熟悉的陈词滥调和刻板形象写作，但在1966年，她是第一个让读者领略以前连做梦都想不到的近乎淫猥现实的女作家。她的人物都是简单直接、易受伤害：体重超重的百老汇明星妮丽·奥哈拉，想通过吃药变得苗条起来，结果药物上瘾，而且酗酒。詹妮弗·诺斯是个小明星，患上乳腺癌，她宁可自杀，也不愿向未婚夫承认自己需要切除乳房，失去他所谓的"她最重要的资产"。苏珊的手法让读者如身临其境。世界上所有的文学评论家都无法质疑她的成功，正如1973年她在《纽约时报杂志》上所写，"好作家就是所写作品得到人们阅读——会沟通的作家。"多少年来，她主动去接触那些崇拜她和她作品的大众。她讲故事的技艺高超。

苏珊高中毕业就来到纽约。如同《纯真告别》中的另一位人物安妮，她也想成为演员，渴望自由和冒险。但她最渴望的是出人头地。

苏珊在高中年鉴上写道，她的理想是拥有一件貂皮大衣。

1970年，苏珊在中央公园南街200号公寓中的办公室，有粉红色的漆皮墙饰和璞琪（Pucci）窗帘。

杰奎琳只用三个手指头打字，并在黑板上设计她的故事情节和人物发展。

永远不要因为任何人的羞辱，而去做不是你自己选择去做的事情。保持你的特性。

——杰奎琳·苏珊，《纯真告别》，1966年

苏珊引人注目、爱交际、奋发努力。她那高挑纤细的身材,天生就是用来展示荧屏魔力的。1939年她结婚时,穿了一件泡泡袖的蕾丝礼服,戴一顶相配的环檐女帽,头发偏分,做成战前流行的大卷:她绝对是大家闺秀的典范。当她愈来愈多地在城里抛头露面时,格蕾丝·凯利[1]喜爱的设计师弗洛伦斯·卢斯蒂格,开始为她设计镶有管状饰珠的鸡尾酒会小礼服,供她频繁光顾夜总会和上节目。

苏珊四次被国家时装学院评选为最会穿衣的电视女演员,她时时准备好出镜:笑容可掬,转身亮相,再来一句俏皮话。她最著名的衣装,是1960年代的璞琪宽松直筒连衣裙,喇叭袖,配金属腰带和几何图形的耳环。向后梳的蓬松发型被发胶固定,黑眼线、拱形眉毛和长睫毛自然形成一个本身就有象征性的性感尤物形象。

1960年代时,苏珊的衣橱是时代的产物,但她让它彰显着自己的特点:饰有宝石的小开领束腰外衣、白色针织迷你裙、漆皮平底鞋、蝴蝶领花衬衫和连体裤,都是她充满自信的混搭最爱。苏珊绝对不能被解构:她精力充沛、活力四射,是娱乐业的化身,她的穿着永远让人惊艳。

上图:
杰奎琳·苏珊在纽约中央公园遛贵宾犬,1960年代末。

1. 格蕾丝·凯利(Grace Kelly,1929—1982),美国好莱坞影星,1956年成为摩纳哥王妃。

弗兰·勒博维茨
FRAN LEBOWITZ

走在时代之前的问题是……等所有人都走到那里时,你会觉得无聊。

——弗兰·勒博维茨,引自马丁·斯科塞斯执导的弗兰·勒博维茨纪录片《公众演讲》,2010年

对页:
弗兰·勒博维茨在《名利场》杂志庆祝2009年纽约翠贝卡电影节的派对上。

---

1. 安迪·沃霍尔(Andy Warhol, 1928—1987),美国艺术家,20世纪波普艺术的倡导者和领袖。"工厂"是其工作室,《采访》是他创办的名人访谈杂志。

弗兰·勒博维茨开始为安迪·沃霍尔[1]撰稿时,只有二十岁。她去"工厂"面试《采访》杂志的一份工作,遇到了他。那是1970年代初,她几乎立即开始为他的这份处于时尚界和艺术界中心的出版物写专栏。她交往的有"工厂"的一群人,卡尔文·克莱恩、贝齐·约翰逊等纽约时装设计名流,还有新兴的地下艺术家,包括凯斯·哈林和让-米歇尔·巴斯奎特。1981年,沃霍尔在世上最好的迪斯科舞厅"54俱乐部"为她举办派对,庆祝她的第二本书《社会研究》出版。这是一部冷面幽默杂文集,汇集了她对现代生活和如何从中幸存的想法,语调类似她的第一本杂文集《都会生活》。

勒博维茨的写作风格从未动摇或改变:她的写作总是充满了辛辣的讽刺、机智与严谨。她在1981年写了滑稽作品《四个最贪婪的案例》,把《纽约时报》一年一度的助贫

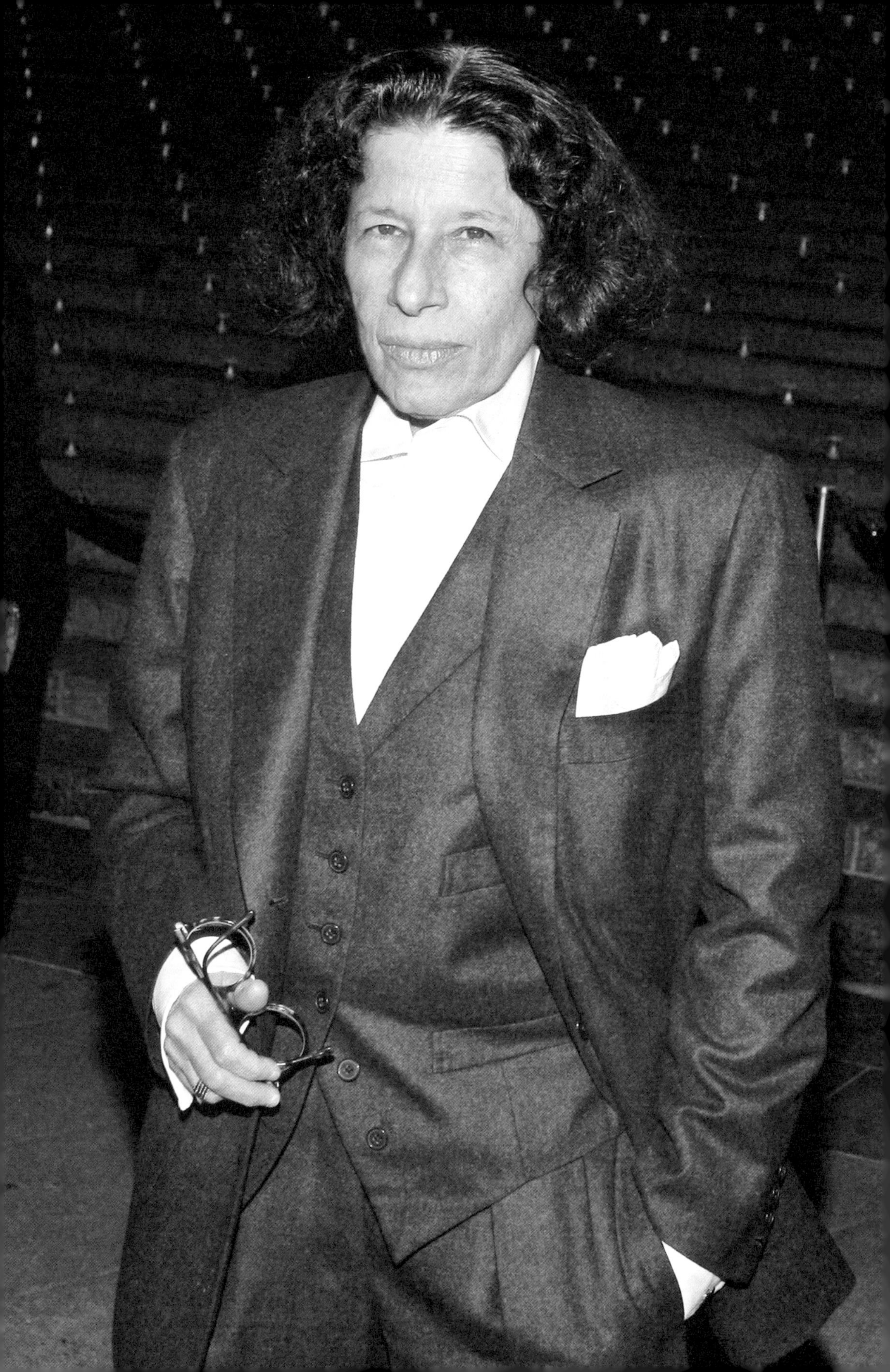

慈善活动，编造成了一个过度、空虚消费的故事。

她的着装风格反映了她一以贯之的文学态度。《名利场》杂志称她为"一位以纽约为大本营的讽刺作家和马甲爱好者"。到了21世纪，她的衣橱依然是永恒的男性氛围：2008年，它备受《名利场》的推崇，她首次荣登最佳着装国际名人榜。勒博维茨通常穿男装。据说唯一见过她穿裙子的人，是她的母亲。

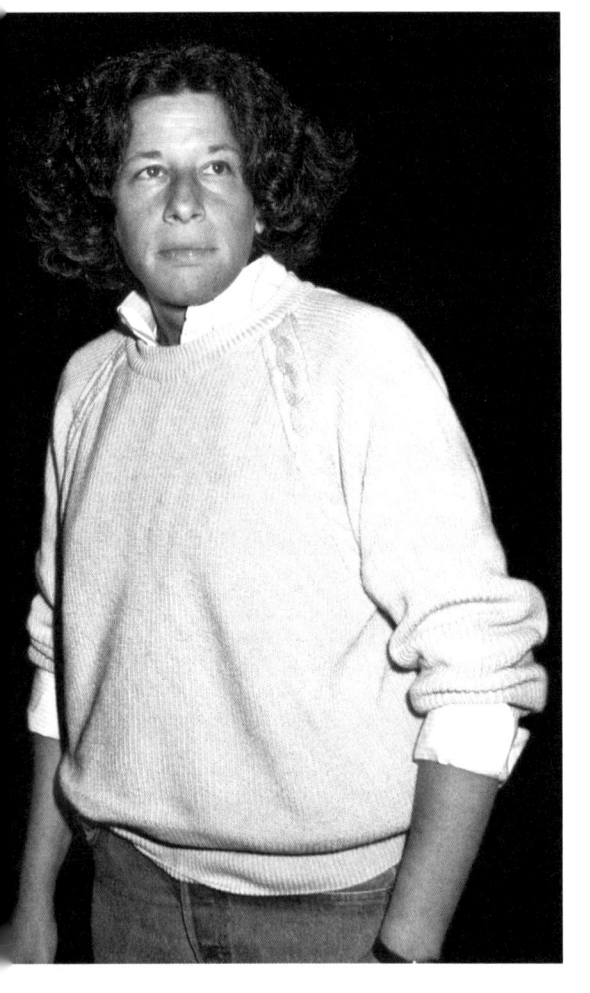

她迅速找到了自己着装的标志性风格，就像1970年她甫到纽约就在文学上获得成功。从那之后，勒博维茨着装的唯一真正变化，是她的衬衫供应商。当布克兄弟[1]不再出品她最喜欢的衬衫时，她从布克兄弟转到了仙狄仕金（Hilditch & Key）。后者的总店位于伦敦杰明街绅士区，衬衫单价为150美元。皇室和最为文雅之士订购它的衬衫；它的格言是："衬衫不应喊叫……而应耳语。它应该从懂得它的人那里，获得几乎觉察不到的颔首称赞。"弗兰·勒博维茨就是懂得它的人。

上图：
弗兰·勒博维茨，
纽约市，1987年。

2015年，《世界时装之苑》杂志（Elle）的凯瑟琳·黑尔采访了勒博维茨，后者在访谈中，揭示了她与衣服清醒而平静的关系："我年轻时穿毛衣。圆领毛衣、领尖有扣子的衬衫和牛仔裤，每天都这么穿。我想是在我二十多岁的某一刻，我认定这样做很幼稚。于是我扔掉了所有漂亮的毛衣。"成熟和中性是勒

---

1. 布克兄弟（Brooks Brothers），美国知名男士服饰品牌。

博维茨形象的基调。她非常注重细节，非常现代。她从给查尔斯王子做衣服的英国裁缝店安德森与谢泼德（Anderson & Sheppard）订购西服。该品牌的美国版型很有名：休闲、宽松、低调——无可挑剔。她把杰明街的衬衫配上牛仔裤和牛仔靴。她也特别在意风格和式样："我不喜欢尖头或方头。我唯一的一双那样的鞋子是镂空雕花牛仔靴。"她在《世界时装之苑》上夸口说。

勒博维茨的生活很时髦。她在最华美的餐馆吃饭，与优雅的人谈话。纽约时装周期间，她就坐前排，观看她的设计师朋友卡罗琳娜·海莱拉和黛安·冯芙丝汀宝的T台秀。她还影响了J.W.安德森和维多利亚·托多罗夫等新一代时尚大家，使他们去创作受到她完美的公众形象所启发的时装系列。马丁·斯科塞斯在2010年制作了一部有关她的纪录片，名为《公众演讲》。勒博维茨挑战尊贵的大人物，因为她是纽约精英的化身。她品位不凡，热爱生活中最精致的东西。

勒博维茨不收藏任何东西，除了书籍，她有很多书是关于秘密组织美生会的。

勒博维茨有一只银烟盒，它曾属于作家约翰·奥哈拉。

我对外表下隐藏的东西感兴趣；人们内心最深处的想法，永远不像他们的外套那样显而易见。

——弗兰·勒博维茨，《弗兰·勒博维茨不是在开玩笑》，辛西娅·黑梅尔访谈，《纽约》杂志，1981年

乔·奥顿
JOE ORTON

连修女都会嫉妒我受的家教,这是事实。十五岁之前,我对自己的身体,还不如对非洲了解得多。

——乔·奥顿,《款待斯隆先生》,1964年

乔·奥顿无法无天的世界观,让他的写作、他的爱情生活、他穿的衣服和他搞出的恶作剧充满生气。和他的写作一样,他的衣橱也注入了态度。重要的不是他穿什么,而是他怎样穿:无论是牛仔服、人造毛皮,还是皮革,他都是以一种质疑和挑衅式的傲慢自信来穿。他是同性恋;性感且具有魅力,并且对此毫不羞怯。同性恋1967年才在英国合法化,但奥顿在此之前毫无悔意,而且用他的话说,是尽量公开宣称自己是同性恋。

奥顿是剧作家,他的首部戏剧作品《款待斯隆先生》于1964年首演。剧中辛辣的讽刺是对奥顿所激烈嘲笑的社会的一记耳光。他曾因损坏图书馆图书的罪名坐牢六个月,出狱后就开始对社会抱有这样的态度了。奥顿的对峙立场对于他的心智和他作为作家的成功至关重要。他鄙视并用黑色幽默来戳穿虚伪。《款待斯隆先生》讲述了卡瑟和艾德的故事,这对绝望的姐弟最后在性事上分享无家可归的少年犯斯隆先

对页:
乔·奥顿在伦敦伊斯灵顿区诺埃尔路他的公寓里,1967年。

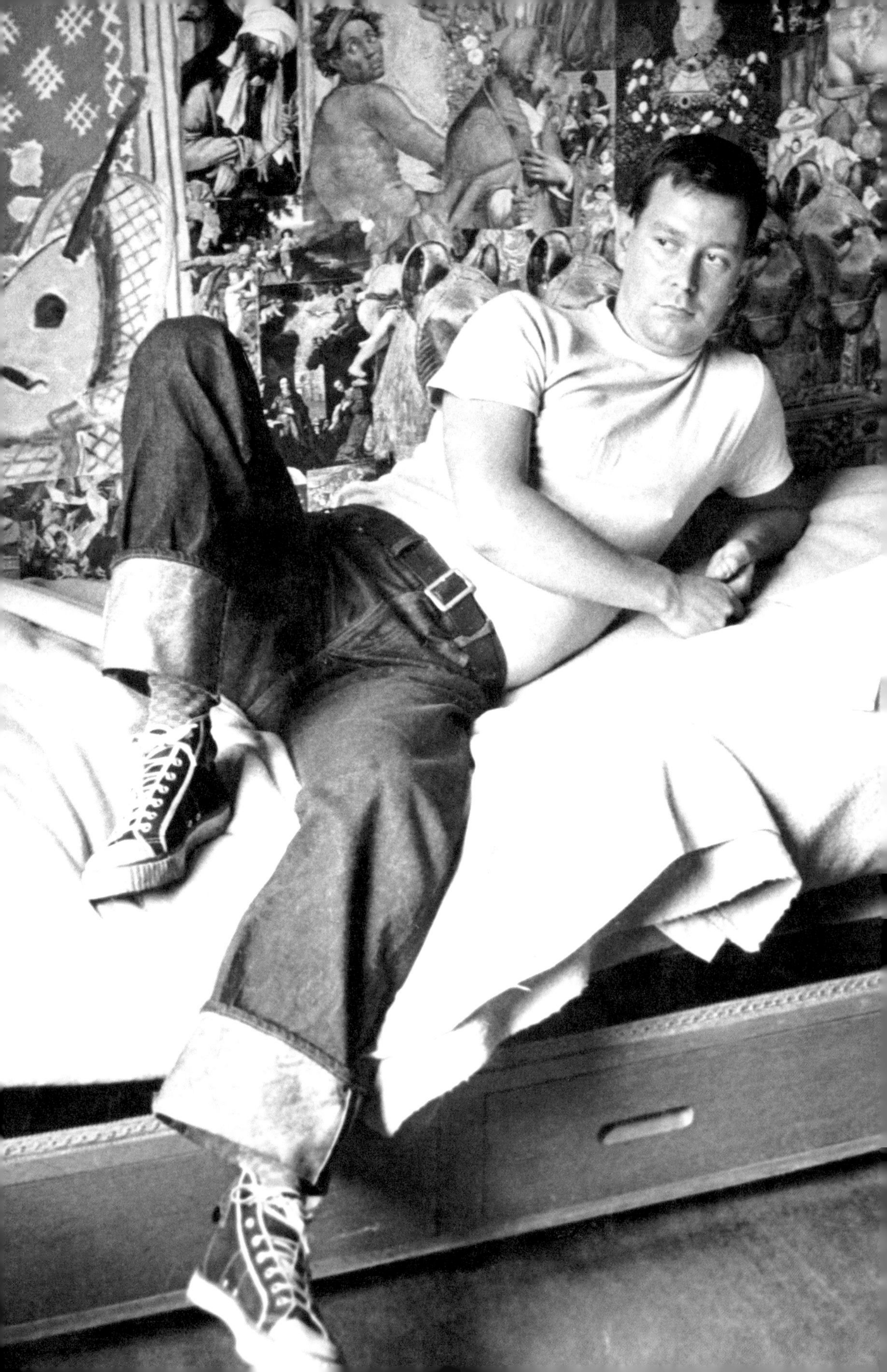

生，他杀死他们的父亲后，两人开始对他进行敲诈勒索。这悲惨的三角情节主线是一出非常规的闹剧，而且是不太可能引人发笑的表演。《伦敦晚间新闻》的剧评称其为"真正的骇人听闻"。一年之后，该剧在美国上演，《纽约时报》称其"恶心"，应"被扔进大西洋"。但田纳西·威廉斯喜欢该剧，去看了两遍。该剧奠定了奥顿作为不妥协的新浪潮戏剧声音的形象。

乔·奥顿十七岁时选修了演说课，为的是摆脱自己的莱斯特工人口音，更好地融入戏剧界。

1966年，奥顿的母亲去世，他把她的假牙带到他的剧作《抢劫》剧组，建议拿它当道具。

奥顿1933年生于莱斯特，60年代中期开始在伦敦大放光彩：卡纳比街是时尚世界的中心，街上有许多新开张的精品店和设计师展厅，伦敦活跃的青春能量让社会的灵魂充满活力。反文化运动在英国日益壮大，并在充满活力的伦敦中心地区蓬勃发展。奥顿的声势与披头士、玛莉官和大卫·贝利[1]的盎然生机并驾齐驱。英国社会正在发生变化。1963年的普罗富莫丑闻损害了英国的政治名声，暴露了陆军大臣约翰·普罗富莫与十九岁的克莉丝汀·基勒的婚外情，后者又恰恰正与一位俄国武官有染。老一辈已经不再无懈可击，与此同时，工人阶级的声音和圈外人的思想正迅速登上中心舞台。

保罗·戈尔曼在其作品《面貌》中指出，马尔科姆·麦克拉伦[2]和薇薇恩·韦斯特伍德[3]接受了奥顿的生活哲学，在奥顿无政府主义态度的启发下，建立了朋克运动。1974年，他们把自己位于国王路尽头的店铺更名为"性"，就是受到奥顿1967年3月一则日记的影响："性是激怒他们的唯一途径。越来越多的……他们立即就会歇斯底里地大叫起来。"韦斯特

---

1. 大卫·贝利（David Bailey），生于1938年，英国时尚和人像摄影师。

2. 马尔科姆·麦克拉伦（Malcolm McLaren，1946—2010），英国朋克乐队性手枪（Sex Pistols）的经理，朋克摇滚时代的开创人之一，英国"朋克之父"。

3. 薇薇恩·韦斯特伍德（Vivienne Westwood），生于1941年，英国时装设计师，时装界的"朋克之母"。马尔科姆·麦克拉伦是其第二任丈夫。

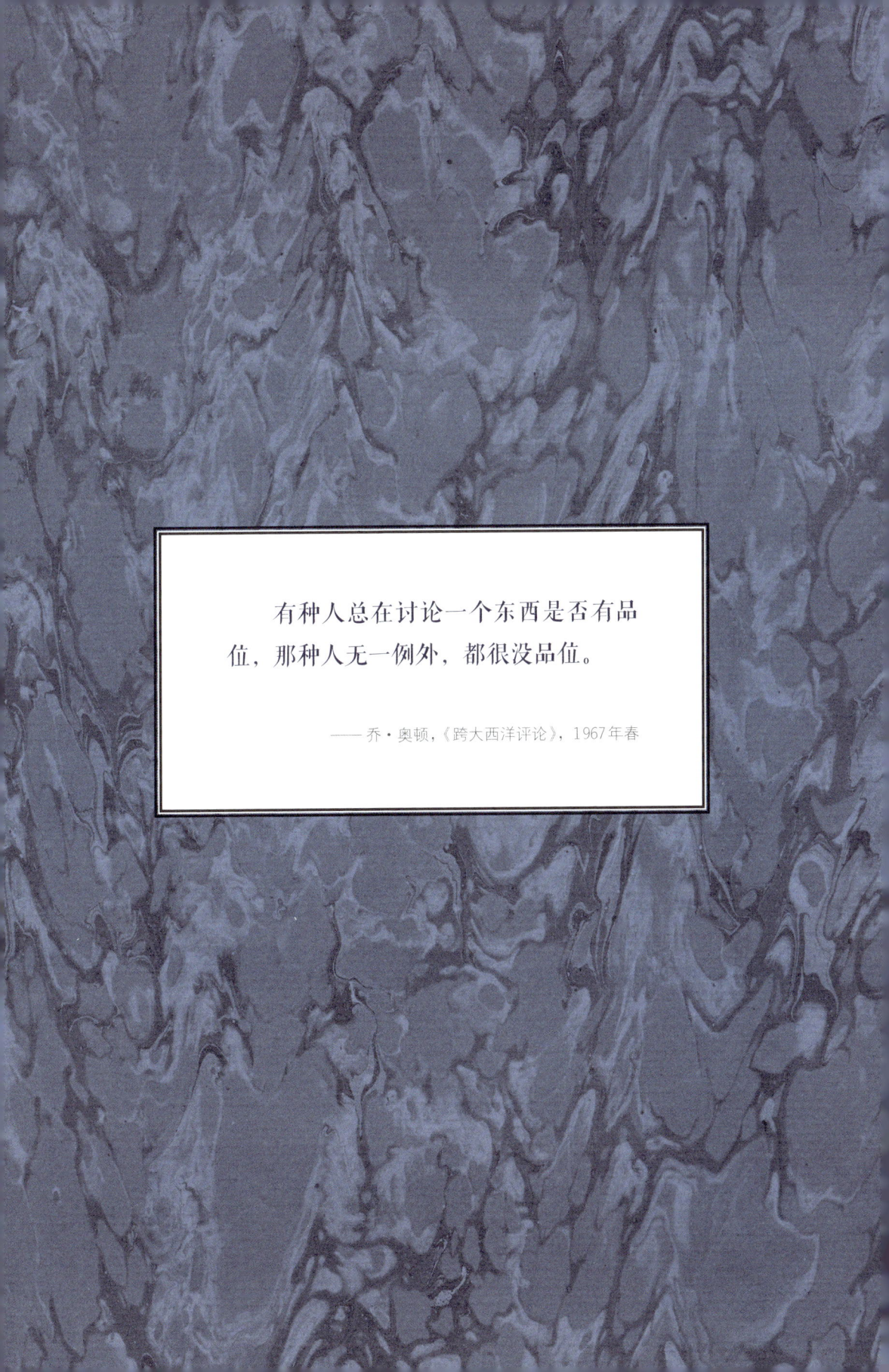

> 有种人总在讨论一个东西是否有品位，那种人无一例外，都很没品位。
>
> ——乔·奥顿，《跨大西洋评论》，1967年春

乔·奥顿站在他的剧作《抢劫》的海报前，1967年。

伍德和麦克拉伦为纪念奥顿设计了一款T恤衫，根据的是奥顿计划创作却从未动笔的一个剧作标题，它后来成为约翰·拉尔所著奥顿传记的题目。这件T恤衫"激情床伴"采取了挑衅性的设计：丝网印刷同性恋狂欢。它为惹怒、激化和瓦解现状而创作，目的就是去做奥顿本人想要在这个世界上所做的事情。

奥顿粗糙的漫不经心充满了阳刚之气：他拒绝顺应1960年代对同性恋男人娘娘腔的刻板印象。奥顿一般都穿戴挽着宽宽裤脚的牛仔裤、白色紧身T恤衫、皮夹克、作为军队剩余物资出售的军帽，以及匡威牌帆布鞋。在戏剧界，他的非正式标志性着装，让他与典型的脚蹬皮靴身穿西装的大队人马区分开来。奥顿想穿什么就穿什么，想做什么就做什么。他享受并在日记中无比欢愉地详细描述他的疯狂乱交，这终于让他的长期爱侣肯尼斯·哈利维尔妒火中烧，最后用棍棒打死了他。奥顿只有三十四岁。但他最为充分地利用了自己短暂的生命。他在一次电视访谈中宣称，他甚至"喜欢监狱"。1967年，在与英国导演巴里·汉森的一次访谈中，奥顿说："我觉得英国某些地方挺棒的。你可以称其为活跃的伦敦，但这只是表达了已经存在的一些东西，值得赞赏的自由主义，而且只是在伦敦很小的一块地方。我的意思是，在纽约，当达德利·萨顿[1]在《款待斯隆先生》里必须染发时，这让人觉得很尴尬。人们实际上是在街头巷尾窃窃私语，在这里就不一样。在伦敦，你什么都可以做，希望永远是这样。"

---

1. 达德利·萨顿（Dudley Sutton, 1933—2018），英国演员。

西蒙娜·德·波伏娃
SIMONE DE BEAUVOIR

盛装打扮是女性自我陶醉的具体形式；它是制服，又是装饰；通过这种形式，被剥夺了权利而无法做任何事情的女性，感到她进行了自我表达。

——西蒙娜·德·波伏娃，《第二性》，1949年

西蒙娜·德·波伏娃不仅启发女性从激进的视角思考问题，而且鼓励她们以激进的视角生活——思考生活，思考她们所穿的衣服，以及这些衣服如何讲述了她们和她们对世界的感受。她是存在主义之母，也是披头族场景的孕育者。德·波伏娃主张摒弃循规蹈矩，主张所有的女性都必须找到艺术的、创新的自我，而且最重要的，是找到理智的自我。

第二次世界大战后，巴黎的知识和艺术精英，包括阿尔贝·加缪和让·科克托，都聚集在塞纳河左岸，讨论人生。三十六岁的德·波伏娃是欢乐的中心。然而，在她名震世界的著作《第二性》中，她讨论变老的悲哀，不过她在《老年》中继续说，"如果不想让老年荒谬拙劣地模仿我们以前的生活，唯一的解决办法就是继续追求给予我们的存在以意义的目的。"因此，"成熟"并没有妨碍她与当时只有二十岁的

对页：
西蒙娜·德·波伏娃，1947年。

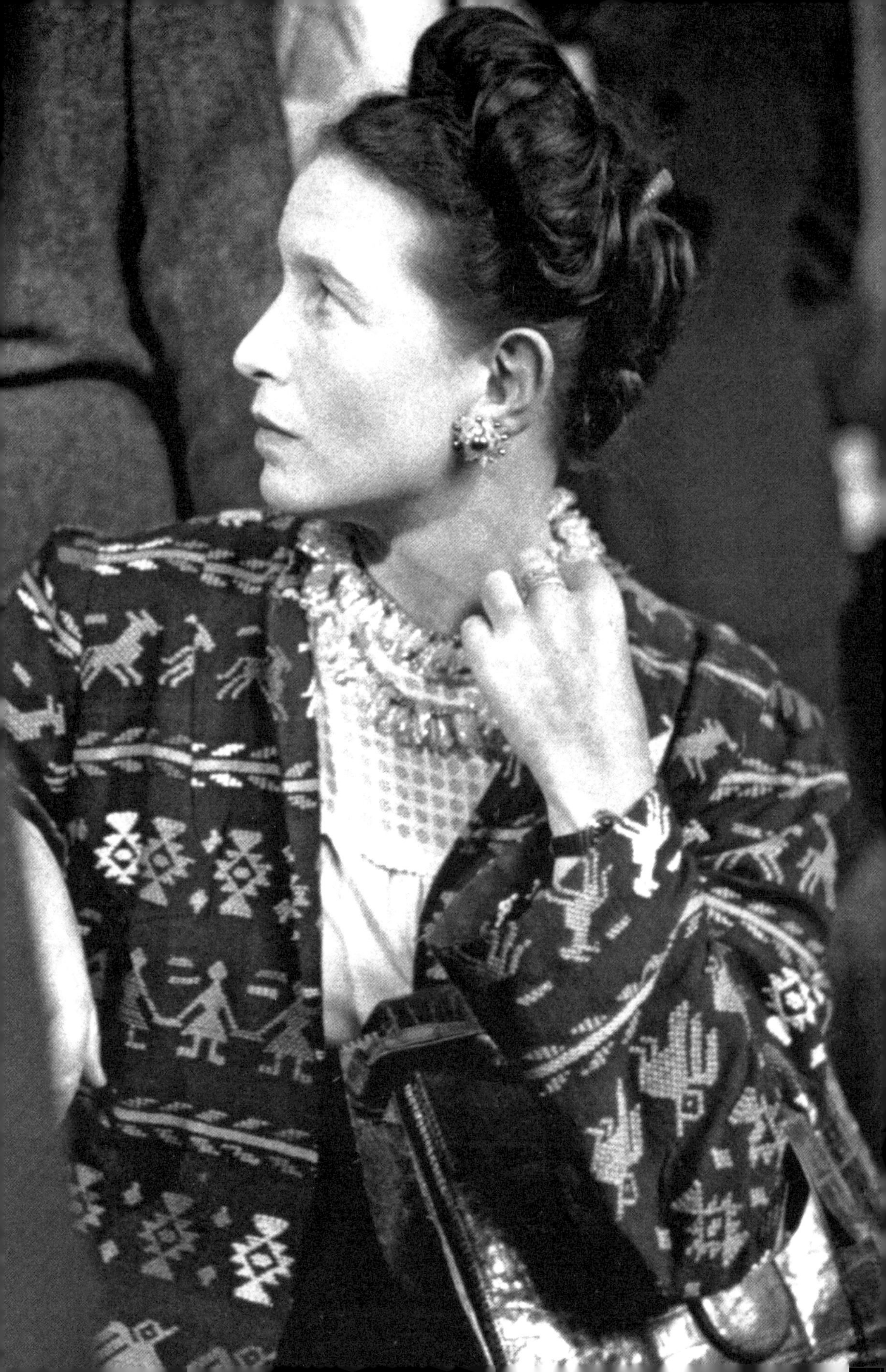

歌手朱丽特·格蕾科等人一起厮混到天明。德·波伏娃喜欢独具一格，这一核心特性让她拥有自己的各种时尚选择。

德·波伏娃在1929年遇到让－保罗·萨特，当时两人都在准备哲学教师资格的竞争性考试，它是法国最主要的研究生考试之一。两人都在巴黎高等师范学院参加了这一考试。

迪尔德丽·贝尔在1990年的德·波伏娃传记中写道，萨特称德·波伏娃"衣服穿得不怎么样，但长着美丽的蓝眼睛"。她当然既是时髦的，又是与时代格格不入的。战争期间，总的说来，配额和爱国主义限制了服饰的过度个性化，而在1944年解放巴黎后，时世仍然艰难。如果德·波伏娃的头发没有梳成她的那种高高的标志性发髻，她通常也会用战时流行的环形缠头巾将它包起来——这是在所有种类的供应都短缺时，妇女保持自己头发齐整的把戏。当世界开始回归正常时，这种做法被大多数人抛弃，但德·波伏娃发现这种风格很有用，它成了她形象的一部分。她的披头族形象的影响之一就是明确实用的样式也可以很性感。

直到1947年迪奥推出"新风貌"，用他设计的窈窕腰身、性感胸线和质地轻薄的衬裙，奠定了1950年代女性的倩影，时尚才再次成为真正的聚焦点。在当时，它是对战争匮乏年代的理想解药。在《第二性》(1949)中，德·波伏娃宣称，"最不实用的礼服和礼服鞋、最娇贵的帽子和长袜都是最优雅的"，而迪奥和他的服饰代表了桎梏"他者"的枷

> 服装和时尚往往专门用来把女性的身体与活动隔绝：中国女人裹小脚后，几乎走不动路；好莱坞明星涂过指甲油后，她的手什么也做不了；高跟鞋、紧身衣、裙撑、裙环、裙衬，与其说是为了突出女性身体的曲线，不如说是为了让身体更加无能。
>
> ——西蒙娜·德·波伏娃，
> 《第二性》，1949年

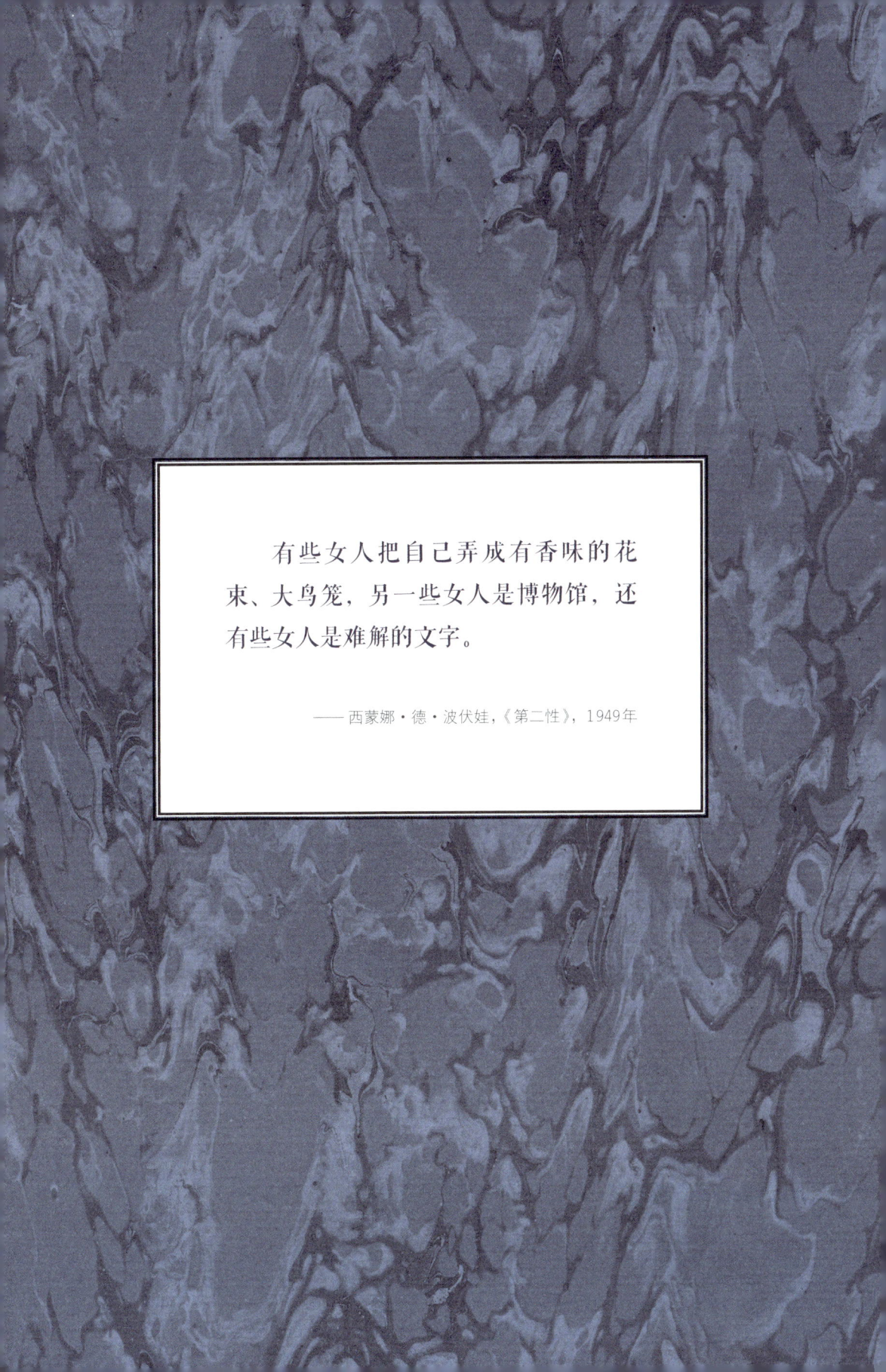

有些女人把自己弄成有香味的花束、大鸟笼，另一些女人是博物馆，还有些女人是难解的文字。

——西蒙娜·德·波伏娃，《第二性》，1949年

西蒙娜·德·波伏娃和让－保罗·萨特在里约热内卢的科帕卡巴纳海滩，1960年。

锁。她更喜欢我行我素，正是这种态度，不断吸引自由放任的披头族王国以相似的精神拥抱她的思维方式。

在她最受推崇的著作《第二性》中，德·波伏娃探讨了为何女性在社会中的地位从属于男性。她写到男性对女性的表述，也写到女性对女性的物化。特别迷人的一点是她激烈的反时尚热情。她谈到，对女性来说，"在乎自己的美丽，盛装打扮，是一种工作"。西蒙娜愿意自己来做"时尚工作"，她从来都是把指甲修得精致，涂着指甲油，曾穿着貂皮大衣参加支持堕胎的游行，还在1947年的《纽约客》上，被珍妮特·弗兰纳[1]和斯坦利·埃德加·海曼[2]描绘成"你见过的最漂亮的存在主义者；而且热切，温柔……谦逊"。

在《第二性》中，德·波伏娃承认，"女性可借助裙子，向社会传递她的态度"，虽然在当时，她争辩说这带有压迫性质，但在今天，这被看作是一种艺术选择。无论是穿着，还是形象，德·波伏娃都是智慧的；穿百褶裙，系丝质领结去授课，她看上去精明强干；穿貂皮大衣，坐在花神咖啡馆，她看上去雍容华贵；在家里，穿一身量身定做的天鹅绒套装，她看上去美丽自然。无论她选择穿什么，都并不是重要的。正是这一事实具有内在的吸引力，而且是追时髦的人至今仍在追求的精髓。

十四岁之前，德·波伏娃一直想当修女。

1959年，德·波伏娃写了一本书，名为《碧姬·芭铎和洛丽塔情结》。此书如今已绝版，成为收藏者之爱。

尽管德·波伏娃和萨特是终身伴侣，并且并排葬在蒙帕纳斯公墓，但他们从未住在一起。

---

1. 珍妮特·弗兰纳(Janet Flanner, 1892—1978)，美国作家和新闻记者，1925年至1975年任《纽约客》驻巴黎记者。

2. 斯坦利·埃德加·海曼(Stanley Edgar Hyman, 1919—1970)，美国文学评论家。

标志性形象：
头发和胡须

  时尚的显微镜充分聚焦在头发和胡须上：它是一种形象的开始与最终的装饰，可以成就也可以破坏一套服装。长发和卷发还可以显示出时代的特征，不仅以发型，而且以颜色、长度和使用的产品来显示，这是其他东西所做不到的。以下作者是对任何头发规则的例外：他们的发型存在于不同的维度。

苏珊·桑塔格
SUSAN SONTAG

苏珊·桑塔格1933年生于纽约，曾就读哈佛、牛津和索邦大学，是小说家、剧作家、和平运动活动家和学者。她的典型标志是贯穿黑发的一缕白发。桑塔格对社会一向持公开的反抗态度，随着年岁的增长，她变得越发魅力十足。她并不遮掩灰发，而是使它们成为经典的特色。桑塔格的那缕头发是醒目和大胆的，如《101忠狗》[1]中坏女人库伊拉·德·维尔的形象那样胆大妄为。她知道它看上去很出彩，为她浓密光滑的头发增添了犀利感。桑塔格是美丽的，而且在她生命的后期，越发显得中性。她穿宽松的西服，配宽松的衬衫和网球鞋——当然再配上一条围巾和那缕单色的头发。从1990年代起，人们记忆中的桑塔格就是这一形象。

1.《101忠狗》(101 Dalmatians)，英国儿童作家多迪·史密斯1956年的小说，后由迪士尼公司改编成动画片。

上图：
苏珊·桑塔格，1993年。

卡尔·奥韦·克瑙斯高
KARL OVE KNAUSGAARD

克瑙斯高1968年生于挪威的奥斯陆，他的头发几乎像他长达3600页的六卷本自传《我的奋斗》一样，具有传奇色彩。他长长的银发如马鬃一般，抗拒着梳理的需要。他的卷发旋转着，以满不在乎的方式随意披散——正是一个摇滚歌星的形象，以最放荡不羁的方式随风飘动。克瑙斯高已被称为挪威的普鲁斯特，据说他在创作《我的奋斗》时，每天写二十页。这是他生活的详细记录，他捕捉到的那些引人入胜的平凡细节已经成为狂热崇拜者们的"圣经"。

左图：
卡尔·奥韦·克瑙斯高，法国巴黎，2012年。

对页，上图：
马尔科姆·格拉德威尔，2014年。

对页，下图：
迈克尔·夏邦，2013年。

马尔科姆·格拉德威尔
MALCOLM GLADWELL

马尔科姆·格拉德威尔的那种螺丝形卷发，是花钱也买不来的。它全是基因绘制的运气。英国父亲和牙买加出生的母亲的幸福婚姻，造就了他的高额头和天生卷发。格拉德威尔决定把头发留长，这给了他写第二部著作《眨眼之间》的灵感。该书于2005年出版。他说因为他的头发"狂野"，警察开始拦截他的车，他得到的超速罚单超过以往的总和。《眨眼之间》讲述的是不假思索的决断力，如同他在2000年出版的第一本书《引爆点》，它也成了世界级畅销书。

迈克尔·夏邦
MICHAEL CHABON

迈克尔·夏邦有松软懒散的拜伦式浪漫卷发。而到目前的银色阶段，他那不驯服的头发开始有了摇滚诗人的色彩。盖璞（Gap）曾想让夏邦拍广告，但他拒绝了，并在2001年接受《滚石》杂志的访谈时反思道："我只对自己实际做过的事情感到自豪。为头发这种事受到称赞很奇怪。"夏邦可能并不在乎自己形象中时尚的细微差别，但这也是此位获得普利策奖的作家和编剧比他自认为的要时髦一点的原因。漫不经心本身就是动人的形象。

托妮·莫里森
TONI MORRISON

托妮·莫里森是第一位赢得诺贝尔文学奖的美国非裔女性。她是不慌不忙地走上作家之路的——她的第一部小说《最蓝的眼睛》出版时,她已经三十九岁了。她的标志性脏辫同样也是后来才出现的。那银灰色整洁漂亮的一根根发辫,是强大的文化特性的象征,也让人想起拉斯塔法里教的根源和酷之王鲍勃·马利[1]的气质。对许多人来说,脏辫还有更深的含意,象征着精神上的反文化,但在莫里森看来,它们只是她自己的符号,不代表任何其他东西。她在2012年接受《卫报》采访时说,"我不是一个刻板形象;我不是别人眼中的我。"她带着自信和超然的优雅留着脏辫。

---

1. 鲍勃·马利(Bob Marley,1945—1981),牙买加唱作歌手,雷鬼乐(Reggae)的鼻祖。他成功将牙买加雷鬼乐带入欧美流行乐及摇滚乐领域,对西方流行乐产生巨大影响。

欧内斯特·海明威
ERNEST HEMINGWAY

模仿大赛和服装品牌从欧内斯特·海明威的风格中获得灵感,但这不是1920年代海明威在巴黎时的风格。那时的他还是初出茅庐的文学新手,是为《多伦多星报》工作的新闻记者,成天与格特鲁德·斯泰因和埃兹拉·庞德斯混在一起。海明威1899年出生于伊利诺伊州的奥克帕克,这位后来的诺贝尔文学奖和普利策奖得主到加勒比海扬帆远航,去非洲游猎。让人们难以忘怀的是他那粗犷胡须的质朴魅力。它充满个性,并强烈体现在他那直接而深邃的男子汉写作风格中。海明威是刚毅的渔人和猎手,自然会选择阿伦毛衣和实用的装束:这成了嬉皮士的标准穿搭,让21世纪的男装生机勃勃,结实耐穿。同样,他的小说经久不衰:《太阳照常升起》和《丧钟为谁而鸣》是深刻的经典,恰如他面部浓密的胡须。

对页:
托妮·莫里森在她的纽约公寓内,2008年。

右图:
欧内斯特·海明威在肯尼亚大型动物狩猎期内于一张折叠桌上工作,1952年。

唐娜·塔特
DONNA TARTT

衣着讲究与作家的职业并不相悖，但从某种角度讲，对画家和舞者就不那么合适了。

——唐娜·塔特，《这是我所知道的》，《卫报》，2003年

对页：
唐娜·塔特，
2014年。

在1992年秋天，一位崭露头角的作家出版了一本名为《校园秘史》的书。它所来到的，正是邋遢时尚[1]即将进入主流的世界。新锐时尚设计师马克·雅克布斯为那一季设计的时装系列是如此前卫，以致派瑞·艾力斯[2]解雇了他。海洛因时尚[3]上了头条新闻。世界厌倦了超级名模琳达·伊万格丽斯塔和她的那些要付一万美金才肯起床的超模朋友。圈外人反倒让人觉得有趣，将要成为21世纪边缘文化的东西突然进入正轨。

唐娜·塔特作为一位作家，其长项在于游离于主流之外，但她仍然拥有众多读者。她的第一部小说触动了文化的神经，成为文学的试金石。时至今日，她已经出版了三部精彩的小说——无不是稀奇古怪、令人敬畏的鸿篇巨制。2002年出版的《小友》，讲述了一个小女孩的哥哥之死，正如塔特在《卫报》的一篇文章中所解释，它是一本

1. 邋遢时尚（grunge fashion），其特征是耐用的二手服装，以宽松、中性风格穿着，弱化身体线条。风靡于20世纪90年代。

2. 派瑞·艾力斯（Perry Ellis），时装品牌，由设计师派瑞·艾力斯设计，由同名国际时装公司所有。

3. 海洛因时尚（heroin chic），20世纪90年代中期在年轻人中流行的一种时尚风格，惨白的皮肤、重重的黑眼圈、深色口红、皮包骨、性别特征弱化是其主要特点。

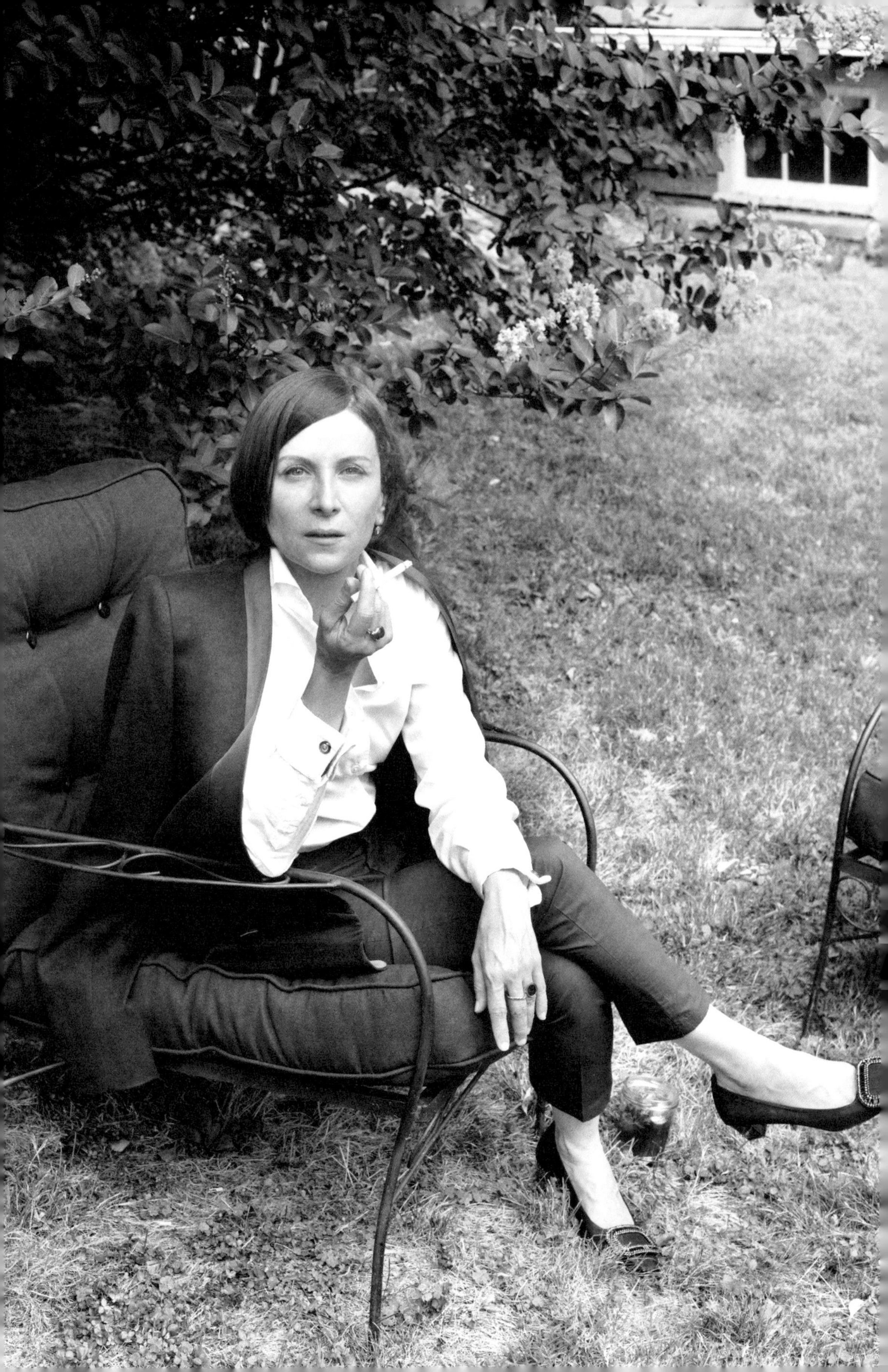

"关于儿童以非常恐怖的方式接触成人世界的可怕故事"。2013年的《金翅雀》,讲述了一个男孩在母亲死于美术馆爆炸事件后的生活。这部杰作审视了丧亲之痛、失去和人生的意外转折,它所引领读者走过的旅程,在一定程度上由塔特最喜爱的卡尔·法布里蒂乌斯[1]的画作所决定。此书就是根据这幅画命名的。她的写作花了很长时间——她的小说都很长——其著作的出版已成为读者不同寻常的欢宴。

塔特的人生也是个富有魔力的故事,如同多数美丽动人的小说人物,她的相貌和时尚理念都很吸引人。她长得很像1930年代的银幕飞女郎、女演员露易丝·布鲁克斯,她也因为自己标志性的波波头而闻名,那是阿加莎·伦斯博——伊夫林·沃在两次世界大战之间所写的小说《邪恶的肉身》中,那个酷爱社交聚会的轻佻女郎——式的发型。

尽管最近有人看到塔特梳着齐整光滑的马尾辫,但她身上仍有一种离经叛道的古怪味道——古怪多变是浪漫的,她的男孩风格很受人喜爱。一件中性风的挺

---

[1]. 卡尔·法布里蒂乌斯(Carel Fabritius,1622—1654),荷兰画家。

邦尼有一超人的能力,可以发现让他的听者不自在的话题,而且一旦找到这个话题,他就会残忍地喋喋不休。在我认识他的这几个月里,他从来没有停止过戏弄我,例如嘲笑我第一天和他共进午餐时穿的那件外衣,嘲笑我那条他觉得做工低劣、没有品位的加州式连衣裙……每次邦尼当着众人的面,无礼地谴责我穿混纺衬衫,或者批评我的再普通不过的裤子有他所谓的"西部式样"的污点(其实它与他的裤子没什么两样),这一把戏让他获得的快感,很大一部分来自于他准确无误、警犬般地嗅到,在所有话题中,这个话题真的最让我不舒服。

——唐娜·塔特,《校园秘史》,1992年

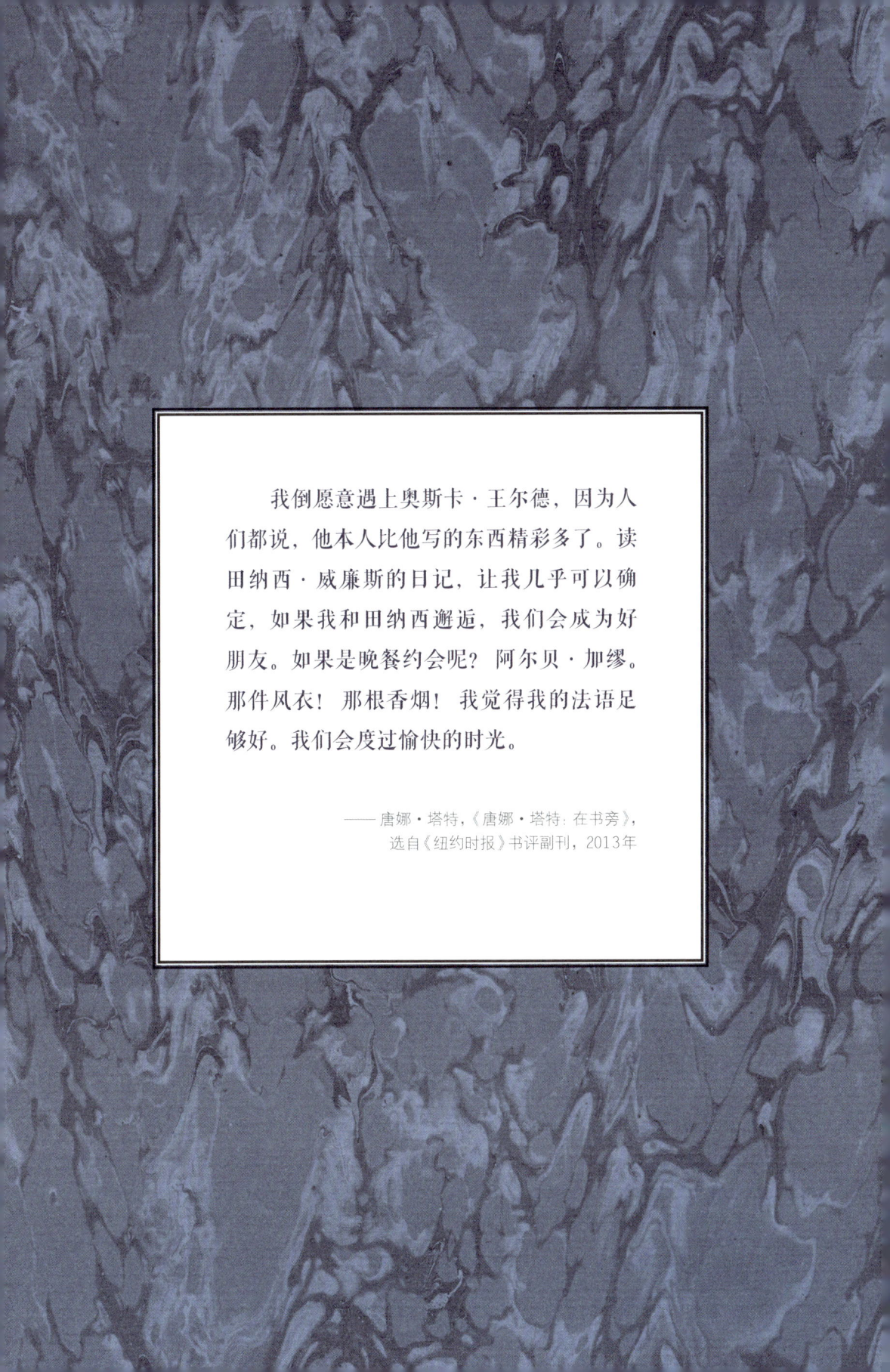

我倒愿意遇上奥斯卡·王尔德，因为人们都说，他本人比他写的东西精彩多了。读田纳西·威廉斯的日记，让我几乎可以确定，如果我和田纳西邂逅，我们会成为好朋友。如果是晚餐约会呢？阿尔贝·加缪。那件风衣！那根香烟！我觉得我的法语足够好。我们会度过愉快的时光。

——唐娜·塔特，《唐娜·塔特：在书旁》，
选自《纽约时报》书评副刊，2013年

唐娜·塔特，2000年前后。

> 我变得很依赖外衣，因为外衣很舒服，你可以蜷缩在里面。大约十年前，我买了一件很漂亮的羊绒外衣，特别喜欢它。它真的就像我的安乐毯。

——唐娜·塔特，《这是我所知道的》，2003 年

括白衬衫，定制的外衣，男性的领带，是她经常穿在身上而且觉得自在的服装。她在 2002 年接受《每日电讯报》的采访时透露："我对女装有一种好笑的感觉。真的穿上高跟鞋和荷叶边连衣裙——你知道我在说什么吗？——似乎有点……滑稽可笑。"她喜欢穿套装。

1992 年 9 月，塔特在《名利场》上透露，她在上多蒂小姐的女童幼稚园时，就认定自己"应该想做一个考—古—学家"。但在密西西比大学读一年级时，她引起了作家威利·莫里斯的注意，他说她是天才，并且后来成为她的导师，此后她就选择集中精力写作了。他劝她转学去佛蒙特的本宁顿学院，她在二年级时这样做了。就是在那里，她开始写她的处女作《校园秘史》，但最后几乎花了十年工夫才完成。其后的《小友》和《金翅雀》也进展缓慢，分别是在十年和二十年之后才完成；这三本书都上了畅销书排行榜。如今，唐娜·塔特是有史以来最成功的作家之一。在《校园秘史》中，衣服隐藏在课堂里，并可以起到疏离的作用。塔特清晰地分享了她对衣服的威力以及衣服所起的保护和暴露作用的细致理解。

塔特是果浆乐队（Pulp）和白色条纹乐队（The White Stripes）的粉丝。

她童年时最喜爱的读物包括《彼得·潘》和《金银岛》。

科莱特
COLETTE

极致的美不能唤起同情。
—— 科莱特,《最后的谢利》,1926年

摄影师李·米勒1945年在《时尚》杂志上发表了一篇特写,标题为:"科莱特 —— 法国在世的最伟大作家"。米勒谈到"科莱特作为科莱特,作为海妖、顽童、时尚教母、母亲、外交家的妻子、作家、荣誉军团成员、比利时学院的成员。科莱特穿着圣特罗佩赤脚凉鞋站在克莱斯勒大厦楼顶"。西多妮-加布丽埃勒·科莱特的人格面具包罗万象,但在所有的伪装中,她都是淫荡的化身,有一双画着粗眼线的眼睛和不受约束的性情。

她是一个未被驯服的尤物,本能驱使她描写自己所知道的世界和所了解的女人的感情。对她来说,衣服就是为了滋养和安慰心灵;它们装扮放纵的生活,是内在性格的表现。她用它们来让自己的生活,以及她在写作中所创造的人物的生活大放光彩。在世纪交替之时当了年轻新嫁娘的科莱特,是她的克劳汀系列小说中女主人公的化身,穿着少女的水手装和短筒靴,梳着长及膝盖的辫子,戴宽边软帽。她曾在杂耍戏院表演,在那一期间拍摄的照片里,她慵懒地躺在狮皮地毯

对页:
科莱特,
1925年。

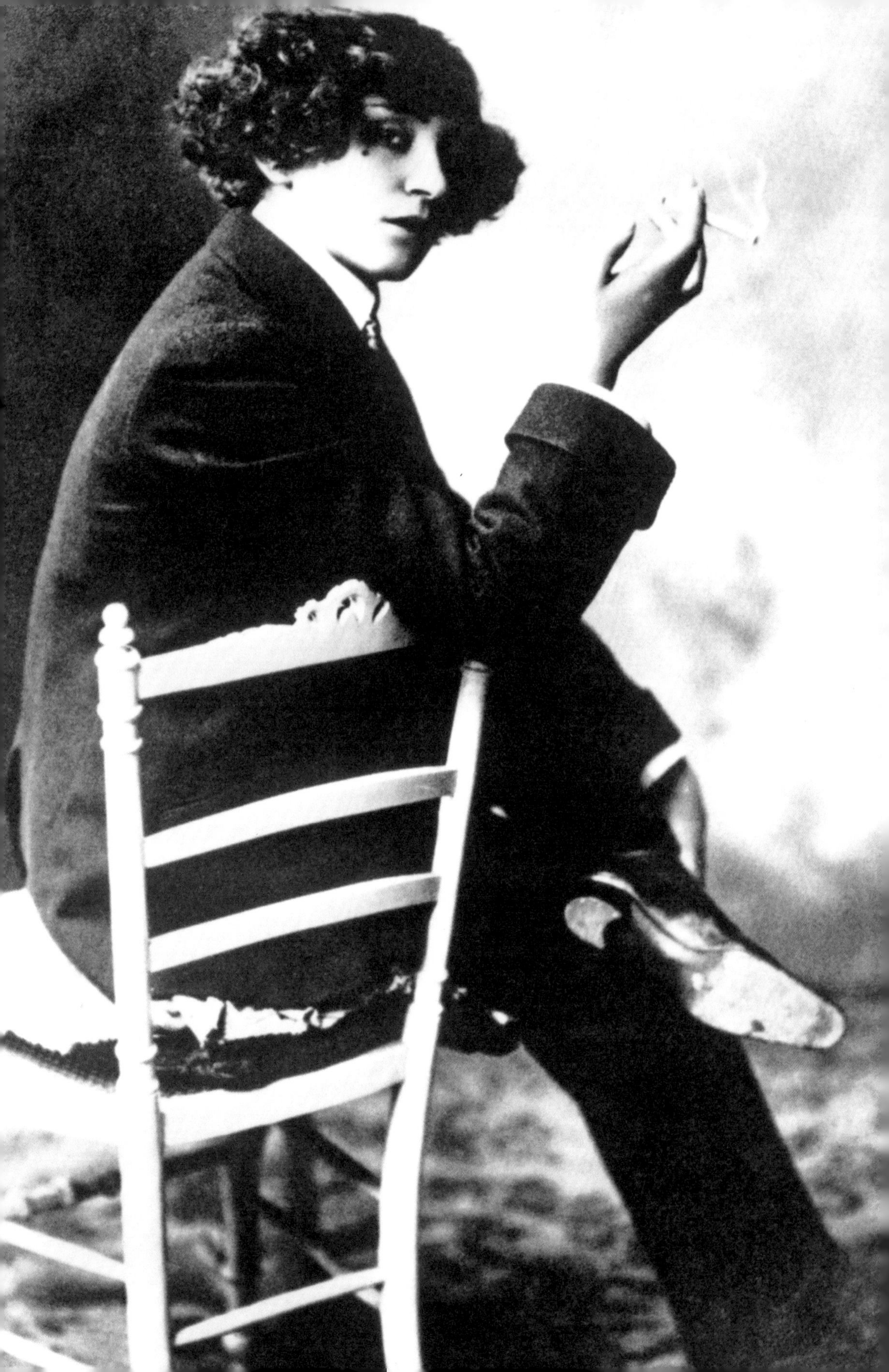

上，身披虎皮，并摆出姿势。在她嫁给法国作家莫里斯·古德凯的婚礼上（那是她的第三次婚礼了），她身穿吕西安·勒隆[1]设计的丝质斜裁时装。六十岁时，作为受人尊敬的知名小说家，她身着显出丰满胸脯、饰有奢华蝴蝶结的丝绸衬衫和波西米亚长裙，围着天鹅绒围巾——而且永远画着她年轻时作为招牌的粗眼线。

1925年，科莱特为巴黎版《时尚》撰写了十二篇文章，这些文章在1958年重刊于美国版《时尚》。在其中一篇文章中，她赞美为某一场合盛装打扮的愉悦，不赞成有些女人的观点，即认为没必要从白天的服装换成看戏或吃晚餐的服装，她希望在每个场合看上去都"恰如其分"："有一些女人，打扮得极其考究，精心修饰，欢天喜地地盼望着东跑西颠了一天后，在吃晚饭前再次更衣。但你们中还有多少人只限于在餐馆的洗手间补妆？然后你解开大衣，不仅暴露出一天被践踏的痕迹，还露出一件金银线布料的衬衫？你想象自己为那一晚做好了准备……啊，你们这些优雅的人指望我对你们的节俭表示祝贺？节俭……呸！是懒惰！"

科莱特的小说《谢利》里那位叫蕾的中年交际花的一连串想法正是如此，当时她默默地斥责珀卢太太和她的儿子（蕾的年轻情人）午休时在酷热中宽衣解带："随着午后天气愈发炎热，珀卢太太把她的窄裙子拉到膝盖以上，露出她又瘦又小的水手腿肚，谢利则拽下领带——蕾发出听得见的啧啧责备声。"蕾感到"厌恶"，想道："永远不能让她的年轻情人看到她衣衫不整的样子，或者衬衫扣子未系，或者白天穿着卧室的拖鞋。'需

科莱特在1919年发表中篇小说《米索》后，收到崇拜者马塞尔·普鲁斯特的一张便条，上面写着："今晚我落泪了，我好久都没有这样了。"

1932年3月，科莱特开了一家名叫"科莱特协会"的美容店。她那时快六十岁了，觉得开这家店可以方便她与读者见面。

---

1. 吕西安·勒隆（Lucien Lelong, 1889—1958), 1920年代至1940年代的法国著名女装设计师。

她抬起眼皮时，就像正在脱衣裳。

——科莱特，《克劳汀和安妮》，1903年

科莱特，1907年。

要时可以裸体，但不能邋遢，永远不能！'"

《谢利》是一个探讨变化的世界、吸引力和年龄的故事。它出版于1920年，但它完全是以世纪交替时的兴奋与狂喜为背景。时尚、着装理念和礼仪的细节，都被用来洞察这一时代的观念，以及捕捉变化中社会的复杂性。时尚在发展，生活在继续，人们在适应："她看着从她面前经过、向树林走去的女人们的剪影。'这么说，裙子又在变呢，'蕾评论道，'帽子更高了。'"随着一位青年成为她生活中重要的一部分，蕾花时间沉思变老和所有随之而来的考虑因素。衣裳是关键："'美，'蕾在往闺房走的路上轻轻地说，'不。我以后不再需要在靠近脸的地方穿戴白色，还有淡粉色的内衣和茶会礼服。美！哼……我几乎不再需要那玩意儿了。'"

在《谢利》中，科莱特将幽默和尖锐的人物刻画与着装连在一起，她的描述既残忍又具有启示性。在科莱特的全部文字中，衣服始终在揭示、隐藏和宣示着什么。

或许到了七十岁的年纪，有一身只有胸衣才兜得住的阔人的肥肉，老莉莉通常被人称为"越过了所有界限"，但没有人界定这些"界限"是什么……老莉莉追时尚到了骇人听闻的地步。一条引人注目的蓝白条裙子吊在她的腰下，一件蓝色的小毛线衫在她干瘪的胸部敞开着，那胸部像公火鸡的脖子一样皱皱巴巴；银色的狐皮遮不住她的颈部；这脖子的形状像花盆，大小像肚子，吞噬掉了下巴。

"太可怕了。"蕾想。她的目光无法离开那些特别邪恶的细节——例如，一顶白色的水兵帽，幼稚地扣在短短的草莓色假发上；或者一串珍珠项链，一会儿看得见，一会儿埋在深深的沟壑之中，这项链曾被称为"维纳斯项链"。

——科莱特，《谢利》，1920年

亨特·S. 汤普森
HUNTER S. THOMPSON

玩自己的游戏，不受别人控制，不求任何人对你表示赞同。
——亨特·S. 汤普森，《惧恨美国》，1971年

亨特·S. 汤普森主要的公众形象——他追踪快乐的灵魂本质、他难以模仿的疯狂，和他锻造出的毫不妥协的文本——不仅像磁铁一样吸引着与他相遇的人，而且让全世界的志趣相投者着迷和欣赏。亨特的风格和内涵所激发的，不仅是第一人称主观写作的新闻新方式。他的生活态度和他在生活中的着装也已成为传奇。

汤普森陶醉于他充满乐趣的生活，他还有同样疯狂古怪的着装习性。身高六英尺三英寸的汤普森的日常着装理念更偏好制服——穿一件制服，以求过得疯狂、快活。深色的飞行员式墨镜、卡其布猎装外套、鲜艳的夏威夷衬衫、匡威胶底帆布鞋和非常短的短裤，是汤普森典型的日常着装。他夸张的衣服、牛仔帽、烟嘴和高及膝盖的长筒袜，也如他在生活中用枪的举动那样特立独行和出人意料：他经常用枪射击自己的书，作为签名。

作为思想自由的激进派，汤普森体现了局外人对反文化运动和主流社会的看法。他对六七十年代的嘲讽和不屑，已经与那两个时代密

对页：
亨特·S. 汤普森在科罗拉多州阿斯彭，20世纪70年代中期。

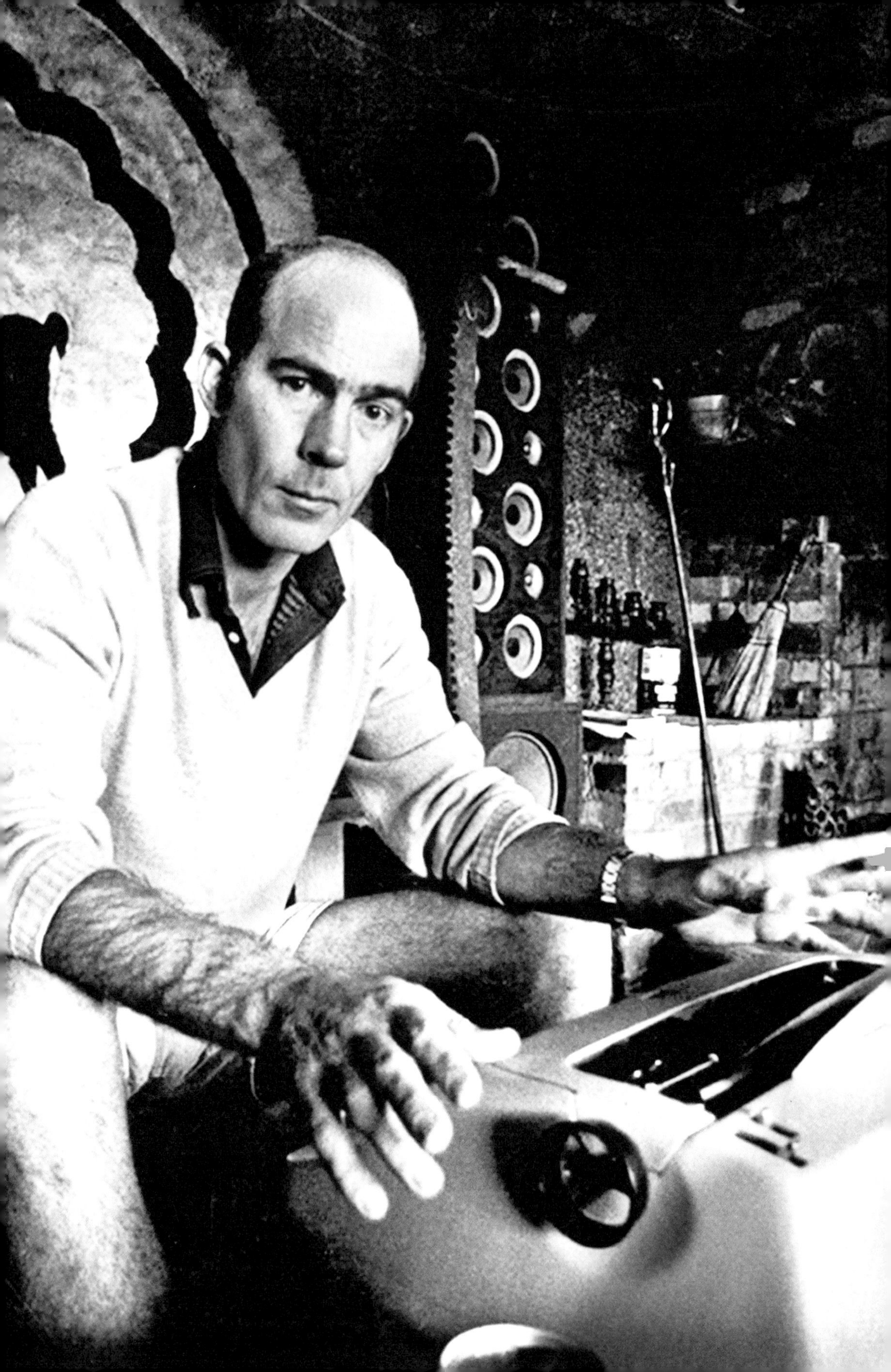

亨特·S. 汤普森在路上，1990年。

不可分。他报道过尼克松竞选、水门事件和越南战争；他写嬉皮士，以及垮掉的一代的灭亡。1966年，他发表了自己的第一部著作《地狱天使：一个奇怪而可怕的传奇》。与他的第二部书《惧恨拉斯维加斯》一样，他的文章最初都是写给《国家》杂志的特写，文章发表后，他得到了写更长篇作品的邀约。第二年，他和已结识的地狱天使们[1]住在一起，观察他们，其后在作品中写道："我已经确定不了，是我在对地狱天使做调查研究，还是慢慢被他们同化。"十几岁时，汤普森曾花时间用打字机把斯科特·菲茨杰拉德和欧内斯特·海明威的作品打出来，为的是抓住伟大作品的韵律和逻辑思维，但是在他写《地狱天使》时，他的独特写作风格喷涌而出。汤普森在2003年的回忆录《恐惧王国》中说，他属于一个新谱系的作家："我并没有试图成为一个反叛作家。我从来没听说过这个词；其他人发明了这个词。但我们全都不受法律约束：凯鲁亚克、米勒、巴勒斯、金斯堡、克西；至于谁是最糟糕的反叛者，我没有一个标尺。我就是能认出盟友：跟我一样的人。"

1970年代，汤普森经常把这些衣服组合起来穿：非常短的短裤和运动袜、匡威全明星胶底帆布鞋、猎装或宽边帽、遮阳帽、飞行员墨镜、夏威夷衬衫、皮革手环和鲨鱼齿项链，还把烟嘴和枪作为配饰。时尚业欣然接受了这些着装特征。汤普森风格的古怪配件不时成为时装秀的参考，《时尚》

汤普森有只被人解救的长鼻浣熊，名叫"高手"，它学会了用抽水马桶，还喜欢玩肥皂。

汤普森最喜欢的书籍之一，是肯·克西的《飞越疯人院》。

汤普森设计了自己的葬礼，并在2005年自杀前，留下一纸备忘录，吩咐应从他自己设计的一个纪念碑顶部，把他的骨灰包在烟花壳里射向天空。那个纪念碑是一只紧握的拳头。

---

1. 地狱天使（Hells Angels），是一个被美国司法部视为有组织的犯罪集团的摩托车帮会。

则敦促读者"拥抱你内心的亨特"。时装设计师从他的风格中获得启示——在2016年的春季款式中,英国休闲品牌荷兰屋,就让它的模特穿上典型的汤普森式搭配的服装。一个佩带泰瑟枪的秃头男人,其个性对21世纪的着装具有影响,尽管这似乎是件滑稽事,但他不协调的穿衣选择,却已成为时髦的标准。

加利福尼亚,劳动节的那个周末……天色尚早,从大洋涌来的浓雾仍然弥漫在街面,无法无天的摩托党们就身挂链子、戴上墨镜、身穿油腻腻的牛仔裤,从旧金山、好莱坞、圣贝纳迪诺和东奥克兰潮湿的车库、通宵开张的路边小餐馆和别人丢弃的可睡一晚的床垫,呼啸而出,驶向大苏尔北部的蒙特雷半岛……怪物又被释放出来了,地狱天使这个一百克拉的头条新闻,在清晨的高速公路上呼啸飞驰,他们伏在车上,都很严肃,疯狂地穿过车流,以每小时九十英里的速度前行,差几英寸就要越过中线……如成吉思汗,在铁马上驰骋,一匹有热烘烘肛门的怪兽,从啤酒罐的拉环眼里直冲而出,冲上你闺女的大腿,既不屈己,也不从人;让那些老古董看看什么是高级,让他们闻闻他们永远一无所知的寻欢作乐的香气……

——亨特·S.汤普森,《地狱天使》,1966年

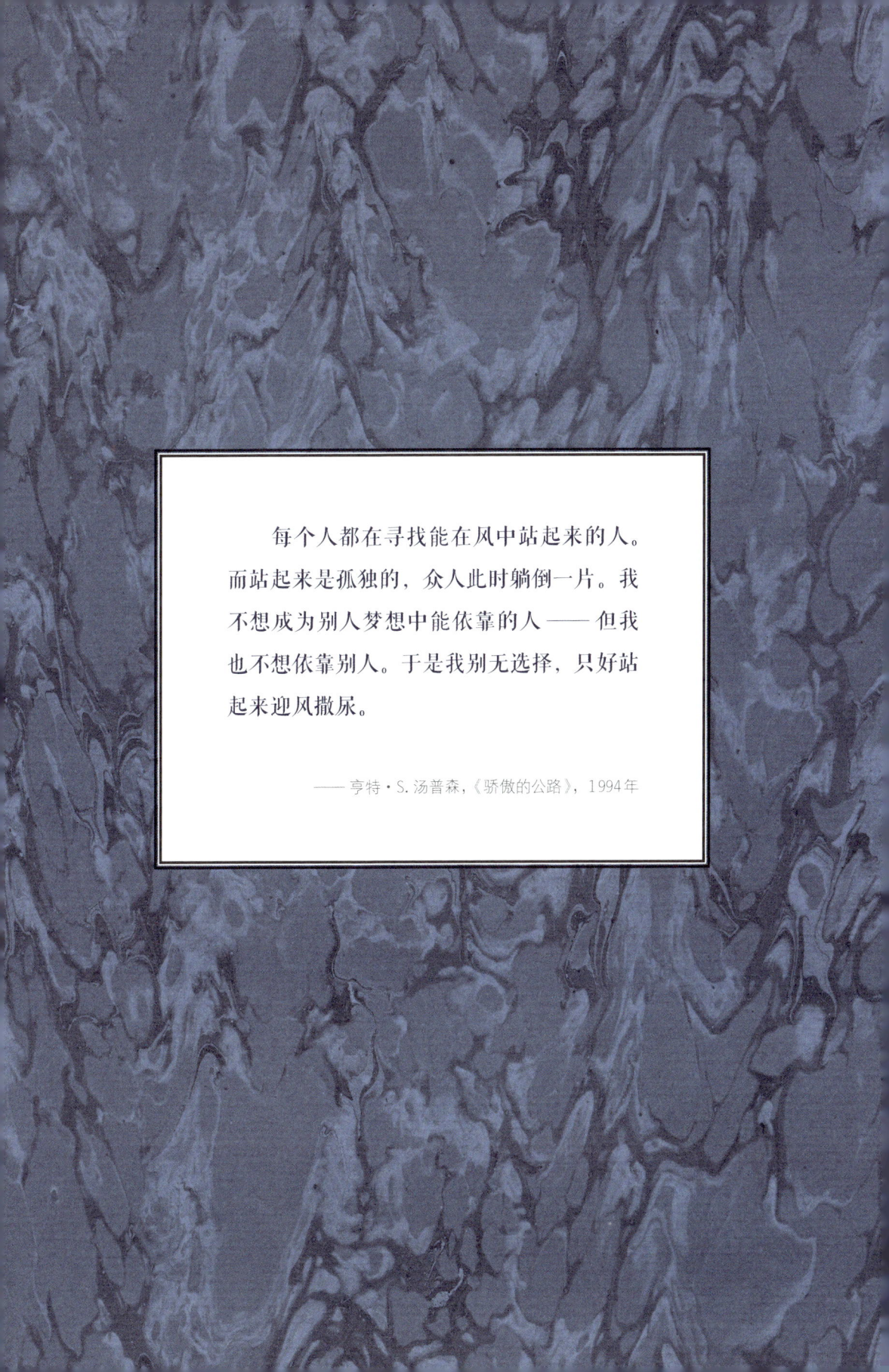

> 每个人都在寻找能在风中站起来的人。而站起来是孤独的，众人此时躺倒一片。我不想成为别人梦想中能依靠的人——但我也不想依靠别人。于是我别无选择，只好站起来迎风撒尿。

—— 亨特·S.汤普森，《骄傲的公路》，1994年

多萝西·帕克
DOROTHY PARKER

方格条纹布是给有婚约的少女穿的，软缎是给自由人穿的。
——多萝西·帕克，《软缎礼服》，1926年

多萝西·帕克是爵士时代的作家，她的作品体现了同时代的飞女郎那种"罗马帝国末日"式的凌乱无序的精神世界。帕克在1956年夏季的那期《巴黎评论》上宣称："格特鲁德·斯泰因说'你们全是迷惘的一代'，这对我们危害最大。它传到某些人耳朵里，大家都说'啊，我们迷惘了'。"多蒂[1]对待生活的方式，是承认时代的恐惧，把它甩出去，在它呼啸转回之时，一枪将它击落。

帕克的时尚生涯——先是《时尚》杂志的图片文字撰写员，然后是特写作者、《名利场》杂志的戏剧评论员、《纽约客》的专职作者，以及短篇小说和诗歌作家——是与她时髦的衣橱相配的。她的身高只有四英尺十一英寸，即使穿上高跟鞋也很娇小，但她永远优雅地斜戴一顶镶边的帽子。这位1920年代的曼哈顿女人，衣着符合那个时代的精明强干：豹纹镶边的晚礼服大衣、钟形帽、手包和珍珠项链。她的深色头发梳成蓬松的波波发型。尽管她需要眼镜才能工作，但是出了办公室，她就很少戴它，当然，如她1925年在《纽

对页：
多萝西·帕克，
1935年。

[1] 多蒂（Dottie），多萝西的昵称。

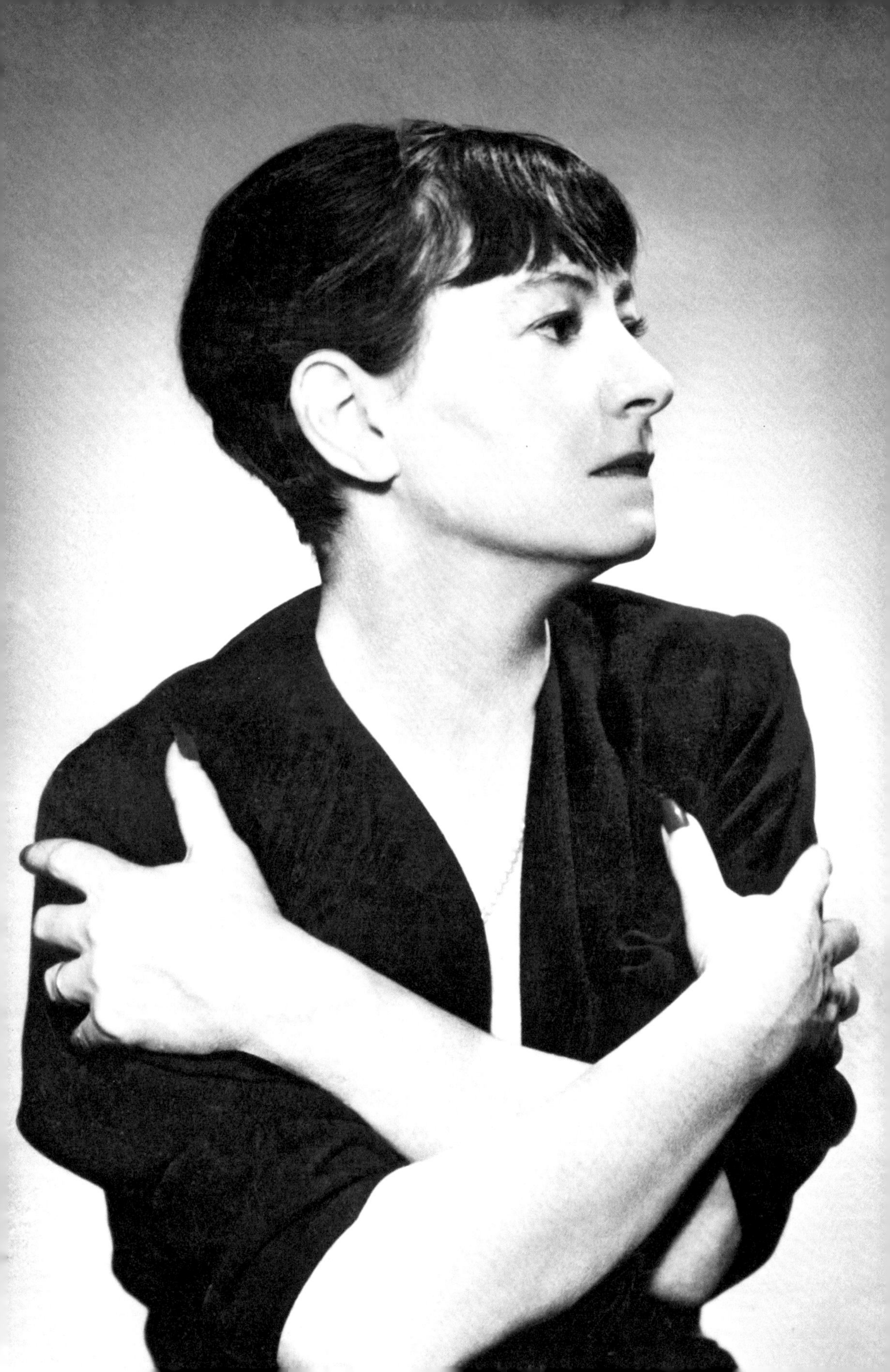

上图：
多萝西·帕克，20世纪30年代中期。

帕克高中没有毕业。

帕克在纽约的第一份工作，是在一所舞蹈学校当钢琴伴奏。

---

1. 布莱姆·斯托克（Bram Stoker，1847—1912），爱尔兰小说家，吸血鬼小说《德古拉》的作者。

约世界报》上所说："男人从来不与戴眼镜的姑娘调情。"帕克有敏锐的时尚眼光，在《时尚》工作时，她也用惯常的批判眼光审视它，1956年她在《巴黎评论》上说："真可笑，在《时尚》工作的女人大多相貌平平，一点不时髦。她们都是随和的体面女人——我见过的最随和的女人——但她们不配在这样一家杂志社工作。她们戴可笑的小软帽……现在，编辑们货真价实了：都很时髦，而且见多识广；多数模特都出自布莱姆·斯托克[1]的大脑，至于图片文字撰写员（我以前的工作），她们在推荐高尔夫球杆木杆头的貂皮套，七十五美元一个，'——给什么都不缺的朋友'。文明就要走到尽头了，你懂的。"

她认为自己的才华不值一提，其实她比自己一向承认的要雄辩和善于表达得多。在接受《巴黎评论》的访谈时，她忧郁地反思道："我的诗不怎么样。让我们面对现实吧，亲爱的，我的诗早就过时了——正像任何曾经时髦的东西现在都很可怕一样。我放弃了，因为知道它不会有任何长进，但似乎无人注意到我的高尚之举。"然而，帕克的短篇小说反映出1920年代和1930年代纽约的苍白灵魂：她讲述人们在白日梦中度日、酗酒和没有尊严地忍受种族偏见的故事。

帕克试图取笑生活，她用文字来应对生活的荒唐。在《一通电话》中，那位绝望的来电者谴责上帝和整个世界，她痛斥他道："你以为可以用你的地狱来吓唬我，是不是？你以为你的地狱比我的还糟。"帕克的地狱很新颖：她两次自杀未遂，后来独自死在纽约,她曾住在纽约上东区的沃尔尼酒店。她把自己的全部遗产留给了马丁·路德·金和全国有色人种协进会。她去世二十一年后,人们才在巴尔的摩全国有色人种协进会总部修建了她的纪念花园,一尊石碑上简洁地写道:"她提议用'原谅我的骨灰'来做她的墓志铭。"

帕克还是定期光顾阿尔冈昆酒店圆桌聚会的名人,在那里,她与文学界同人共进午餐,展开舌战,例如普利策奖得主、剧作家乔治·S.考夫曼和罗伯特·E.舍伍德,偶尔还有哈波·马克斯、诺埃尔·考沃德和塔卢拉赫·班克黑德

帕克与阿尔弗雷德·希区柯克合作,为1942年的电影《海角擒凶》拍摄了一个场景,不过它被剪掉了,换上了由那位导演扮演的另一个小角色。但帕克帮助撰写剧本的功劳确实得到了承认。

等人。这一日常仪式全国闻名,帕克和她的连珠妙语成了传奇。1934年,她嫁给演员和编剧艾伦·坎贝尔,迁到好莱坞,在那里写剧本,包括1937年获奥斯卡奖提名的《一个明星的诞生》。

> 她们看上去很像,尽管这种相似并不在相貌上。是她们的身材、动作、风格和饰物。安娜贝尔和米奇做了一切别人规劝办公室年轻人不要做的事情。她们涂口红,描指甲,画睫毛,染头发,身上似乎散发着香气。她们穿轻薄、鲜艳的连衣裙,紧绷在胸脯上,短得遮不住大腿。穿高跟拖鞋不说,还别出心裁地绑上鞋带。她们看上去引人注目、廉价而诱人。
>
> ——多萝西·帕克,《生活标准》,1941年

昆汀·克里斯普
QUENTIN CRISP

如果说我有任何才华，也不是用来行动，而是用来自处。
—— 昆汀·克里斯普，《赤裸的公仆》，1968年

昆汀·克里斯普的写作是个人主义的遗产。当然，他写的是自己 —— 他最重要的著作都是回忆录，它们简直就是关于讲故事艺术的大师课。克里斯普是内旋的飓风 —— 经常提到和揭示出他花费数年工夫不断完善其核心理念的勤勉个性。克里斯普的着装技巧独一无二，他的衣服袒露了他的灵魂 —— 真实是其形象的核心。

典型的克里斯普风格体现为一顶软呢帽，一条飘动的丝巾，一头蓬松的染发（年轻时是红色，到了他自我描述为"庄严的同性恋"时是蓝色），以及尽可能多地层层涂抹化妆品。彻底的波西米亚，如旋转的龙卷风，昆汀一路制定自己的着装规则。他坚持承认本真的自我，即一个没有丝毫羞愧感的同性恋。他生于1908年，在英格兰的郊区长大，那时同性恋还不敢公开其名，而克里斯普涂口红，染头发，并在与人交谈时，只要一有机会，就提起这个话题。

1930年代，克里斯普白天在伦敦一家电气工程公司工作，制作技术绘图，设计商业广告，晚上却在单间的小公寓里写作。他在1968年

对页：
昆汀·克里斯普，
伦敦，1981年。

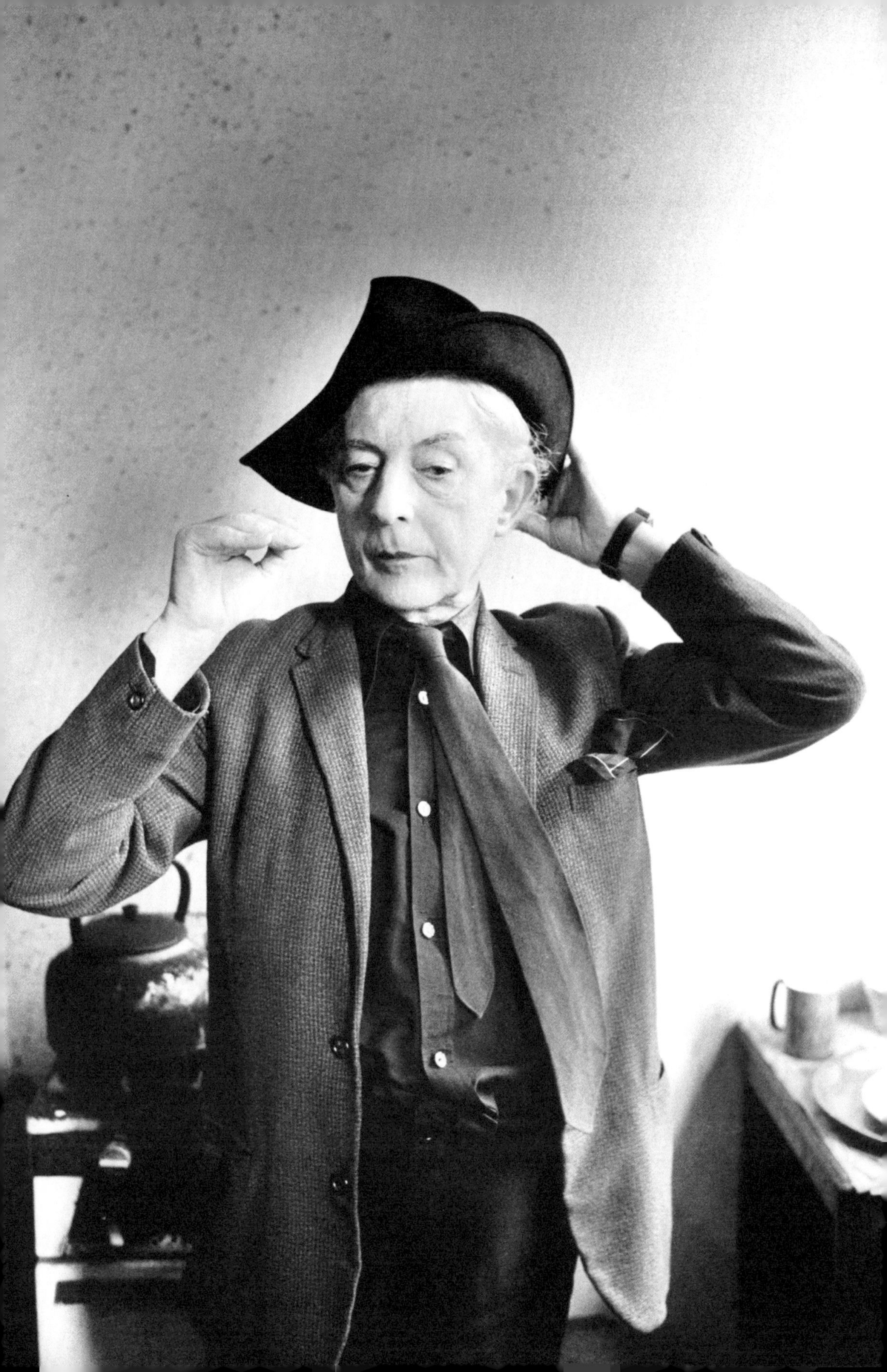

的回忆录《赤裸的公仆》中承认,他"有天才的风度和优雅",但作为作家,他还没有找到自己的声音。但在悉心塑造自己的形象和沉湎于自我炫耀方面,他却更加成功。他写道:"招摇过市好似吸毒。我在青少年时代就上了瘾,现在大剂量吸食,那剂量足以杀死一个新手。睫毛膏几乎糊住眼睛,唇膏抹得说不出话来,我在皮姆利科昏暗的街道上行走,把自己裹在大衣里,仿佛它是一件貂皮大氅。我必须像爬出坟墓的木乃伊一样走着……有时我梳刘海儿,长到完全遮住了前行的路。这并不重要。总有别人在看我往哪里走。"

在1992年的电影《奥兰多》中,八十三岁的克里斯普扮演了伊丽莎白一世这个角色。

到第二次世界大战开始时,他已经掌握了剪裁缝制衣装的艺术,以适应自己与众不同的性格。他在《赤裸的公仆》中解释道:"就衣服而言,我就像一家医院,完全靠自愿捐献。当别人把我介绍给任何人时……我总是会看他们的脚的尺寸是否也像我的脚这样小。我希

克里斯普一向公开刊出他家的电话号码,并常鼓励陌生人给他打电话。他总与来电者交谈,如果得到邀请,还会出去同他们共进晚餐。

望他们可以把准备扔掉的鞋子给我。鞋子的问题在于它们不能改造……任何时候,我都可以去找一位马克汉姆太太帮忙,她在整个苏荷区大名鼎鼎,是世界上最棒的改裤子专家。如此这般,就几乎完全没有必要去光顾男服店了。"

克里斯普的女性化风格独一无二。他穿裹在身上的衣服,在模糊身份方面给他的读者以启迪。但他并不想被人当成女人,而是想走自己的、别人无法仿效的道路。事实上,克里斯普觉得男人穿女人衣服很乏味。他在回忆录中讲述了一个他曾经尝试这样做的故事:"我住在男爵宫[1]时,一次坐地铁到皮卡迪利广场,穿了一件黑色丝绸连衣裙和天鹅绒大氅。

---

1. 男爵宫(Baron's Court),伦敦一地名。

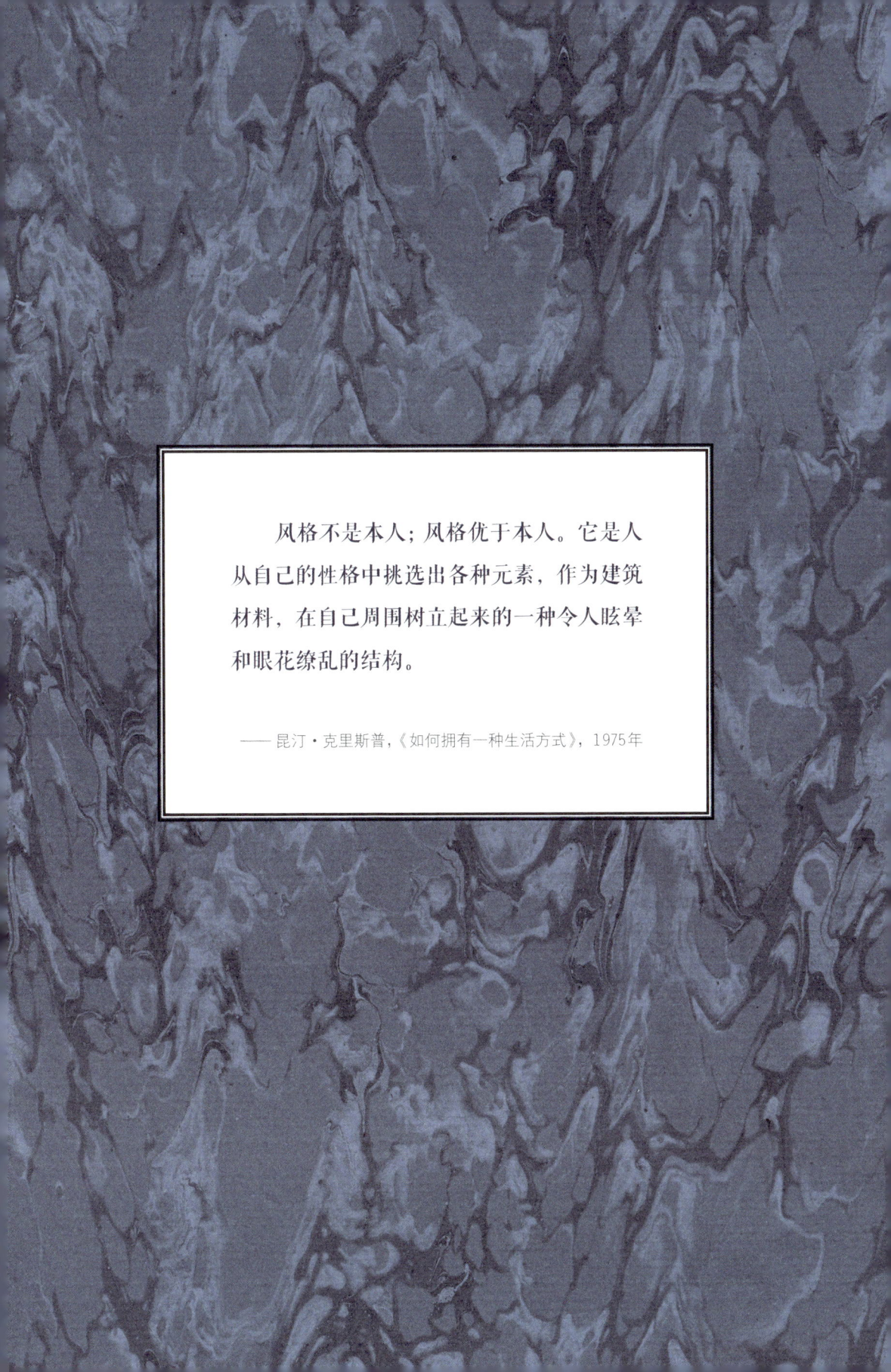

风格不是本人；风格优于本人。它是人从自己的性格中挑选出各种元素，作为建筑材料，在自己周围树立起来的一种令人眩晕和眼花缭乱的结构。

——昆汀·克里斯普，《如何拥有一种生活方式》，1975年

昆汀·克里斯普，1970年前后。

我去摄政宫酒店喝了一杯，漫不经心地与我的随从东聊西聊，我想他是穿了晚礼服。然后我就回家了。那晚的成功之处在于它非常乏味，什么都没发生。从那之后，我就再不穿女人衣服了。它对我产生的唯一效果，是让我看上去更少女人味儿。穿上女人的衣服，即使很小的喉结，脚背上很轻微的骨骼突出，都特别扎眼。"

克里斯普对衣服的细微差别和着装规则的理解非常细致。在1930年代和1940年代的英国，主流男装绝对中规中矩，这自然让克里斯普的着装冒险更加骇人。哪怕鞋穿得不对，都会招致对个人价值的中伤，如他在《赤裸的公仆》中所描述的："穿麂皮鞋会受到怀疑。别管何人，只要颈后有头发而不是剃得很短，都会被人当成艺术家、外国人或者更糟。"克里斯普还在这一回忆录中忆道，"我的一个朋友……说，有人在把他介绍给一位老绅士时说他是艺术家，那老绅士说：'啊，我知道这位年轻人是艺术家。前几天，我在街上看到他穿一件棕色外套。'"

克里斯普七十二岁时移居纽约。尽管他从未成为同性恋权利的代言人，但他几十年对风格的创造与结合，已经成为对全世界具有启示意义的试金石。克里斯普的人生哲学经久不衰。他在1998年年届九十岁时说："当你明白了自己是谁以后，你可以这样做，你可以做自己，你可以让人看到你自己。这才是问题的关键。首先你必须发现自己是谁，然后你必须发疯似的做自己。"

琼·狄迪恩
JOAN DIDION

我写作完全是为了发现自己的所思、所看,以及看到了什么和它的意义。还有我的愿望和我的恐惧。

——琼·狄迪恩,《我为什么写作》,1976年

琼·狄迪恩向世界讲述了她希望怎样生活的故事:她始终关注时尚,1955年得到《小姐》杂志客座编辑的职位,然后在《时尚》杂志干了十年,此前她获得了该杂志最著名的学生写作奖"巴黎大奖"。在《时尚》,她的时尚眼光得到了磨炼。"八行文字说明,字里行间的一切都必须发挥作用,每一个词,每一个逗号。它最终将成为《时尚》的图片说明,但其本身也必须完美地自成一体。"她在1978年接受《巴黎评论》的访谈时这样解释说。

狄迪恩的风格举世称颂。在赛琳(Céline)2015年春季的宣传活动中,她被尤尔根·泰勒[1]当作偶像拍摄;1989年,她还登上盖璞"时尚个人"广告牌的中心舞台。她是《时尚》的常客——2002年是她身着阿玛尼服装的照片,2011年则是在一篇特写中倾诉对服装的怀旧之情,其中,她回忆自己母亲的盛装礼服:红丝绒、白毛皮领的巴杜[2]

对页:
琼·狄迪恩,
1977年。

1. 尤尔根·泰勒(Juergen Teller),生于1964年,德国艺术和时尚摄影师。
2. 让·巴杜(Jean Patou,1880—1936),法国时装设计师,同名品牌的创始人。

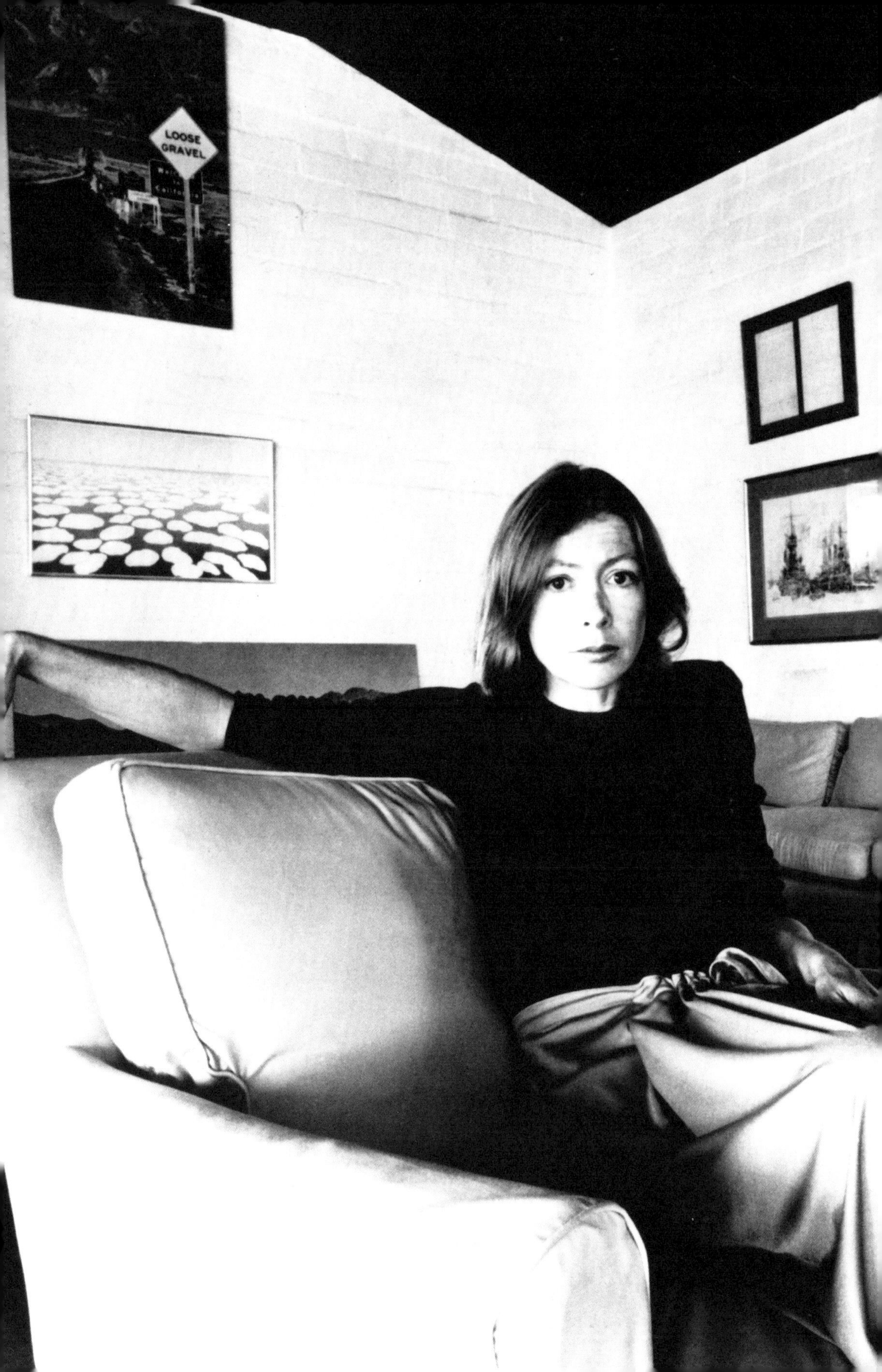
LOOSE
GRAVEL

琼·狄迪恩与丈夫约翰·格雷戈里·邓恩和女儿金塔娜·罗奥·邓恩在马里布的露台上,那里可俯瞰太平洋,1976年。

大氅，还有她儿时对穿紫貂大衣、戴墨镜和黑丝头纱的幻想。这些幻想有一部分实现了："墨镜现在肯定是她的标志。"

漫不经心、冷静的着装品位是狄迪恩的名片。她的作品中充满了对服装作为文化考量的描述性分析，而年复一年，她的文章已经成为这一代人鉴赏力的模板。她一次又一次地用对服装的叙述作为一种架构，借以探讨和审视。在1979年的随笔集《白色专辑》中，她谈到自己与曼森"家族"成员琳达·卡萨比恩的邂逅，她还分享了为消除对凶案的恐惧，她为琳达去采购法院出庭穿的连衣裙的故事："1970年7月27日，我应琳达·卡萨比恩的要求，去贝弗利山的I.马格宁高档百货店，上三楼的马格宁精品店为她挑选一件连衣裙，她准备穿着它，在审判杀害莎朗·塔特·波兰斯基的几个凶手时出庭做证。那些人在切洛道莎朗的家里杀害了她。'尺码9号小号'，她在便条上这样指示，'短款，但不要极短。如果可能，就买丝绒的。翡翠绿或金色。或者：一条墨西哥农妇式连衣裙，刺绣或绣花的。'那天上午她需要一条连衣裙，因为地区检察官文森特·巴格里奥兹对她原计划穿的连衣裙——一条白色的土布长裙——表示疑虑。'长裙是晚上穿的。'他对琳达说。长裙是晚上穿的，白色是新娘穿的。1965年琳达·卡萨比恩在自己的婚礼上，穿的就是白色织锦套装。"

狄迪恩2005年的回忆录《奇想之年》，写于她丈夫约翰·格雷戈里·邓恩死后，2011年它的续集《蓝色的夜》，则哀伤地写在他们的女儿金塔娜去世之后。这是一部内省的著作，带领读者经历孩子死后那些纷乱如麻的感情。狄迪恩再次把服装作为记忆的隐喻，来理解她可

> 狄迪恩年轻时想当演员。她后来说："我那时没意识到，这是与写作同样的冲动。都是虚构……唯一的不同是，作家可以独自完成这一切。"

> 1960年代后期，狄迪恩有一条狗，取名"艾尔伯特亲王"。

以深入探究的对话："仔细回想，无论打开哪个抽屉，我都会看到自己不忍相看之物。无论打开哪个壁橱，都再没有地方容我放入自己实际想穿的衣服。在一个本来可以派上用场的壁橱里，我看到约翰的三件博柏利旧风衣，金塔娜第一个男朋友的母亲送给她的麂皮夹克，还有一件早被虫蛀了的马海毛斗篷，那是第二次世界大战结束后不久，我父亲送给我母亲的……理论上说，这些纪念品会带回那些瞬间。但实际上，它们只能表明我当时对它们的珍惜是多么不够。"

狄迪恩以她一贯的轻松、质疑的笔触写作，用局外人探究的目光，思考政治、通俗文化、声音和景象：她在已出版的文章中清醒地讨论各种问题，在1979年的随笔《圣水》中阐明了"对水的崇敬"，像她那样家住马里布、生活在焦渴炎热环境中的人皆有这样的态度；而在1977年出版的《白色专辑》随笔集中，她叙述了詹尼丝·乔

狄迪恩写书时通常与手稿睡在同一房间，为了感觉离它近些。

普林[1]跑到她在好莱坞的家，"要喝一大玻璃杯的白兰地兑廊酒。那些搞音乐的，"她表示，"从来不喝一般的酒。"狄迪恩凭直觉，详细记录了1960年代理想主义的解体，以及1970年代余波的苦涩忧虑。1972年的一期《时尚》整版展示了在加州她家附近，狄迪恩和家人在一起的情景。在沙滩上，她身穿一条长及脚踝的拼接图案长裙，梳着马尾辫。她的时尚魅力如今甚至更加强大——国际时尚杂志登载过一些服装穿搭，灵感来源于她的独特和典雅风格。朱利安·瓦塞尔拍摄了狄迪恩在她的科尔维特跑车前吸烟的照片，既有创意，又为宁静、放松和老于世故的姿态树立了标杆。谁不想拥有她那样的头发？谁不想如她一般苗条和美丽动人？谁不想拥有她那样空灵、杰弗里·尤金尼德斯所著《处女自杀》般的敏锐感知和古怪的智慧？即便如今，垂暮之年的狄迪恩，依然拥有众多时尚界渴求与模仿之处。

---

1. 詹尼丝·乔普林（Janis Joplin,1943—1970），美国摇滚歌手、词曲作者，是同时代最成功的女性摇滚明星之一。

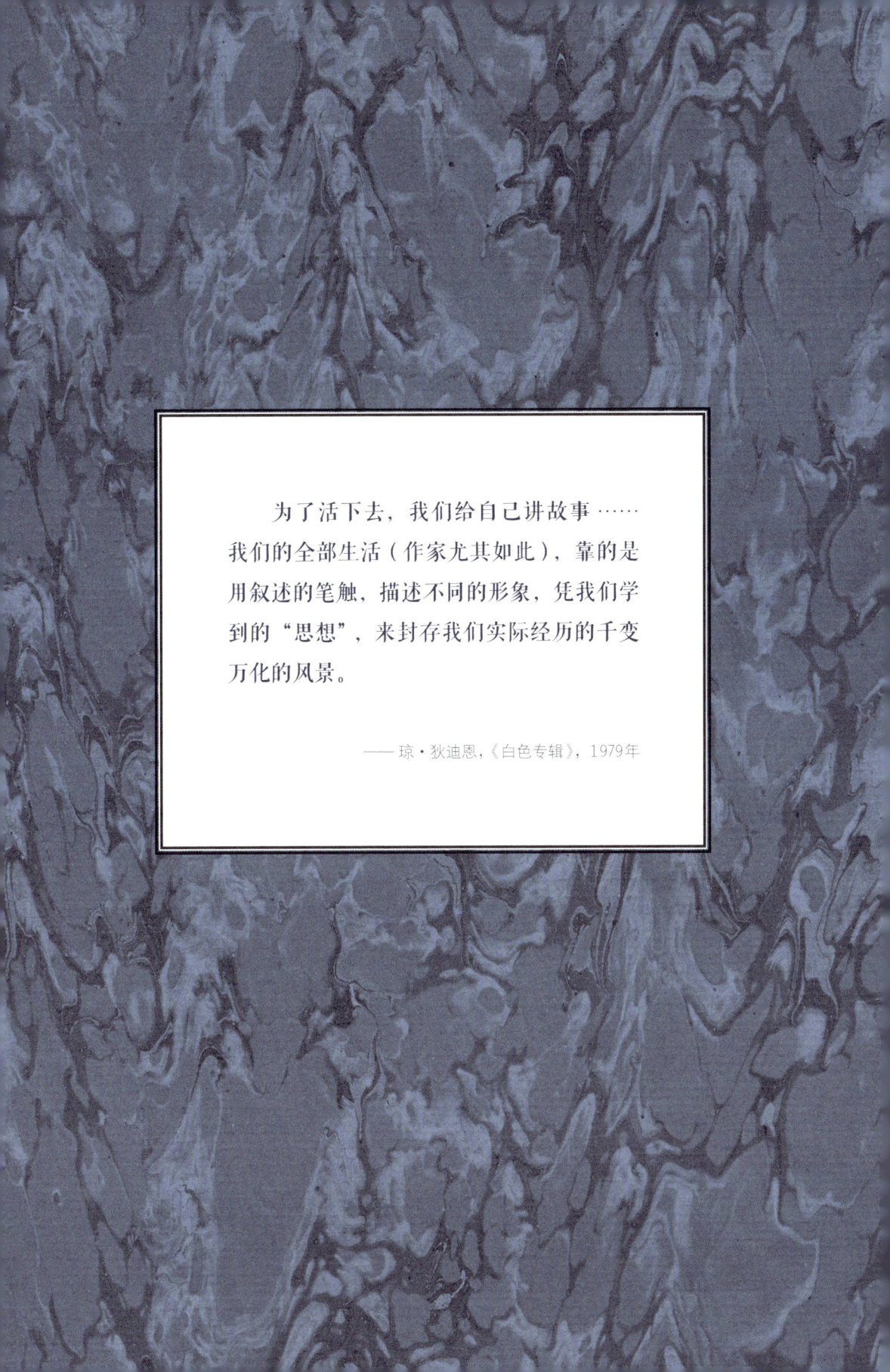

为了活下去，我们给自己讲故事……我们的全部生活（作家尤其如此），靠的是用叙述的笔触，描述不同的形象，凭我们学到的"思想"，来封存我们实际经历的千变万化的风景。

——琼·狄迪恩，《白色专辑》，1979年

弗吉尼亚·吴尔夫
VIRGINIA WOOLF

他们说，看似无关紧要，其实衣服的功能绝不仅仅是御寒。衣服能改变我们对世界的看法，也改变世界对我们的看法。

—— 弗吉尼亚·吴尔夫，《奥兰多》，1925年

对页：
弗吉尼亚·吴尔夫，1926年。

1. 克里斯蒂娜·罗塞蒂（Christina Rossetti，1830—1894），英国维多利亚时代女诗人。

2. 布鲁姆斯伯里派（Bloomsbury set），又称布鲁姆斯伯里团体（Bloomsbury group），是20世纪上半叶英国的一个作家、哲学家、艺术家和知识分子团体。

弗吉尼亚·吴尔夫的写作，经常滑入和滑出她笔下人物周围世界的现实。她是一位现代派作家，对内心的声音非常警觉，随着新颖独特的讲述真相的文学的发展，她把内心的声音收入她的小说。她用流畅、雄辩的逻辑，说明和诠释她的人物的想法。作为一个如此偏爱意识流思维的作家，她有时迟钝、心不在焉，完全不在意自己的外在形象。这是一种奇特的冲突：如此聪敏，善于表达感情和概念，个人却躲避衣服可以做到的轻易交流。然而，服装让她着迷。

尽管吴尔夫在1927年剪了短发，剪成飞女郎的发型，但她通常都是在颈子后面，松松地绾一个克里斯蒂娜·罗塞蒂[1]式的发髻。她觉得裹住双肩的长款开衫最保险，它也成了她的标志。她代表了布鲁姆斯伯里派[2]的形象——无拘无束的高雅，它已成为若无其事、不过分修饰和优雅着装的同义词。她把毛衣与在花园劳作时穿的裙子、印花

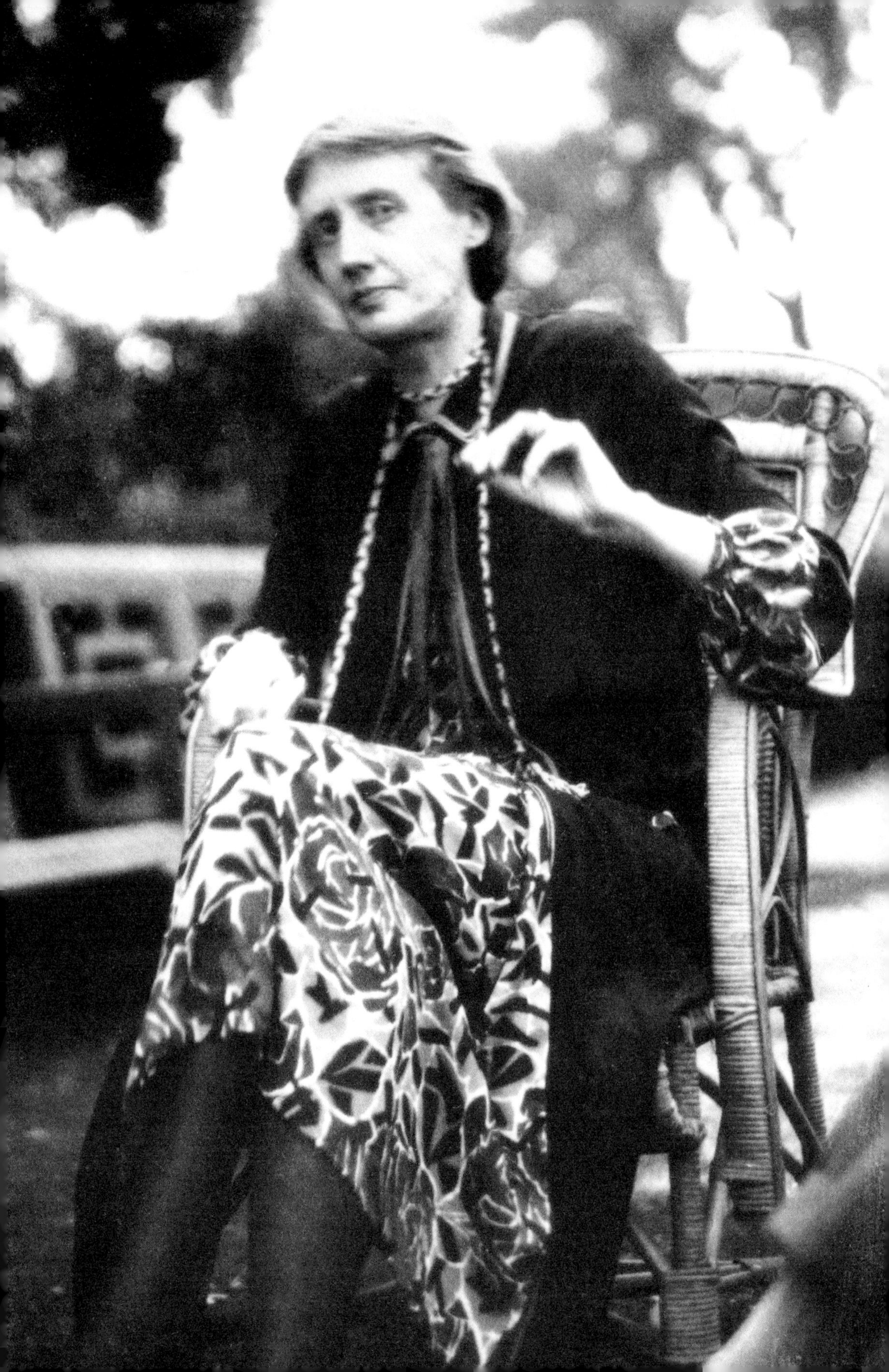

那么，她的礼服裙到哪儿去了呢？

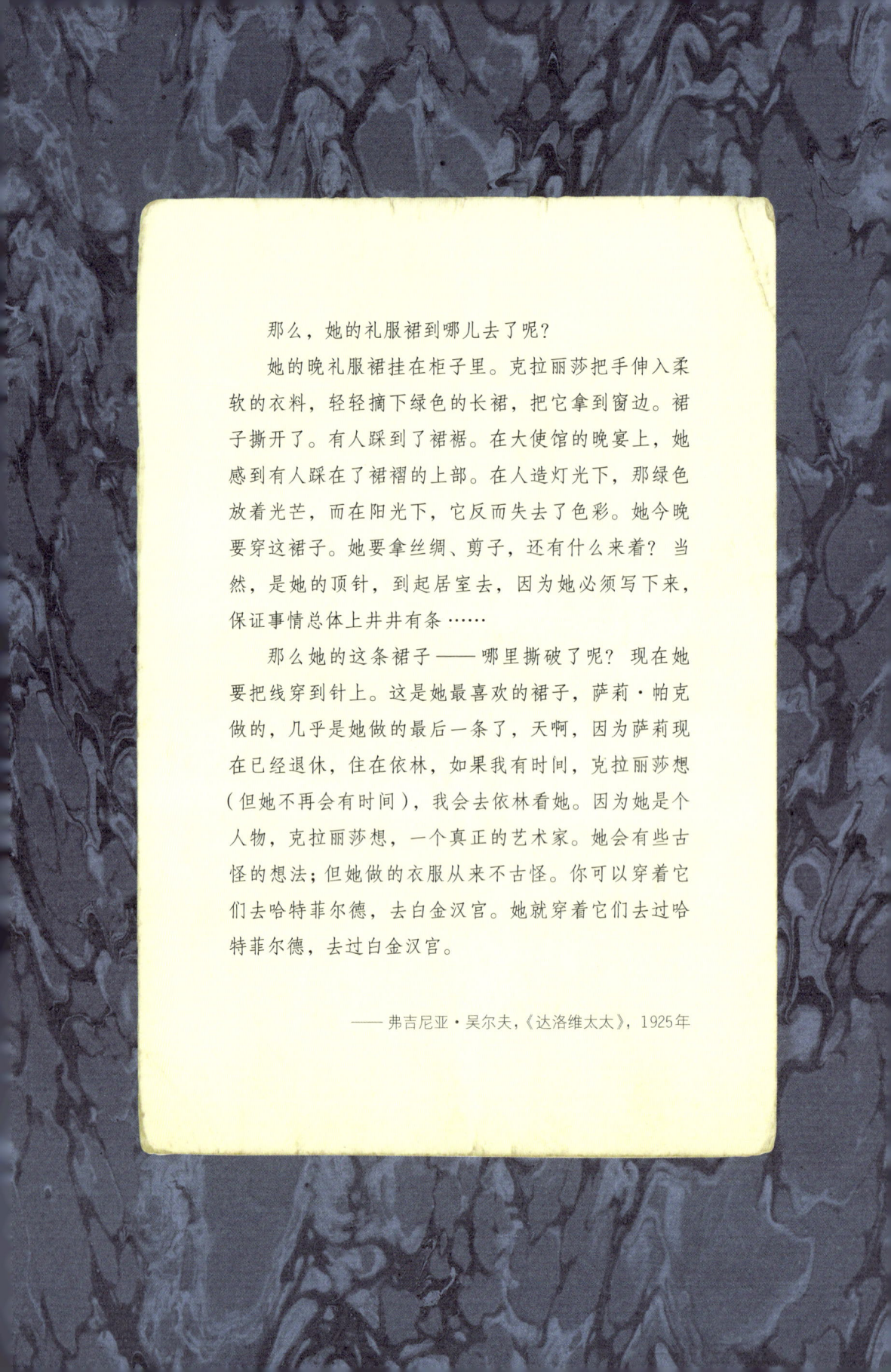

她的晚礼服裙挂在柜子里。克拉丽莎把手伸入柔软的衣料，轻轻摘下绿色的长裙，把它拿到窗边。裙子撕开了。有人踩到了裙裾。在大使馆的晚宴上，她感到有人踩在了裙褶的上部。在人造灯光下，那绿色放着光芒，而在阳光下，它反而失去了色彩。她今晚要穿这裙子。她要拿丝绸、剪子，还有什么来着？当然，是她的顶针，到起居室去，因为她必须写下来，保证事情总体上井井有条……

那么她的这条裙子——哪里撕破了呢？现在她要把线穿到针上。这是她最喜欢的裙子，萨莉·帕克做的，几乎是她做的最后一条了，天啊，因为萨莉现在已经退休，住在依林，如果我有时间，克拉丽莎想（但她不再会有时间），我会去依林看她。因为她是个人物，克拉丽莎想，一个真正的艺术家。她会有些古怪的想法；但她做的衣服从来不古怪。你可以穿着它们去哈特菲尔德，去白金汉宫。她就穿着它们去过哈特菲尔德，去过白金汉宫。

——弗吉尼亚·吴尔夫，《达洛维太太》，1925年家居服与皮草坎肩、扣襻鞋与披肩混搭：这种古怪的合成，比普拉达的极客时尚早了七十多年。她具有个人特质的聪慧着装，契合程度堪称完美：优雅又婀娜，外衣自然下垂——她的身材高挑，长得像只鸟，有一双被伊迪丝·西特韦尔称为"沉思的眼睛"。但是，无论吴尔夫如何默许自己显示智慧的服装的飘逸魅力，她仍折服于女装设计的吸引力和时尚概念。据《同时代人回忆弗吉尼亚·吴尔夫》，当《时尚》杂志的编辑玛琦·加兰德第一次见到吴尔夫的时候，她注意到："她似乎脑袋上扣着一只朝天的废纸篓。此处坐着这位高贵的美妇人，却戴着一顶只能称为废纸篓的东西。"

吴尔夫刚嫁给她的丈夫、作家伦纳德·吴尔夫时，曾误把结婚戒指煮进羊脂布丁。

因为小时候特别顽皮，弗吉尼亚的昵称是山羊。她的姐姐瓦内萨·贝尔给她写信时，就称她为"比利"（山羊）。

吴尔夫的第四部小说《达洛维太太》出版于1925年，是一面集爱情、回忆和疾病于一体的文学织锦。吴尔夫刻意利用裙子这一媒介，来象征时间中的某些时刻和经历中的某些层次。在同一年的

1910年，吴尔夫扮成埃塞俄比亚皇室的一位男性成员，与布鲁姆斯伯里派的其他成员一起，哄骗皇家海军把他们当作来访要人，带他们参观"无畏号"战舰。

一则日记中，她解释了自己的手法："我目前的想法是，人有若干种意识状态，我想研究一下晚会意识和礼服意识。"

吴尔夫的"礼服意识"手法，是贯穿《达洛维太太》的一根线，它引发了正在举办晚会的克拉丽莎的回忆。故事情节发生在一天的时间里，围绕着女主人公的生活和饱受弹震症折磨的"一战"老兵塞普蒂莫斯·史密斯的生活。达洛维太太坐在那里，缝补她最喜欢的绿裙子，记忆逐渐淹没了她。她记起那些定义了她和她目前境况的时刻，那些时刻让她的灵魂保持完整。

弗吉尼亚·吴尔夫,1930年。

1920年代，吴尔夫曾为英国版《时尚》写过文章——当时《时尚》的掌门人，是它的第二任主编多萝西·托德。她已经把《时尚》改造成一份前卫的出版物，为女性杂志的世界提供了新的方向，刊登格特鲁德·斯泰因等人的稿件，以及来自小说家和哲学家阿道斯·赫胥黎等人的巴黎时装秀报道。托德请吴尔夫与《时尚》最杰出的摄影师莫里斯·贝克和海伦·麦格雷戈合作，为杂志拍摄一组照片，吴尔夫这样做了，穿着她母亲维多利亚时代的连衣裙。这是典型的吴尔夫风格，既是思想上又是着装上的一种表达。那连衣裙不太合身，而且绝对过时——不顾时尚，毫不掩饰地怀念逝去的时光，使人忆起昔日的荣光。

    下次有写作冲动时，我一定要记得写写我的衣服。我对服装的爱让我非常感兴趣：只是它不是爱；那是什么呢？我必须得去发现。

——弗吉尼亚·吴尔夫，《弗吉尼亚·吴尔夫日记》，1925年

杜娜·巴恩斯
DJUNA BARNES

无法忍受之时，就是欢乐曲线的起始。
—— 杜娜·巴恩斯，《暗夜森林》，1936年

杜娜·巴恩斯的早年生活，是一口填满各式各样事件的大锅，它炖煮和哺育了她骚动的文学作品。1892年，她出生在纽约州风暴王山一栋俯瞰哈德逊河的小木屋中。她生命的诗意和韵律都封装在内心深处的这个起点；她的世界处于动荡的环境中，充满了考验，但它却是令人振奋和美丽的。巴恩斯生存的力量源泉本能地得到伸展。她五岁时，父亲把情妇带回家。他是位多产却不成气候的作曲家，几乎赚不到什么钱，性格却难以相处。他拒绝让巴恩斯和她的八个同父母和异父母的兄弟姐妹去上学，而是自己教育他们，并得到杜娜的祖母扎得尔的帮助，后者是作家、妇女权利活动家和灵媒。巴恩斯在自己的作品中，很少直接谈及她的童年 —— 但她提供了色调和痕迹。不过，她更具体地告诉小说家艾米丽·霍姆斯·科尔曼，她的父亲是"骇人魔王，太可怕了……暴力、斗殴和恐惧是她在童年所经历的一切，没有人爱她，除了祖母 —— 而她也特别爱祖母"。

十六岁时，父亲逼她嫁给一个比她大得多的男人。为了逃脱，巴恩

对页：
杜娜·巴恩斯，
1921年。

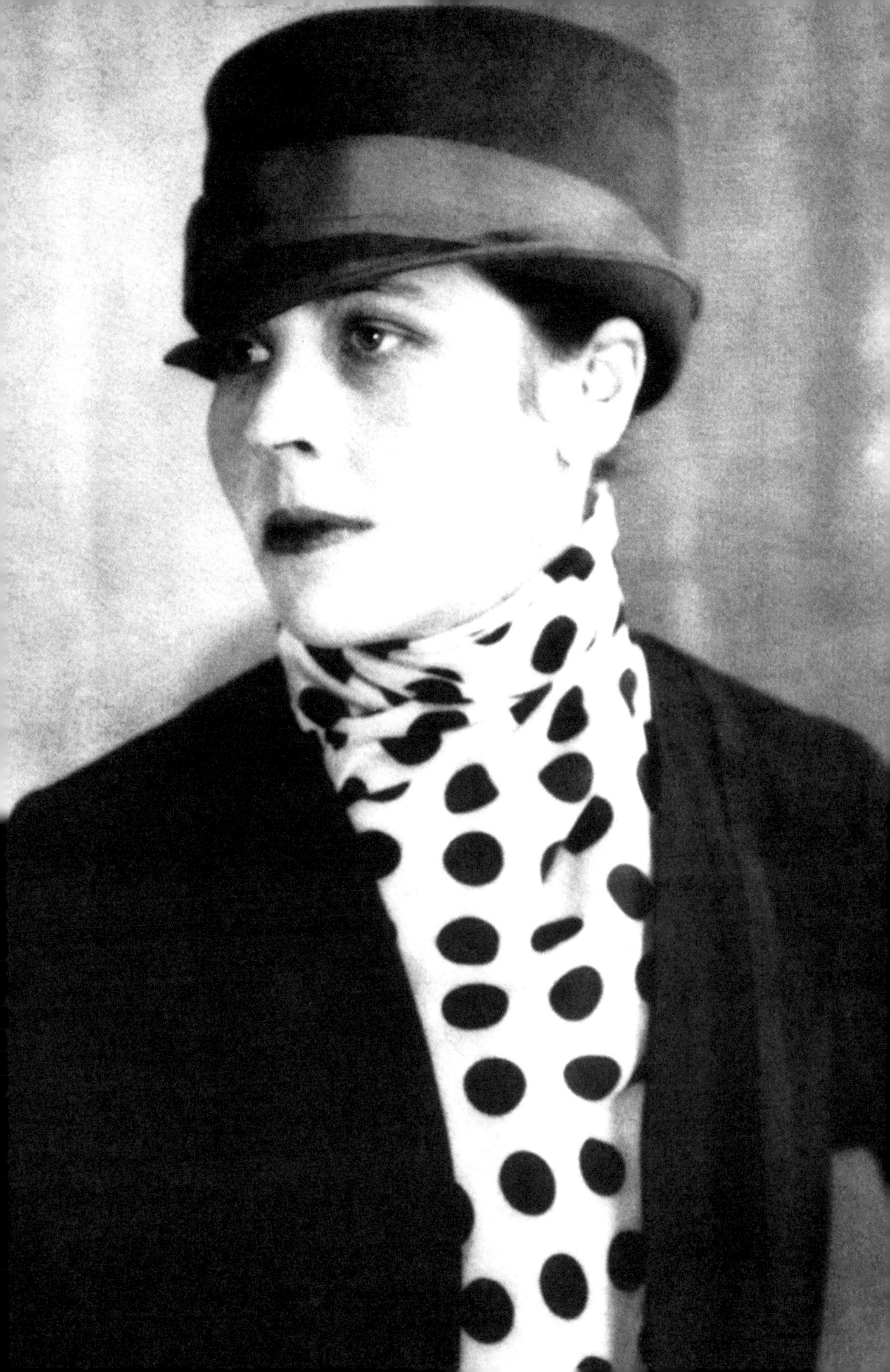

斯和自己的母亲、小提琴手伊丽莎白·查普尔移居布鲁克林，在普瑞特艺术学院就读六个月，然后开始工作，当记者，挣钱贴补家用。她明确告诉《布鲁克林每日鹰报》的编辑说："你们要是不雇我，就太蠢了。"结果他们雇了她，当时她只有二十一岁。巴恩斯对新闻写作采取实验性手法，创作出有奇特创意的故事，包括1914年《纽约世界》杂志上刊登的一篇题为《姑娘和大猩猩》的特写，写的是她在动物园采访一只大猩猩。同一年，《我的冒险得到拯救》讲述了在摩天楼上被救的感觉。

巴恩斯的气质和外表，是她颇具技巧和奇特的写作手法的真实写照。伊丽莎白·威尔逊在《身穿梦想》一书中写道，1912年在格林威治村的那些波西米亚咖啡馆中，巴恩斯受到孩子们的公开嘲笑，他们惊诧地盯着她身穿那件标志性的黑色斗篷四处走动。当时，斗篷经常上《时尚》杂志，是时髦女郎的标配。但关键是巴恩斯穿斗篷的方式：毫不掩饰男性风格，多姿多彩，气质超凡——往往头戴一顶阿尔卑斯山民帽，帽檐饰有蝴蝶结。1919年吉多·布鲁诺为《皮尔逊》杂志所作的采访，描绘了她那非同寻常的活泼举止："脸颊红润。赤褐色头发。灰眼睛永远闪烁着欢乐和调皮的光芒。耳朵上挂着奇妙的耳环，穿着古怪，随时准备生活和享乐：这是真实的杜娜，当她沿着第五大道往南走，或者在拉斐特咖啡厅小口啜着黑咖啡，手指间夹着一支香烟。她的病态不是装腔作势，而是像她本人一样真挚。"

在玛丽·琳·布罗1991年的著作《沉默和力量：重新评估杜娜·巴恩斯》中，钢琴家切斯特·佩奇忆起，巴恩斯"在去第五大道上的奥特曼百货公司采购时"同样大放异彩，"在那里，因为她的斗篷、手杖和高贵的姿态，她是个令人生畏的人物"。如同许多让时尚界获得灵感的

在英国，妇女参政论者为引起人们对其事业的重视而绝食，巴恩斯受其启发，在1914年为《纽约世界杂志》撰写了一篇名为《被强迫进食是什么感觉》的文章。为了完成这篇特写，她亲身经历了被强迫进食的痛苦。

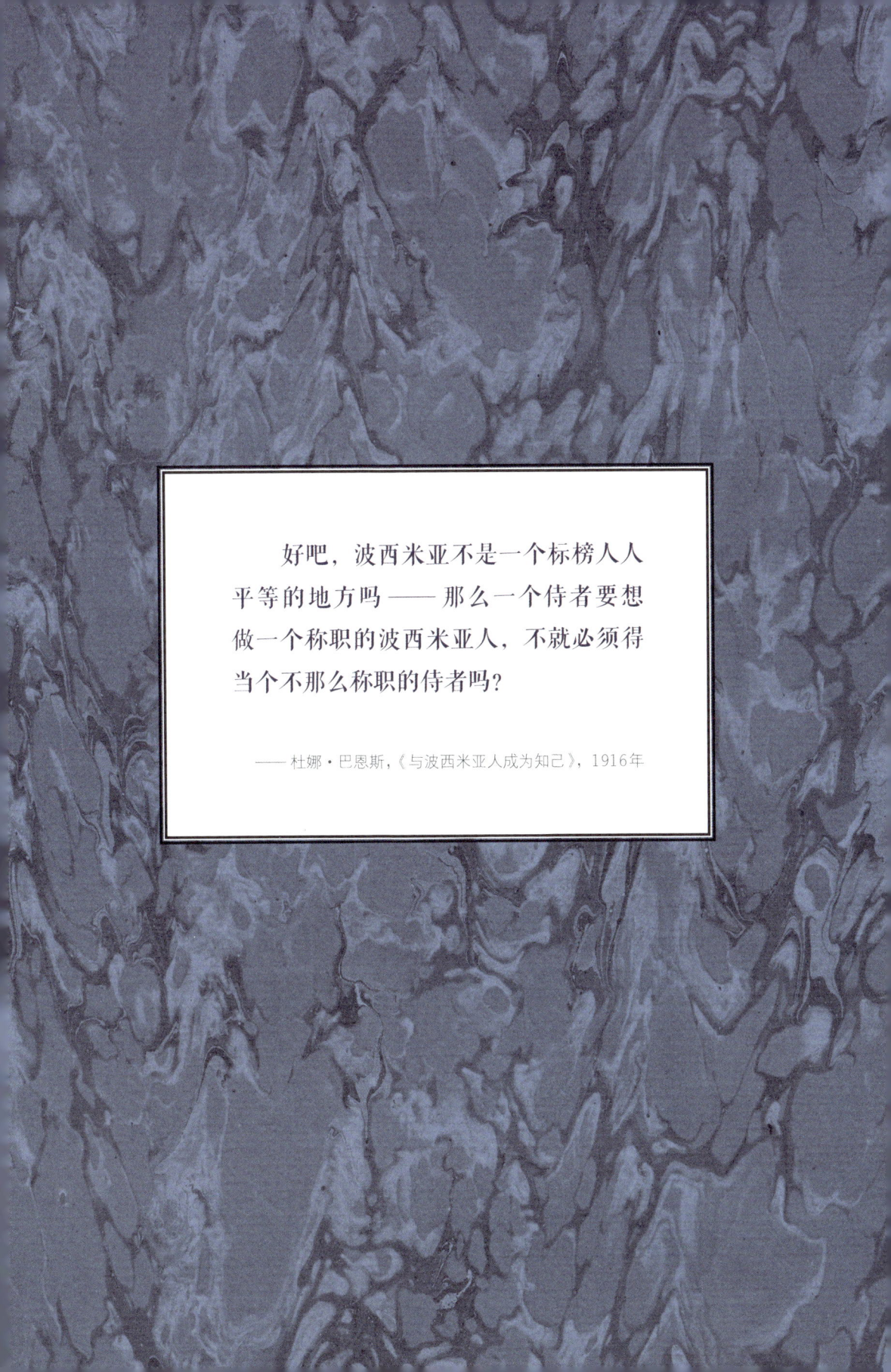

> 好吧，波西米亚不是一个标榜人人平等的地方吗——那么一个侍者要想做一个称职的波西米亚人，不就必须得当个不那么称职的侍者吗？
>
> ——杜娜·巴恩斯，《与波西米亚人成为知己》，1916年

杜娜·巴恩斯,1930年代。

人，她找到了自己喜欢的形象，且一直保持着这种形象。安德烈娅·巴内特在其著作《通宵达旦的派对，格林威治和哈莱姆的女人，1913—1930年》中指出，诗人米娜·洛伊也敬畏她的朋友巴恩斯"那超级优雅的服装"。两位现代派之间的友谊引起了美国艺术家曼·雷的注意，他在1920年坚持要拍摄出这种志趣相投的精神。她们出现时身着对比鲜明的黑色和米色外衣，如曼·雷在1963年的回忆录《自画像》中所说，她们是"令人惊艳的人物"，"摆姿势时似乎完全无视照相机的存在"。巴恩斯肩披高领斗篷，穿丝绸衬衫，戴呢帽：若无其事的优雅。摄影师贝伦妮丝·艾博特是曼·雷的助手和学生；她后来拍摄了许多最能说明巴恩斯形象的照片。这些照片显示出巴恩斯的优雅和宁静：身着粗花呢和金银线混纺的上装，波尔卡圆点丝巾，涂了口红，她是自己那些狂暴和强有力的散文的从容不迫的另一面。

在1936年的小说《暗夜森林》中，巴恩斯讲述了孤注一掷和绝望，她笔下人物所处的环境如此真实，如此让人身临其境，以至于你不能不信服他们对生活的无望评价。书中人物马修·奥康纳医生对世界的诊断式看法，既令人毛骨悚然，又让人无法抗拒。他是地下世界的预言者，对自己遇到的那些人既有深刻的理解又极尽嘲讽。在这部小说轻柔

巴恩斯住在格林威治村的帕辛广场时，E.E.卡明斯住在她隔壁。她住5号，卡明斯住4号。卡明斯1923年至1982年在那里有栋房子，巴恩斯则是1940年至1982年。多年来，许多作家在帕辛广场住过，包括西奥多·德莱塞和约翰·考柏·波伊斯。

拂过的领域，毫无愧悔的同性恋是生活中无法改变的现实，漂泊的灵魂相遇，用冷静张开的臂膀，迎接1920年代巴黎那诱人但危险的呼唤。空中飞人表演者、假男爵和公爵夫人、留胡须的女人和被遗弃的孩子，交织在巴恩斯的故事中。T.S.艾略特将这部作品比作伊莉莎白一世时代的悲剧，但作为一幅现代主义思想和个性的拼贴画，《暗夜森林》经久不衰，对活着的困境，它所找寻和发现的问题与答案一样多。

扎迪·史密斯
ZADIE SMITH

关于爱情的最大谎言，就是它可以让你获得自由。
——扎迪·史密斯，《论美》，2005年

对页：
扎迪·史密斯，为美国版《时尚》所拍照片，2016年。

粗花呢、包头巾、手镯、辫子、缪缪[1]、玛尼[2]、赛琳：说到服装，扎迪·史密斯是很有悟性和街头智慧的。她是文学界的凯特·摩丝[3]。她的混搭风格拼凑出一个出人意料的衣橱，轻而易举地证明了她的独创性。她很美，脸上有雀斑，架着一副严肃的眼镜，脚蹬闪闪发光的鲁布托高跟鞋。将不同的东西混搭在一起和不按规矩行事，是先锋派的实质：英国的时尚杂志，包括《i-D》和《眩晕与混乱》(*Dazed and Confused*)，已经以同样的方式使时尚的版图逐渐扩大。

史密斯被媒体誉为影响力强大的时尚偶像，但在一次又一次的访谈中，她直言不讳地表示，她并不喜欢一种可以引起分化和厌恶的体系。她说过，她"是跟着一个对这一切——化妆、杂志等等——都不感兴趣的母亲长大的，而且过得很快活。老实说，我的感觉是，我并不想上这些杂志。我并不真喜欢这些杂志。我知道这关乎代表性，它的原意有关平等，但是你真想与这个让这么多人痛苦的玩意儿平等吗？"

---

1. 缪缪（Miu Miu），普拉达旗下的意大利时尚女装和配饰品牌。
2. 玛尼（Marni），意大利奢侈时尚品牌。
3. 见P64注2。

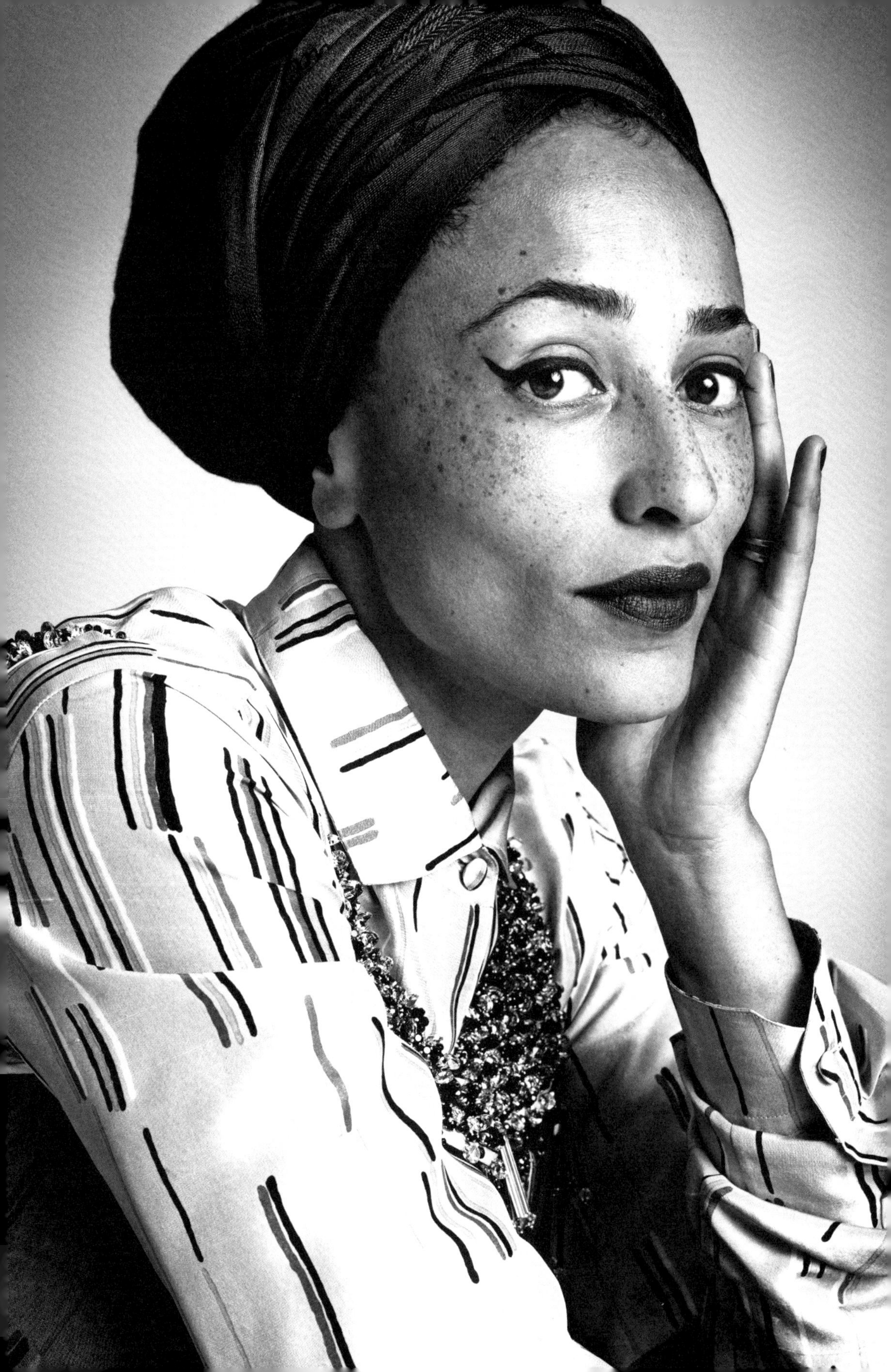

然而，无论史密斯喜欢与否，她都是《时尚》杂志所爱的时尚文人之一，在斯特拉·麦卡特尼[1]的发布会上坐在最前排，受到《名利场》的称赞，并被排在最佳着装名单之首。史密斯的两重性意味着，尽管更衣室里挂满了名牌服装，她同样喜爱来自伦敦商业街各个连锁店的快时尚，例如Top Shop、H&M 或飒拉（Zara），那些廉价、令人愉快的服装，都不是出自设计师之手。2013年在接受《兰普斯》杂志（The Rumpus）的采访时，她坚定地强调："我深爱商业街的服装，我成长期间穿的都是这些服装。我母亲总说，我让昂贵的衣服看上去廉价，廉价的衣服看上去昂贵。确实如此……但商业街的服装有些特别的地方，好吧，我确实喜欢它们。"似乎为了证明她的观点，《时尚》杂志登出整版文章，热烈颂扬"aloha"[2]氛围的普及，文中名人荟萃，包括穿普拉达的妮可·基德曼、穿迪奥的蕾哈娜和穿迈克高仕（Michael Kors）的娜奥米·沃茨，而与她们比肩站在红毯上的，是穿着ASOS绿色夏威夷印花连衣裙，配金色腰带、金色鞋子和涂红唇的扎迪。ASOS是一家总部设在英国的网站，出售连锁店的别致款式——严格来说，它不如其他名人所穿的定制女装高档，但它依然很酷，酷到足以成为史密斯的最终选择。

史密斯的着装风格或许不是训练出来的，而是凭直觉，但正是这种着装的离奇，启发了设计师和创意者。让他们受到启迪的，往往是另一种看世界的方

上图：
扎迪·史密斯，
2001年。

1. 斯特拉·麦卡特尼（Stella McCartney），1971年出生，英国时装设计师，甲壳虫乐队成员保罗·麦卡特尼之女。

2. "aloha"是夏威夷语中的一个词语，本有希望、爱、和平、幸福等意思。后被英语吸收，变为问候语，与"你好"相似。

式。成熟地对待公众聚焦在你身上的注意力，可能并不容易，但史密斯与衣服的生动关联，几乎像她的写作一样，引起了经久不衰的兴趣。她在2013年《兰普斯》杂志的访谈中承认："随着年岁的增长……你会欣赏美丽的衣料或漂亮的裙子。我年轻时，从不在意这些事情。"

自她的第一部小说《白牙》出版后，史密斯已经以她的四本书、一个中篇小说、几个短篇小说和2009年题为《改变思想》的随笔集，获得了二十多个著名的文学奖，包括布克奖、奥兰治奖和萨默塞特·毛姆奖。无论是文字还是风格，史密斯都能以一览无余的方式洞穿现代文化，她的思想丰富、幽默、现代。无论是穿一件70年代的"黑人怪咖"式背心，头发上插一朵比莉·荷莉戴[1]式的花朵，还是穿一件老式的妇女土地服务队成员的军装式衬衫连衣裙，她看上去都妙不可言。她是21世纪的混合物，发现、写作和吸收不久之前和当下的细微差别，这一点恰似她的穿着。

罗尔德·达尔的《乔治的神奇魔药》，让史密斯产生了当作家的想法。

在剑桥大学时，史密斯定期在一个爵士俱乐部演唱。

---

1. 比莉·荷莉戴（Billie Holiday，1915—1959），美国爵士歌手。

"对。我看上去很好。但其实不是那么回事。"佐拉说，忧郁地拽了拽自己的男式睡衣。这就是基基害怕养女儿的原因。她知道自己无法保护她们，让她们不去厌恶自己。为此，早些年她曾试图禁止在家里看电视，她也从来不涂口红，而且就她所知，从来不把女性杂志带进贝尔西家的门，但这些和其他预防措施都没起到什么作用。气氛就是这样，或者基基觉得如此，这种对女人和女人身体的厌恶——它随着每一股冷空气渗入到房子里来；人们的鞋子把它带回家；他们从报纸上呼吸到它。没有办法控制它。

——扎迪·史密斯，《论美》，2005年

奥斯卡·王尔德
OSCAR WILDE

自己穿什么,什么就是时尚。他人穿什么,什么就不是时尚。
——奥斯卡·王尔德,《理想丈夫》,1895年

不加夸张地说,奥斯卡·王尔德对美的欲望几乎要了他的命。阿尔弗莱德·道格拉斯勋爵是他的挚爱,但这事出了岔子;20世纪初,他们的关系足以让王尔德坐牢,并让他的生活和生计永远崩溃。王尔德的悲惨结局,在巴黎一贫如洗——"死都死不起"——很难说是这位奢华的爱尔兰作家和诗人的适当终曲。他曾在1890年的小说《道连·格雷的画像》中敦促人们:"活着!把你宝贵的内在生命活出来!什么都别错过。永远寻找新的刺激。无所畏惧。"

王尔德什么都不在乎,及时行乐,只管拥抱生活。他很精明,而且有一段时间,当世界可以理解他时,一切都很平静——天鹅绒斗篷、马裤、向日葵、丝袜,等等一切。王尔德思想开放,毫无陈腐之气地在最出人意料的地方发现美;正是这种标新立异,在一段时间里让他备受赞颂,他的种种奇谈怪论让众人神魂颠倒。

王尔德对服装的态度,基本上比历史所表明的更务实。对他来说,这从来不仅仅是种姿态,而是深思熟虑后的观点。1885年,他在《纽

对页:
奥斯卡·王尔德,1882年。

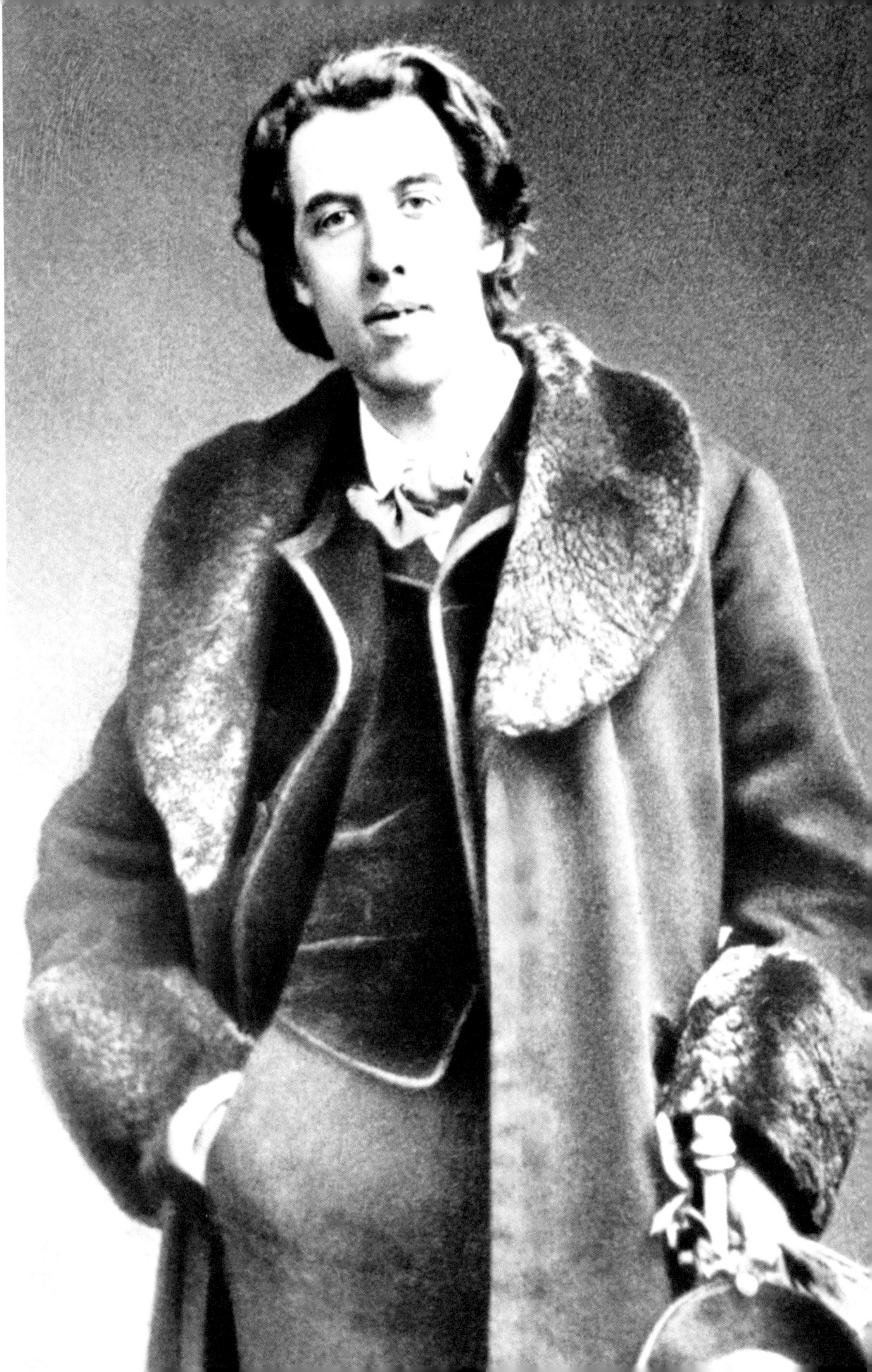

约论坛报》上发表文章《服装的哲学》，他在文中说："服装的美，完全和绝对地取决于它所遮盖的美，而且取决于它不妨碍自由和行动。"他从来不是时尚的奴隶，他最著名的语录之一，也来自《论坛报》上的那篇文章，强调了他关于衣装的思维方式："时尚是短暂的。艺术是永恒的。的确，到底什么是时尚呢？时尚不过是丑陋的一种形式，它实在令人难以忍受，所以每隔六个月，我们不得不改变一次！"

王尔德是理性着装学会的成员，这个学会认为，维多利亚时代的英国紧身衣和裙撑毫无价值。他们断言，衣服应与实用和美相结合，该协会奋斗的目标，是把女性从美好年代的荷叶边和俗丽装饰的限制中解放出来。在《服装的哲学》一文中，王尔德坚持认为，"做得好的服装是简单的服装，从肩部下垂，显出身体的形状，皱褶来自穿着它的姑娘的行动……做得不好的服装是异质衣料刻意造出的结构，衣料先被裁成一片片的，然后用机器缝在一起，最后缝上花边、蝴蝶结和荷叶边，以致看上去拙劣，而且昂贵和绝对不适于穿着。"

王尔德死于巴黎圣日耳曼德佩区的名为L'Hotel的酒店。据报道，他在死前说："我正和这墙纸决斗。不是它死，就是我亡。"

关于自己的年龄，王尔德从未说过实话，甚至在1884年的结婚证书上亦是如此——那上面写着他二十八岁，比他的实际年龄小两岁。

作为一位真诚的知识分子，再加上在都柏林三一学院和牛津大学受到的一流教育，王尔德能够通过大量的诗歌和文字，精确地表达出艺术的、深刻的见解。他的着装理念是他生命流动的延伸，就像他在饭桌上娱乐别人的能力一样自然。曾有一段时间，他是唯美运动的领军人物，在伦敦社交界以诙谐机智和生活中的娱乐行家而闻名。他与威尔士亲王阿尔伯特·爱德华的情妇莉莉·兰翠是朋友，1870年代的一个晚上，这位亲王不请自来，到王尔德家参加一场降神会，据说还

> 把人分成好坏是荒谬的。人要么迷人,要么乏味。
>
> ——奥斯卡·王尔德,《温夫人的扇子》,1892年

奥斯卡·王尔德，1880年前后。

有以下戏言："我不认识王尔德先生，可要是不认识王尔德先生，别人也就认不得你了。"

王尔德所代表的唯美运动相信自由、无拘无束的表达，崇尚内在、自然的美，王尔德也彻底践行了他所竭力鼓吹的一切。在小说《道连·格雷的画像》的序中，他写道："在美好事物中发现丑陋意义，是一种并无可爱之处的堕落。那是一种过错。在美好事物中发现美好意义的人，是有教养的人，对这些人来说希望是有的。"

1882年，王尔德去了一趟美国，他在此行中的着装，是他与唯美时尚的恋爱达到的最高潮。1882年的《纽约时报》上有一篇文章，题为《与诗人的十分钟》，它详细描述了王尔德奢华的服装："他穿一件低领白衬衣，翻开的领子特别大，系一条淡蓝色丝绸领巾。他的手放在毛皮衬里的宽松大衣的口袋里，头上包着一条缠头巾。浅色的灯笼裤、漆皮鞋……左手一根手指上戴的印章戒指，是他展示的唯一珠宝。"王尔德死后几十年，他的风格仍是人们议论的话题。

说到服装与优雅品位和健康身体的关系，没有人比我更充分地赞赏它的价值和重要性。

—— 奥斯卡·王尔德，摘自弗兰妮·莫伊尔著
《康斯坦斯：奥斯卡·王尔德夫人的悲剧和声名狼藉的人生》，2012年

标志性形象：
帽子

  帽子等同于温文尔雅。从某种意义上说，它们所体现的翩翩风度，是任何他种时尚物件所无法比拟的。帽子起到了只有红毯才能起到的入场作用：完全没有必要，但本身妙不可言。作为标志性风格，它们确实非常特殊，以下这些作家的帽子胜过一切。

佐拉·尼尔·赫斯顿
ZORA NEALE HURSTON

佐拉·尼尔·赫斯顿是哈莱姆文艺复兴运动[1]的女权主义代言人,她的帽子即是她的时尚风格的同义词。1920年代,她还是个年轻女郎,不仅迷恋飞女郎钟形帽,还戴插一根羽毛和饰有蝴蝶结的遮阳帽,以及拉得很低的无边女帽。这位作家著有大获成功的自传《路上的尘迹》和小说《他们眼望上苍》,她觉得没戴帽子就像没穿衣服。尽管那是她所处时代的一部分,但她对帽子的优雅的炫耀,更独有地反映出她文雅的个人魅力。

1. 哈莱姆文艺复兴(Harlem Renaissance),是一场主要发生在1920年代的文化运动,其主要内容是反对种族歧视,鼓励黑人作家在艺术创作中歌颂新黑人的精神,树立新黑人的形象。

上图:
佐拉·尼尔·赫斯顿,
纽约,1937年。

伊迪丝·华顿
EDITH WHARTON

伊迪丝·华顿1862年出生在纽约市的西二十三街,一生著述多达三十八部。她过着贵族的生活,戴符合自己社会地位的帽子。19世纪末,帽子上堆积的羽毛和饰物越来越多。华顿在小说《欢乐之家》中,谈到"面色萎黄的女孩戴着滑稽可笑的帽子"。不过,华顿自己戴帽子的风格却是最有品位和教养的。由专门的女帽工精工细作的无边帽,装饰了她的每一套服装。华顿知道如何穿戴能让人印象深刻:她不是暴发户。

索尔·贝娄
SAUL BELLOW

索尔·贝娄的戴帽之道,总能反映出他身为作家的奇妙风采。他在1956年的小说《抓住时机》中写道:"一个男人戴着帽子、抽着雪茄时,他是占有优势的;你很难发现他的真实感受。"但贝娄觉得,帽子不是伪装:对于一个经历过和描写过重大生存场面的人来说,它们是锦上添花。他通常戴一顶意大利博尔萨利诺公司制作的费多拉帽,而且往往为了与之相匹配,穿一身定制西服。他并不在乎自己是否看上去过于张扬,或者甚至有点像帮派成员。他很自在地戴着它,步态从容。去领诺贝尔奖时,他戴了一顶大礼帽。晚年时,他开始时不时以自己独到的不可模仿的风格,把全美棒球帽戴在头上。

杜鲁门·卡波特
TRUMAN CAPOTE

杜鲁门·卡波特的朋友哈珀·李给他取了个绰号叫"口袋梅林[1]"，她的《杀死一只知更鸟》中的人物迪尔，即是以他为原型。卡波特对帽子有神奇的品位。成年后身高只有五英尺三英寸的他，戴着迷人的帽子，在广大社交圈和众多派对中成为偶像人物。这些派对包括那场世纪盛典——1966年他在纽约举办的黑白舞会。在日常生活中，卡波特最招人喜爱的模样是歪戴着费多拉帽，但当年是帅小伙儿时，他喜欢歪戴水手帽。他爆料说，他写作时不用速记，而且必须躺着写，最好还是一边喝着茶或雪利酒，吸着香烟。

1. 梅林（Merlin），是英国亚瑟王传说中的传奇魔法师。

对页，上图：
伊迪丝·华顿和她的两条狮子狗在法国科隆布帕维永她的家中。

对页，下图：
索尔·贝娄，1970年代中期。

右图：
杜鲁门·卡波特，年代不详。

威廉·S.巴勒斯
WILLIAM S. BURROUGHS

你不能伪造质量,就像你不能伪造一餐佳肴。
——威廉·S.巴勒斯,《西部土地》,1987年

对页:
威廉·S.巴勒斯在他的书桌旁,1959年。

1. 科特·柯本(Kurt Cobain, 1967—1994),美国歌手,涅槃乐队的主唱和吉他手。
2. Z世代(Generation Z),指1990年代中期至2009年间出生的人。
3. 退伍士兵西装(demob suit),"二战"后英国为退伍军人发放的平民服装,由于需求巨大,有时尺寸不合适,因此成为战后英国喜剧中嘲笑的对象。
4. 阿尔伯托·贾科梅蒂(Alberto Giacometti, 1901—1966),瑞士雕塑家和画家。

威廉·S.巴勒斯是最早的披头族和先锋派之王。帕蒂·史密斯称他为朋克教父,而科特·柯本[1]则认为他是垃圾摇滚的缪斯。如今的Z世代[2]可能会认为他是舒适穿搭风格之父,但如果你看看这位"瘾君子",你见到的无疑是一幅保守的画面。巴勒斯一般都穿三件套西装和衬衣,打领带,戴费多拉帽,偶尔因天气需要,还会套上一件风衣。《每日电讯报》的讣告把他说成是"穿着退伍士兵西装[3]的贾科梅蒂[4]塑像"。他的费多拉帽尤其有名,成为巴勒斯个人派头的标志。那是1940年代有身份的男人理所当然都会戴的帽子,没什么特别。但巴勒斯戴上一顶,就决定几十年都戴它了:无论是50年代的摩托夹克和牛仔服,还是60年代的喇叭裤和扎染衣服,他都不喜欢。在着装风格上,他颇为特立独行——他拒绝追随时尚,他的思想、写作和对生活的设计,启发和颠覆了街头的风格,触动了那些消息灵通人士。

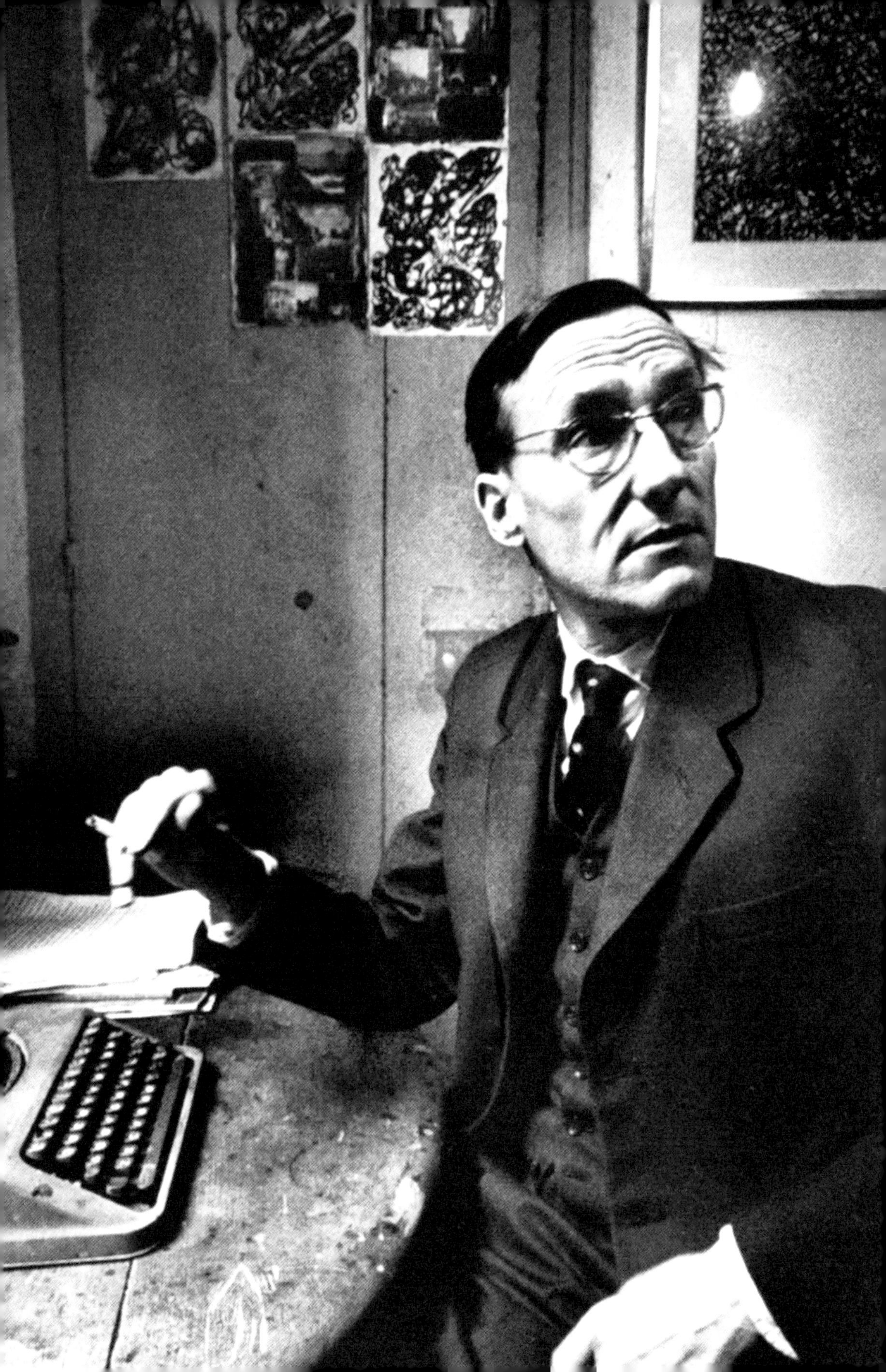

在霍华德·布鲁克纳1983年导演的电影《巴勒斯》中，着装传统的巴勒斯在与艾伦·金斯堡玩手势猜字谜的游戏时，承认他有一个阶段穿女装，像个"老年女同性恋"——他的穿衣理念受到伊迪丝·西特韦尔的金雀花王朝形象的影响。这还要追溯到1940年代初期披头族时尚经受考验之时。然而，巴勒斯的日常服装却永远是西装和领带，尽管这与他前卫和危险的生活方式相矛盾，却非常适合他。50年代中期巴勒斯在南美游荡，当地的孩子经常称他为"隐形人"。这个名字很适合他。他想融入当地；在吸食海洛因和玩枪时，他不想引起别人的注意。

2013年，在堪萨斯州劳伦斯艺术中心举行了一次巴勒斯展览，约翰·沃特斯[1]为此接受采访，他这样谈论巴勒斯："他把自己塑造成一个品牌；他永远是那种形象。他一辈子都保持着一种形象，这样做非常重要。他是同性恋和瘾君子，但他看上去不像那些角色⋯⋯人人都读他的书，如果你是个有反叛想法的年轻人，那就尤其如此⋯⋯当我是个同性恋的年轻人时，我想，'终于有一个不那么老古板的同性恋了。'意识到真的存在波西米亚，这对我影响很大。你是不是同性恋并无所谓。我只想生活在波西米亚，因为我那时住在马里兰州的卢瑟维尔。巴勒斯是我想象中的朋友。"

巴勒斯不仅是无助的青少年想象中的朋友，他还在需要有人来阐明反文化运动的理想时，为其发出了声音。巴勒斯的写作和文字界定了，并且深刻展示了新时代文化的变迁，重新校准了一代人的思维模式。今天，对许多人

科特·柯本请巴勒斯在涅槃乐队《心形盒子》的音乐录影带中露面。柯本原想让他饰演耶稣，但巴勒斯拒绝了这一邀请。

威廉·S.巴勒斯年轻时喜欢听维也纳华尔兹和路易斯·阿姆斯特朗。

移居纽约之前，巴勒斯曾在芝加哥当灭虫员。

---

1. 约翰·沃特斯（John Waters），生于1946年，美国电影导演、剧作家、作家、演员。

来说，巴勒斯是一位先知，他通过删减和改变词语的顺序，预示了21世纪消费主义的压迫性质和失去控制。

巴勒斯1914年生于密苏里州的圣路易斯。他很早就开始写作，但直到1951年醉酒玩枪，误打死他的妻子琼·沃尔默后，才开始相信自己的写作可以成为一种自我反省的宣泄。据引，威廉·S.巴勒斯在谈话中说："我被迫承认那个可怕的结论，即若没有琼的死，我永远不会成为作家，而且我被迫意识到，这一事件在多大程度上推动和塑造了我的写作。我的生活经常处于一种无法解脱的状态，我经常需要逃避这种状态，逃避控制。因此，琼的死让我与侵入者，即丑陋的魂灵接触，并让我进入终生的搏斗，在这种搏斗中，我别无选择，只有在写作中寻找出路。"在艾伦·金斯堡和杰克·凯鲁亚克的帮助下，他在流浪、吸毒以及住在巴黎和南美时"集聚的词语"，被重组到他的著作《裸体午餐》中，该书于1959年在巴黎出版，1962年终于在美国出版。巴勒斯把这个书名的提出归功于凯鲁亚克，当然，如今这一书名已经成为超现实主义的座右铭。1943年，巴勒斯、凯鲁亚克和金斯堡在纽约会面，三人都被视为披头族的核心人物，他们的作品是离经叛道的宣言。

上图：
威廉·S.巴勒斯在法国，1964年。

詹姆斯·乔伊斯
JAMES JOYCE

兴之所至时，乔伊斯可以攒出一个像克莉奥帕特拉的项链一样错综复杂和闪闪发光的句子。

——库尔特·冯内古特，《如何有风格地写作》，1980年

虽然詹姆斯·乔伊斯可能是随意风格的拥护者，但他确实特别会打领结，而且可以看出，他是个认为外表能够传达性格和反映情感的人。乔伊斯的服装侧面讲述了这位伟大的作家。他饱受虹膜炎和青光眼的折磨，为了让眼睛得到休息，他戴眼罩；后期开始穿白色套装，他相信在写作时，这有助于反射纸上的字。

1882年，乔伊斯出生于爱尔兰都柏林附近的拉思加尔，是家里十个孩子中最大的。他父母的经济状况每况愈下，但在乔伊斯六岁时，他们还有足够的钱雇人为他们的"阳光吉姆"拍照，为了引人注目，他们给他穿上整齐干净的水手服。如戈登·鲍克在2011年的传记里所详细记述的，乔伊斯的妻子在1904年6月10日这一天第一次遇到他，当时她以为他可能是个"水手"，而那种水手的潇洒魅力，乔伊斯一直没有失去。他在半自传体小说《一个青年艺术家的画像》中写道，他的主人公斯蒂芬·代达勒斯在学校教室里，一个同学的"绣着红玫瑰的小

对页：
詹姆斯·乔伊斯，
1920年代中期。

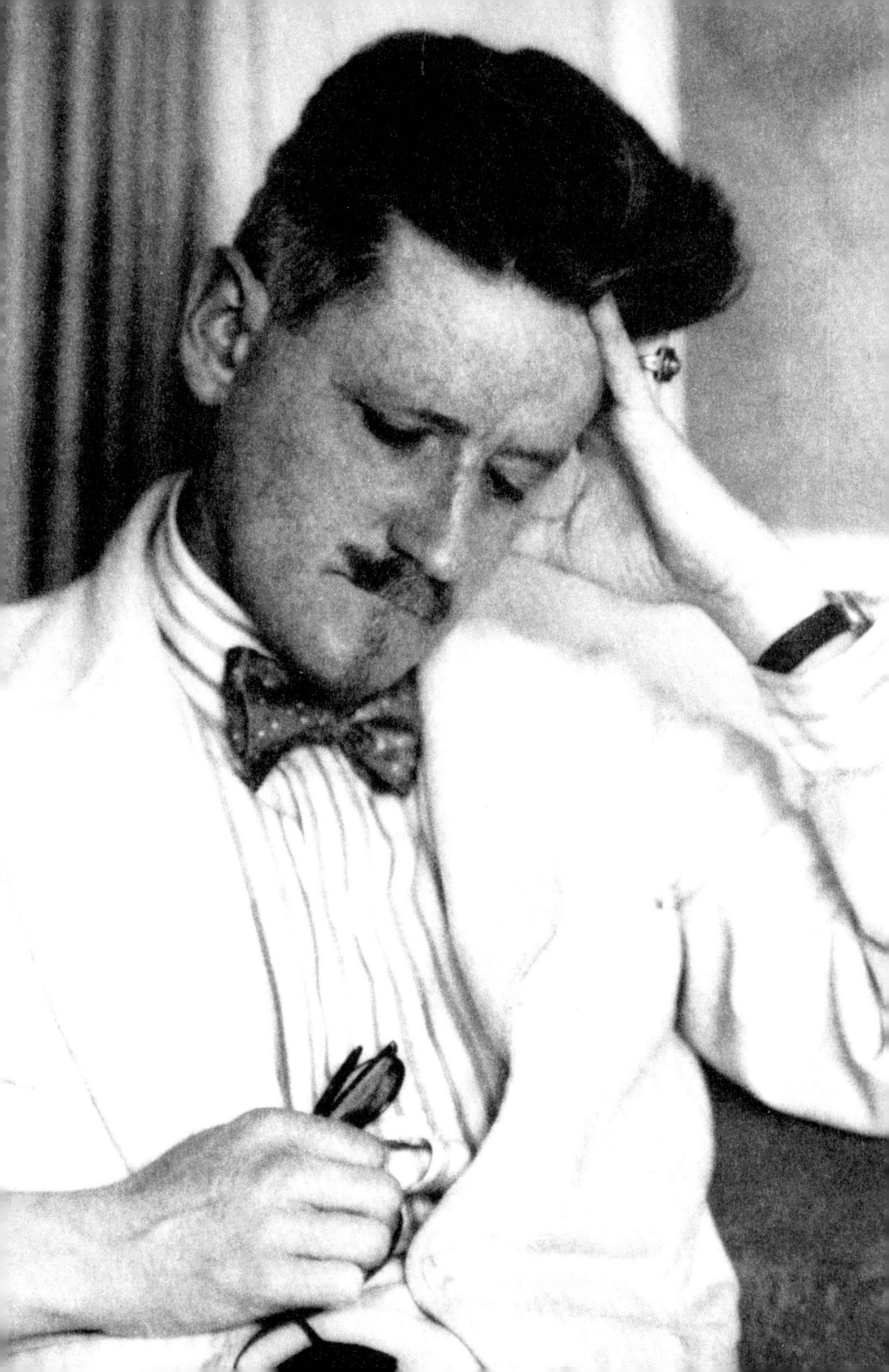

小丝质徽章看上去非常鲜艳,因为他穿了一件蓝色的水手上衣。斯蒂芬感到自己的脸也红了"。

乔伊斯创造了新的写作方式,他的作品集中于瞬间的细节。由于他是现代派文学的范例,所以他注意并探索时尚的重要性是既有趣又适宜的。在《尤利西斯》中,他透过人物格蒂·麦克道尔所穿的衣服这一棱镜来观察她,用显微镜般的兴趣来讨论她的内衣这个主题。通过他对衣服的一丝不苟的眼光,乔伊斯使现代性的概念成为三维概念——利用衣服作为希望、梦想、渴望和错觉的通道。

詹姆斯·乔伊斯害怕电闪雷鸣,因为他小时候,家庭教师告诉他,打雷是上帝发怒了。

乔伊斯一生做过二十五次眼睛手术。他的眼疾是多方面的,除了其他并发症外,他还患有虹膜炎(即虹膜感染了疼痛的炎症)、虹膜粘连(即虹膜与角膜或瞳孔粘连),以及青光眼。

乔伊斯曾在意大利生活,离开后继续说意大利语;他是杰出的语言学家,在都柏林大学学院时曾学过丹麦式挪威语,因此他能阅读亨利克·易卜生著作的原文。

乔伊斯的作品中浸透了对阶级和服装的分类,在现实生活中,他对此也深有感受。1920年,乔伊斯在巴黎与T.S.艾略特会面,后者带来他们共同的朋友埃兹拉·庞德给他的一个包裹,里面是送给他的衣服和一双棕色皮鞋,因为此前听说他生活拮据,整个夏天都穿着一双脏兮兮的胶底网球帆布鞋。乔伊斯克服了尴尬,请艾略特吃了一顿他几乎负担不起的晚餐。世事艰辛。据鲍克说,1904年3月,乔伊斯在给母亲的一封回信中写道,他的"衬衫让人难以形容,一只靴子破旧不堪,裤子拉链只能用别针别上"。

人们说詹姆斯·乔伊斯看上去既忧郁又疲惫。他确实看上去忧郁，他确实看上去疲惫，但这是一个多少获得上天恩准，可以随时随地忧郁的人的忧郁；一个自愿在有限中创造无限纷繁的人的疲惫。

——杜娜·巴恩斯，
《当前文坛一个更重要人物的画像》，1922年格蒂的穿着并不花哨，但是有一种时尚追随者凭直觉而来的风度，因为她意识到他可能出来，有那么一点可能性。一件整洁的衬衫，她自己用摩登染料染成铜青色的（因为《女士画报》上预计铜青色要流行），漂亮的尖领口一直开到胸前凹处，带一只小手帕口袋（她在口袋里总是放一块棉花，洒上她喜爱的那种香水，因为装手帕不挺括），下身是一条海军蓝的开衩半长裙，把她的苗条娉婷的身材衬托得恰到妙处⋯⋯关于内衣，那是格蒂最上心的，凡是理解甜蜜的十七岁时期（虽然格蒂已经永远不会再有十七岁）那种扑动着希望而又忐忑不安的心理的人，谁会忍心去责备她？她有四套，都很考究，针线特别细密，每套三件外加睡衣，那些内衣每套都串有不同颜色的缎带，淡粉红的、淡蓝的、紫红的、嫩绿的。洗过之后，她总是自己晾，自己加洗涤蓝，自己熨，她有一块专门放烙铁的砖头，因为她对那些洗衣女人就是亲眼看着也不放心，怕她们熨坏东西。

——詹姆斯·乔伊斯，"瑙西卡"（第十三章），《尤利西斯》，1922年[1]

---

1. 此处采用金　先生译文。

西尔维亚·比奇[1]和乔伊斯站在巴黎莎士比亚书店门口,1920年。

1. 西尔维亚·比奇(Sylvia Beach, 1887—1962),生于美国,巴黎莎士比亚书店的创始人,最早出版《尤利西斯》的出版商。

南希·米特福德
NANCY MITFORD

生活有时悲哀，经常枯燥无味，但是蛋糕上有加仑子，现在就是这样。

——南希·米特福德，《逐爱》，1945年

南希·米特福德属于"妖冶青年名流(Bright Young Things)"——他们是上流社会一群无拘无束的青年，成天派对，呼啸着穿过1920年代的伦敦。根据一本写她的传记《冬季生活》，她在1966年证实说："除了晨曦，我们几乎看不到日光；每晚都有化装派对：白色派对、马戏团派对、游轮派对。"她最好的朋友伊夫林·沃在小说《邪恶的肉身》中，捕捉到了"妖冶青年名流"的生活和爱情。对许多人来说，这群贵族无害的恶作剧和欢快的嬉戏，是战后日常生活背景下不和谐的嗡嗡声。

米特福德的风格成为"古怪英式"着装的代名词——那些被时尚点燃热情之火的人和那些没有圈内知识的人，都是这样理解的。这种风格意味着厚羊毛开衫配笨重的走步鞋，威灵顿高帮靴配丝绸舞会礼服裙和毛皮披肩，以及把粗花呢外套披在碎花茶会礼服上。住在英格兰时，米特福德习惯在城里穿丝绒上装和毛料短裙，在乡间穿粗花呢

对页：
南希·米特福德，1970年。

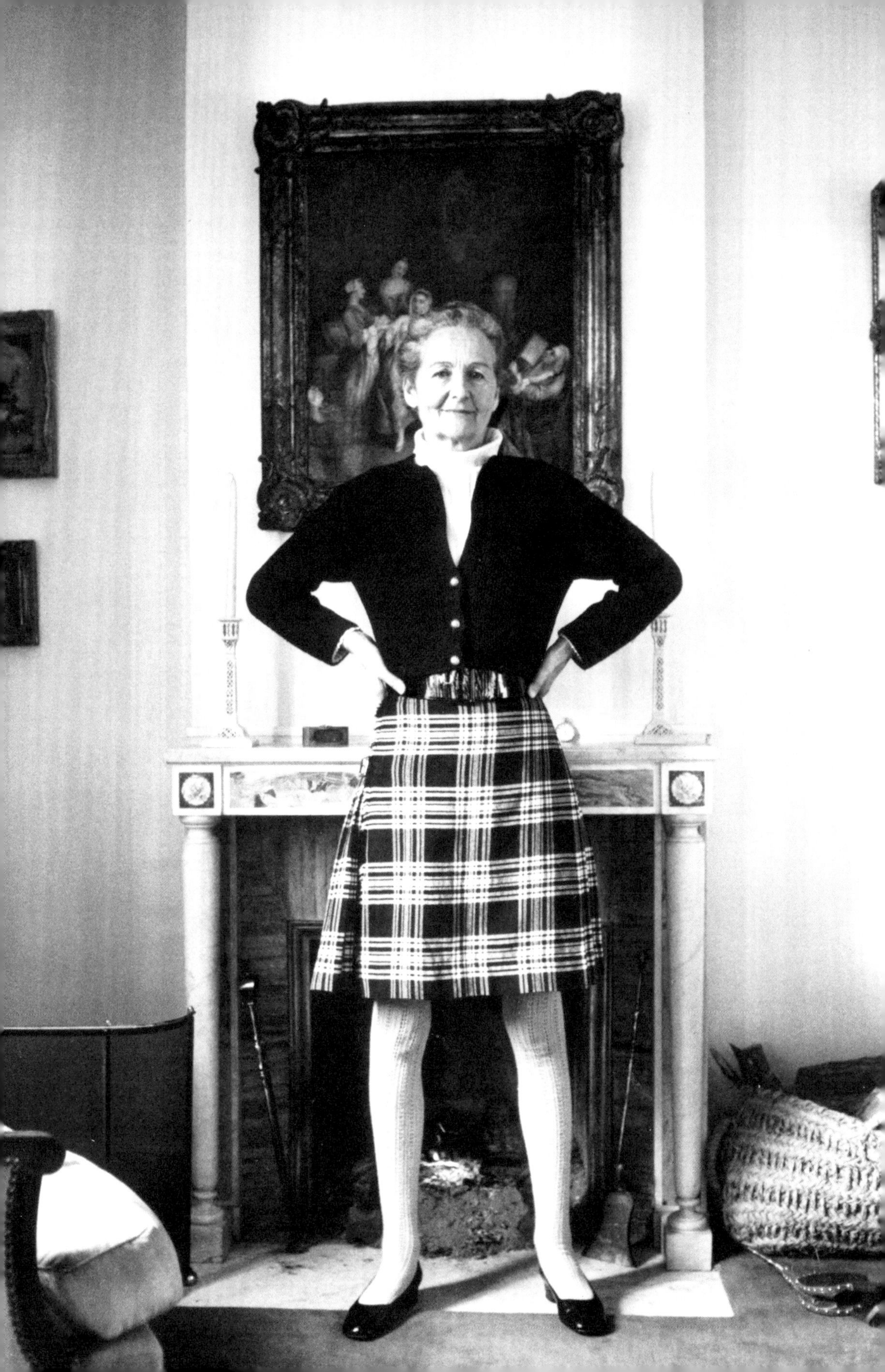

和修身捏褶的女式衬衣，配饰是笨重的手镯，加上白瓷般的肤色、修过的细眉和明亮的珍珠项链。具有讽刺意味的是，作为一个以离奇的英国鉴赏力著称、追求时髦服饰的人，米特福德一生都在贬损英国淑女穿衣的方式，她在1963年的随笔集《龙虱》中，坚持说她们所穿的套装"非常可悲，用像木板一样又厚又硬的花呢做成，色调像各式各样的麦片粥"。对社交界的小圈子而言，"穿着时髦被认为是再普通不过的事情"。

1951年，她在《时尚芭莎》杂志上发表随笔文章，题为《英、法、美三国人的时髦》。她在文中称，英国女人的衣橱取决于"对当下模式的蔑视和无限的自信"。她公开谴责在她看来英国女人几乎是与生俱来的糟糕透顶的着装理念。"我看到罗莎蒙德……天哪，英国女人的邋里邋遢——我记不清它是一向如此，还是现在更糟了。它是那样地根深蒂固，所以我怀疑是前者。伦敦新风貌让我笑掉大牙——字面意义上的印花棉布裙撑。显然如果迪奥意识到是他开始了这一切，他会跑去自杀的。"

第二次世界大战期间，米特福德做过救护车司机和食堂助理。

1967年，米特福德从法国巴黎搬到离凡尔赛宫不远的一栋房子，并在那里终老。

对米特福德来说，巴黎是时尚的天堂。她的第一套定制女装就来自格蕾夫人，据《纽约时报》称，在1930年代，这家法国时装屋是"在欧洲买衣服最明智的选择"。那身礼服裙是黑丝绒的，有雪纺腰带，价格为二百法郎。但让她深深爱上的是克里斯汀·迪奥的时装。在他的1947年系列登上秀台后，她写信给在英国的妹妹戴安娜："你听说新风貌了吗？垫起屁股，束紧腰，裙子长到脚踝。简直让人欣喜若狂。"她急忙赶去试穿，并透露说："我在迪奥店里站了两小时，他们用一大堆棉花在我身上做了一个模子，又根据它做了一件大衣。我看上去完全

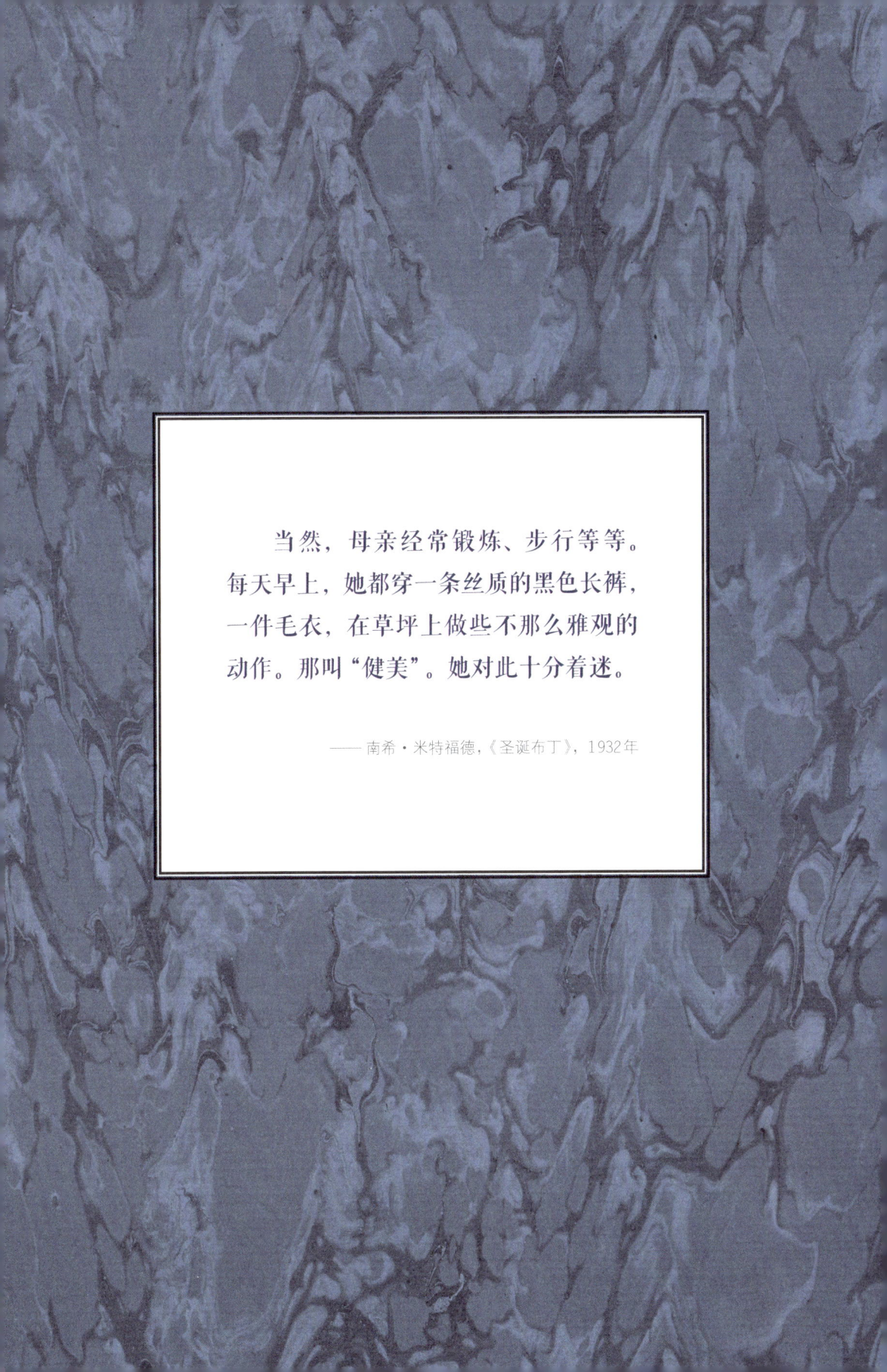

当然,母亲经常锻炼、步行等等。每天早上,她都穿一条丝质的黑色长裤,一件毛衣,在草坪上做些不那么雅观的动作。那叫"健美"。她对此十分着迷。

——南希·米特福德,《圣诞布丁》,1932年

南希·米特福德在巴黎她的公寓，1956年。

就像玛丽女王。想想有多热吧……所有的英国报纸都在找长裙的碴儿，极尽嘲讽。但我唯一能想到的是，现在人们可以有长过膝盖的内裤了。"

在1945年的《逐爱》中，她这样写到她的主人公："琳达有一袭特别迷人的舞会礼服，用大堆浅灰色的薄纱做成，长及脚踝……每次她穿着这一大堆薄纱出现，都会引起轰动，马修叔叔对此极不赞成，理由是他知道曾有三个女人穿着薄纱舞会礼服被烧死。"幽默是贯穿米特福德所有小说的一条主线。她没有受过训练，也没受过什么教育，除了小时候学过写法语和说法语，但她却有信心，这让她的作品因为语调真诚而富有生气。她所描写的世界让圈外人着迷；人们因此对会客室内真实发生的故事获得了难得的一瞥。1929年，她在美国版《时尚》上发表了第一篇文章，题为《英国的狩猎派对》，它揭开了贵族名门乡间周末的神秘面纱。她建议："在晚宴礼服外边套一件小外套。牙齿打战和起鸡皮疙瘩事实上很难让人振奋起来，而这种寻欢作乐的情绪本应弥漫在第一天的晚宴桌上。没有几户人家会认为，在晚宴中间站起来捶胸顿足以刺激血液循环和激发热情是有教养的表现。"

米特福德最喜欢的时尚贴士是：永远别穿开衩的铅笔裙，因为它会不雅观地露出小腿肚。

❦

有一天……你会变成中年人，想想如果一个女人那时不能有譬如一副钻石耳环，她会成什么样子。一个到了我这个岁数的女人，脸旁需要有钻石衬托，才能放出光彩。

——南希·米特福德，《冬季爱情》，1949年

玛雅·安吉洛
MAYA ANGELOU

寻找真正适合自己的时尚。坚持自己的标准和原则,而且只有这样做,你才永远是时尚的。

——玛雅·安吉洛,《此刻不再小觑我的旅程》,1993年

玛雅·安吉洛在她的散文、诗歌和民权演讲中,谈到感恩和自由。她有一颗宽容、快乐的心,她的生活就是做对的事情。1957年,她发表了名为《卡吕普索女士》的专辑,创作和表演自己的音乐,并在美国各地演唱和舞蹈。如今,她的声音仍然引起共鸣。2014年玛雅逝世,享年八十六岁。当时举世因这个才华卓绝、热爱生活、鼓舞人心的人离世而哀悼。

从她的性格到她的服装,安吉洛永远是非常有趣的。50年代,她还是个年轻女演员和歌手的时候,就穿着时髦的鸡尾酒会礼服和细高跟鞋、披头族的紧身连衣裤和七分裤上大街。她参演让·热内的外百老汇剧作《黑人》,向玛莎·葛兰姆学习舞蹈,并在1952年参加《波吉和贝丝》[1]在欧洲的巡演,她在其中扮演克拉拉这一角色。安吉洛的自我意识一向体现在她的服装上,而她的服装永远很高雅。她看上去永远镇定自若。

对页:
玛雅·安吉洛和格洛丽亚·斯泰纳姆在向华盛顿游行途中,1983年。

1.《波吉和贝丝》(Porgy and Bess)是美国著名作曲家乔治·格什温创作的歌剧,讲述一对黑人青年男女的爱情故事和他们追求自由的经历。

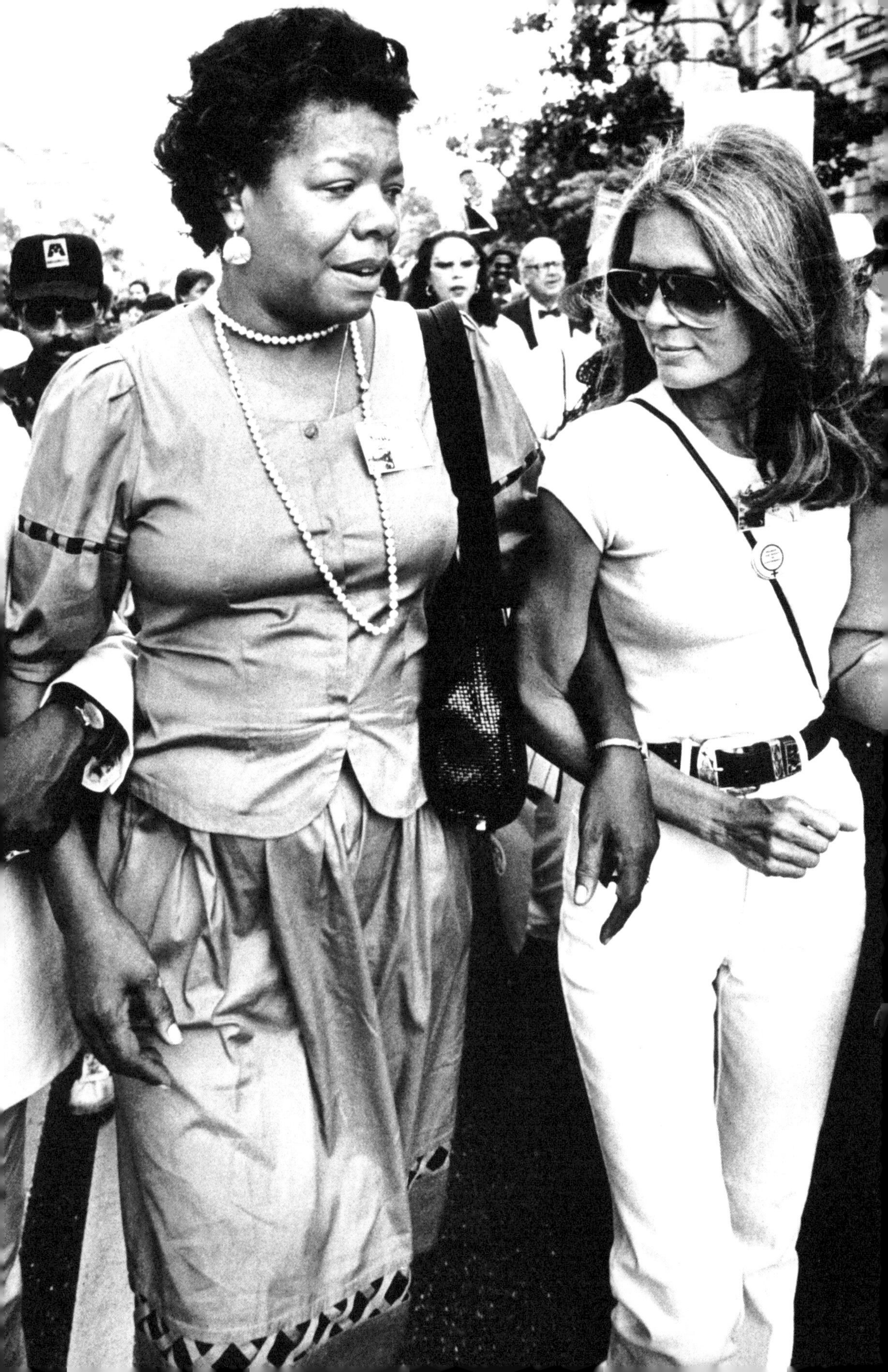

1960年，她和丈夫、民权运动家伍松齐·马克一起移居开罗，她给一家阿拉伯人的报纸当英文编辑，后来，她去了加纳，找时间学了好几种语言，包括阿拉伯语和芳蒂语[1]。颜色鲜艳的印花和花纹纱笼与头巾成了她在非洲炎热气候中的标志性风格。1964年，为了协助马尔科姆·X[2]，以及后来协助马丁·路德·金博士的工作，她迁回美国，此时她的形象已演变为宽松的蜡染太阳裙，配个性化的串珠项链。她自豪的文化服饰，传达了一种与传统的统一性，这种统一性是有尊严而意义重大的。

1993年，比尔·克林顿当选美国总统，她成为第一个在总统就职典礼上朗诵诗歌的女作家。她朗诵了自己的诗作《清晨的脉搏》，由衷地见证了在美国，所有肤色、信仰和宗教的人都能坚定地站在一起。她为所有被剥夺了权利的人代言。2010年，巴拉克·奥巴马总统授予安吉洛最高平民荣誉——总统自由勋章。

安吉洛的标志性魅力之一，是看上去精明自信。去世前一年，她为可汗（Cole Haan）[3]的"生于1928年"活动拍了照片，挑战八十五岁依然美丽。衣服在安吉洛看来非常重要。她在1969年的畅销自传《我知道笼中鸟缘何歌唱》的头几页中，描述了她穿的那件令人难堪的紫色裙子，以及她如何渴望自己像个"电影明星"，却意识到自己穿的是一件"难看无比的缩减版"。她本能地懂得服装所具有的保护性。

1978年，安吉洛的诗《非凡女人》首次发表在时

上图：
玛雅·安吉洛，
2005年。

---

1. 芳蒂语（Fanti），加纳中部地区的一种方言。
2. 马尔科姆·X（Malcolm X，1925—1965），美国黑人运动家。
3. 可汗（Cole Haan），美国时装品牌。

尚杂志《大都会》(*Cosmopolitan*)上，向世界介绍了她个人风格的女权主义。这些文字讲述了她如何为自己的身体、头发，以及鞋跟的嗒嗒声感到骄傲——她的写作让各地外形不同、高矮不同和现实情况不同的妇女感到更有力量。作为公众演说家，她的着装是为了让人难忘。小黑裙加优雅的高领毛衣，配珍珠项链和耳环，是她最喜爱的服装。她告诉人们，不仅是妇女和黑人，去"要求得到你想要的东西，而且准备好得到它"——这是向四面八方的局外人发出的信息。她对每个人都有很高的期望，她期望人们能够有尊严地生活。

马丁·路德·金博士死于1968年4月4日，这天也是安吉洛的生日。此后多年，她都没有在这一天庆祝过自己的生日。

> 我穿的那条连衣裙是淡紫色塔夫绸的，每次我喘气，它都会簌簌作响，既然我正在吸入空气，呼出耻辱，它听上去就像灵车背后的皱纹纸。
> 　　此前我看到妈妈缝上荷叶边并在腰部捏出小褶，那时我以为我穿上它会像个电影明星。（它是丝绸的，这多少弥补了那可怕的颜色。）我看上去会像那些可爱的白人小姑娘，她们是每个人对理想世界的梦想……但复活节清晨的阳光显示出，那条裙子不过是被一个白种女人扔掉的、曾经是紫色长裙的难看无比的缩减版。它也很长，但它遮不住我的两条麻秆腿，腿上涂了油腻腻的蓝海豹系列凡士林，还扑上了阿肯色红黏土。那褪了的颜色让我的皮肤看上去像泥巴一样脏，教堂里的所有人都在看我的麻秆腿。
>
> ——玛雅·安吉洛，《我知道笼中鸟缘何歌唱》，1969年

汤姆·沃尔夫
TOM WOLFE

你从未意识到,你的背景有多少缝进了你的衣服内衬。
——汤姆·沃尔夫,《虚荣的篝火》,1987年

汤姆·沃尔夫是"非时尚"的忠实追随者。他所铺设的着装之路,如他的划时代小说和新新闻主义写作一样独特和心照不宣。事实上,他在1962年就开始穿传奇性和寓言般的白色西装,并在1980年接受《滚石》杂志采访时,解释了做一个老古板的益处:"写《水泵房帮》时,我几乎是处于一个再陌生不过的世界。我在写整个故事的过程中,都穿着我的皱条纹衣服。我觉得他们很喜欢我这样。他们觉得我已经非常老了,其实我才三十多岁,他们觉得我是老古板。他们挺喜欢这一切——这个戴平顶硬草帽的家伙跑来向他们提问。后来我在写《刺激酷爱迷幻考验》时,这甚至变得更加极端。我开始明白,试图融入那个世界是个天大的错误。"

沃尔夫从早到晚都穿温文尔雅、冷静的三件套服装,让人假定他是一个在穿着上有古典怪癖的人,这多少折射出他的家乡弗吉尼亚州里士满的传统和观念。沃尔夫精致的整套衣装原本只是个有趣的错误,他在接受《滚石》杂志的采访中这样承认:"我去了纽约的一家裁缝铺,

对页:
汤姆·沃尔夫,
1980年前后。

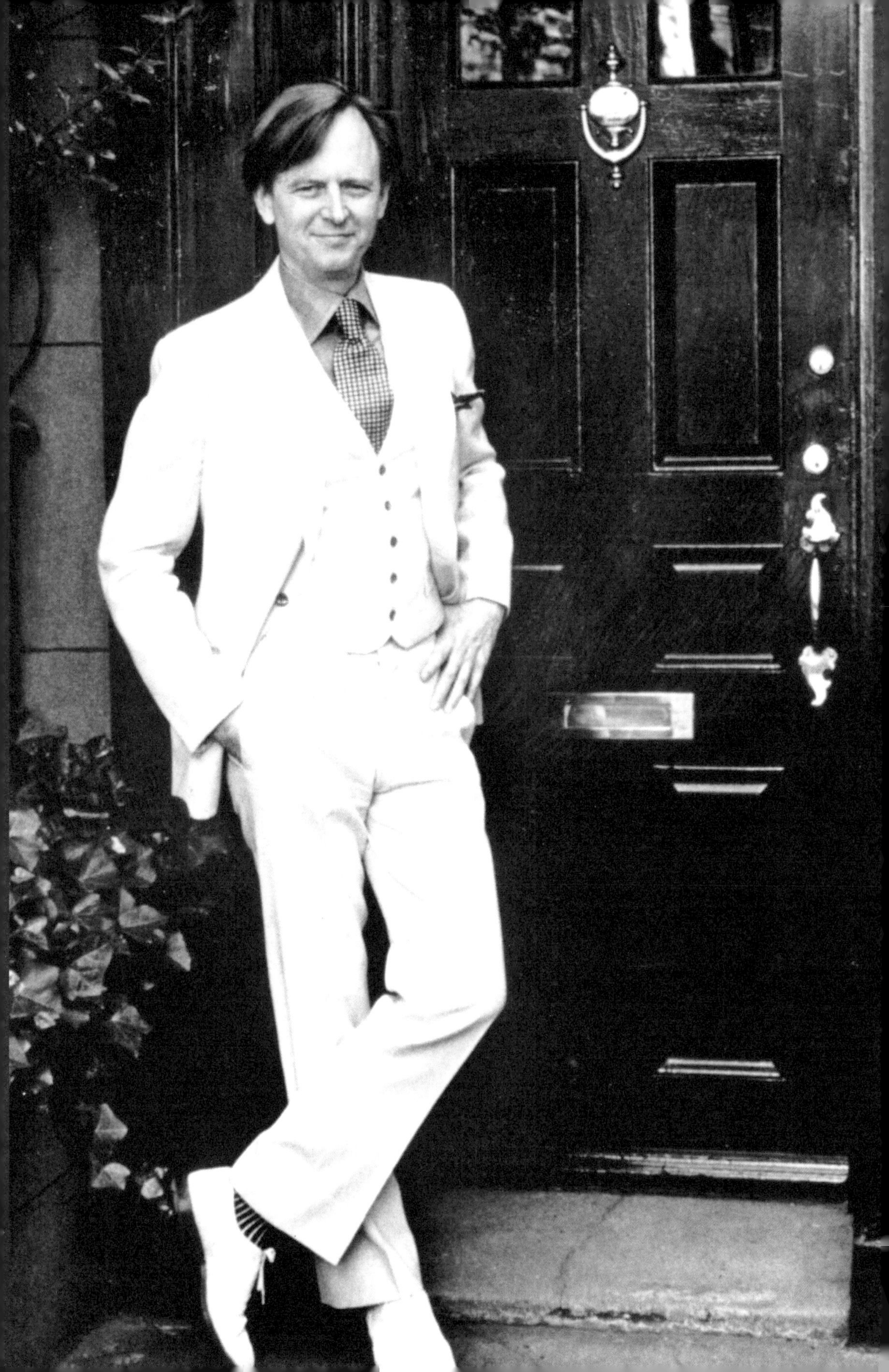

挑了一块白色衣料，想做一套夏装。但实际上，丝织花呢是一种很暖和的料子，于是我开始在冬天穿这套衣服。那是1962年或1963年的冬天，人们的反应令我惊讶……微小风格变化引起的敌意简直太不寻常了。"穿白色套装象征了一个不打算蹚浑水的人在小心翼翼地走着滑步。身穿白色也主张宁静和镇定。沃尔夫一生都是一个坐在悬崖边上，观看别人在生活中纠缠不清的成功作家。

在沃尔夫的作品中，引人入胜的细节是关键所在。他正是以这种方式，在自己的衣橱中看到价值。1966年，他在为《纽约先驱论坛报》写的一篇杂文《秘密的邪恶》中，赞美了"真正的扣眼"和剪裁合身的衣服。同样，在他的文学作品中，他所精心研究和一丝不苟地审视的，不仅是他的角色生活的组成部分，往往还有他们的衣着。

纽约公共图书馆耗资二百多万美元，从沃尔夫手里买下一百九十箱笔记本、信函、裁缝铺账单、圣诞卡、绘画和手稿。他说这让他感觉自己"非常重要"。

除了作家外，沃尔夫唯一考虑过的另一职业，是做个艺术家。

作品写到一半时，沃尔夫给自己规定了每天写十页的目标——大约一千八百字。

现代西方生活的心理学包裹在消费文化中，而穿着往往可以揭示一个人的身份。沃尔夫在他的作品中，深入探究了这些基本元素，在1991年接受《巴黎评论》的访谈时，他说："我本能地意识到，如果我打算写当代生活的小插曲……我就希望这些小插曲含有我所写的地方的所有声音、样貌和感觉。品牌的名字、衣服和家具的品位、行为举止，人们对待孩子、仆人或上司的方式，它们都是预知一个人未来的重要线索。"

对休闲装的阴暗评论是沃尔夫的经典技巧。他自己满是手杖、洪堡帽[1]、鞋套和配套马甲的衣橱，相悖于穿着随便的文化。他在《虚荣的篝火》中贬损和

---

1. 洪堡帽（homburg hat），或可译为"凹顶硬礼帽"。

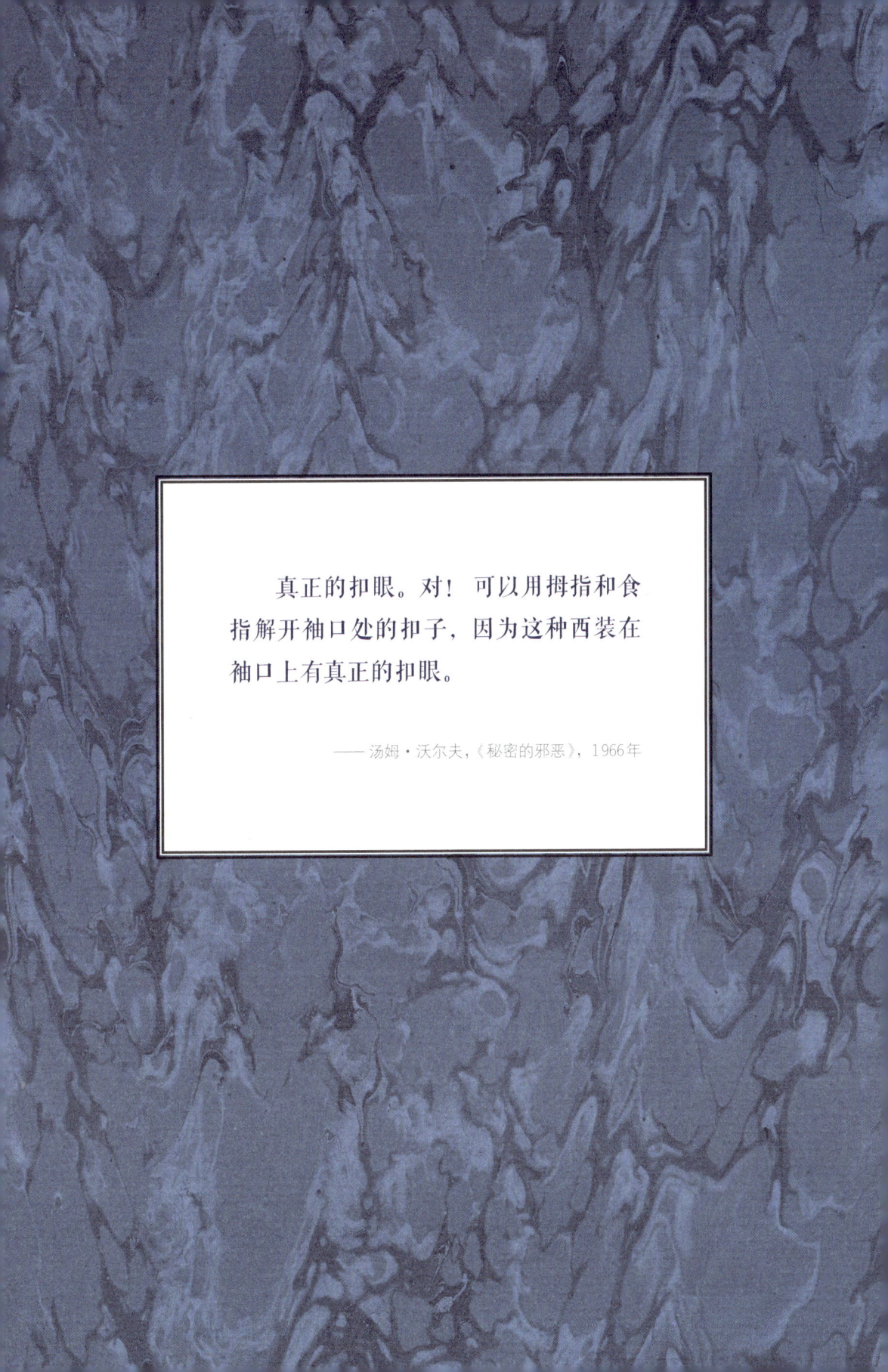

真正的扣眼。对！可以用拇指和食指解开袖口处的扣子，因为这种西装在袖口上有真正的扣眼。

——汤姆·沃尔夫，《秘密的邪恶》，1966年

汤姆·沃尔夫在纽约市上东区他的公寓里,2004年。

剖析休闲,把休闲装与他笔下的人物、自称"宇宙主人"的华尔街债券交易员的虚饰进行疯狂的对比。谢尔曼·麦考伊穿一件"让人生畏的英国橡胶防水雨衣,布满了肩片、袋子和扣子……他认为它的老旧模样看上去恰到好处,效仿了'波士顿破皮鞋'时尚"。相形之下,地铁D线车厢里的旅客则穿廉价的旅游鞋:"车厢里一半人都穿着印有显眼花纹的旅游鞋,压模的鞋跟,看上去就像盛肉汁的船形容器。年轻人穿着它们,老年人穿着它们,膝上坐着孩子的母亲穿着它们……在D线车厢里,这些旅游鞋像脖子上挂的招牌,上面写着贫民窟或东哈莱姆区。"

1970年,沃尔夫在为《纽约》杂志写的文章《激进派的时髦:莱尼家的派对》中,大肆挖苦花园大道[1]的高雅,这篇特写记录了指挥家伦纳德·伯恩斯坦为他穿着考究的朋友们援助黑豹党[2]的事业所举办的派对。那一时刻的细节集中于人们的穿着。

1. 花园大道(Park Avenue),纽约曼哈顿的一条大道,两旁布满高档公寓,是富人聚集区。
2. 黑豹党(Black Panther Party)是1960年代成立的一个美国黑人政治团体,1982年停止运作。
3. 青年主人会(Young Lords),1960年代和1970年代活跃的美国波多黎各移民左翼组织。
4. 吉拉尔·彼巴特(Gerard Pipart,1933—2013),法国高档女装设计师。

　　如他们所说,黑豹党的女人……是那么瘦,那么柔软灵活,身穿紧身裤,戴着类似缠头巾的约鲁巴风格头饰,仿佛从《时尚》杂志中走出来,尽管毫无疑问,《时尚》是从她们那里学来的……

　　去参加黑豹党、青年主人会[3],或摘葡萄工人的派对会穿什么呢?女人穿什么?显然,她们不想穿轻浮、傲慢、特别昂贵的服装,例如吉拉尔·彼巴特[4]的派对礼服。另一方面,她们又不想穿不像样的高领衫和西八街的喇叭腿牛仔裤,"抱怨手头拮据",好像自己"很时髦",来自"人民"。

——汤姆·沃尔夫,《激进派的时髦:莱尼家的派对》,1970年

鸣 谢

本书献给威廉、弗莱迪和安德鲁。

我还想感谢以下为这本书的问世做出贡献的人：米沙·史密斯、詹妮弗·塞萨伊·巴恩斯、弗朗辛·伯斯科、皮帕·希利、海莉·哈里森、凯瑟琳·伏莱斯托、乔·昂温、露露·吉尼斯、戴安·鲁尼、凯丽·卡尼亚、伊丽莎白·威斯科特·萨利文、琳·伊曼斯、达妮·西格堡姆和塔尼亚·罗斯－休斯。

参考书目

Adichie, Chimamanda Ngozi, and Zadie Smith. "Between the Lines: Chimamanda Ngozi Adichie with Zadie Smith." Event at the Schomburg Center for Research in Black Culture, March 19, 2014, 6:30 PM. Recording of live stream, 1:09:43. http://nymag.com/thecut/2014/03/heres-zadie-smith-chimamanda-adichie-talking.html.

Angelou, Maya. *I Know Why the Caged Bird Sings*. New York: Bantam Books, 1971.

———. "My Mission in Life . . ." Facebook post, July 5, 2011. https://www.facebook.com/MayaAngelou/posts/10150251846629796.

———. *Wouldn't Take Nothing for My Journey Now*. New York: Bantam Books, 1994.

Armitstead, Claire. "Robert Crumb: 'I was born weird.'" *The Guardian*, April 24, 2016. https://www.theguardian.com/books/2016/apr/24/robert-crumb-interview-art-and-beauty-exhibition.

Arneson, Krystin. "25 of the Best Fashion Quotes of All Time." *Glamour*, September 20, 2011. https://www.glamour.com/about/fashion-quotes glamour.com/fashion/2011/09/25-of-the-best-fashion-quotes-of-all-time/1.

Arnold, Rebecca. *Fashion, Desire and Anxiety: Image and Morality in the 20th Century*. New Brunswick, NJ: Rutgers University Press, 2001.

Attridge, Derek, ed. *The Cambridge Companion To James Joyce*. Cambridge, England: Cambridge University Press, 1990.

Bailey, Paul. *The Stately Homo: A Celebration of the Life of Quentin Crisp*. New York: Bantam Press, 2001.

Bair, Deirdre. *Samuel Beckett: A Biography*. New York: Harcourt Brace Jovanovich, 1978.

———. *Simone de Beauvoir: A Biography*. London: Touchstone, 1991.

Baker, Phil. *William S. Burroughs*. London: Reaktion, 2010.

Barnes, Djuna. "Becoming Intimate with the Bohemians." *New York Morning Telegraph Sunday Magazine,* November 19, 1916.

———. *The Book of Repulsive Women*. Manchester, England: Fyfield Books, 2003.

———. *Interviews.* Edited by Alyce Barry. Los Angeles: Sun & Moon Books, 1998.

———. *Nightwood.* London: Faber and Faber, 1936.

———. "A Portrait of the Man Who Is, At Present, One of the More Significant Figures in Literature." *Vanity Fair*, April 1922.

Barnet, Andrea. *All-Night Party: The Women of Bohemian Greenwich Village and Harlem, 1913–1930*. Chapel Hill, NC: Algonquin Books of Chapel Hill, 2000.

Bauer, Barbara, and Robert F. Moss. "Feeling Rejected? Join Updike, Mailer, Oates . . ." *New York Times*, July 21, 1985.

Beckett, Samuel. *The Letters of Samuel Beckett, 1929–1940*. Vol. 1 of *The Letters of Samuel Beckett*. Edited by Martha Dow Fehsenfeld and Lois More Overbeck. Cambridge, England: Cambridge University Press, 2009.

———. *The Letters of Samuel Beckett, 1941–1956*. Vol. 2 of *The Letters of Samuel Beckett*. Edited by George Craig, Martha Dow Fehsenfeld, Dan Gunn, and Lois More Overbeck. Cambridge, England: Cambridge University Press, 2011.

———. *The Letters of Samuel Beckett, 1957–1965*. Vol. 3 of *The Letters of Samuel Beckett*. Edited by George Craig, Martha Dow Fehsenfeld, Dan Gunn, and Lois More Overbeck. Cambridge, England: Cambridge University Press, 2014.

———. *Molloy*. London: Faber & Faber, 2009.

———. *Waiting for Godot*. New York: Grove Press, 1954.

Beevor, Antony, and Artemis Cooper. *Paris After the Liberation, 1944–1949*. New York: Doubleday, 1994.

Begley, Adam. *Updike*. New York: HarperCollins, 2014.

Bell, Matthew. "Revealed: Rimbaud, Libertine Linguist." *The Independent Newspaper*, September 17, 2011. http://www.independent.co.uk/arts-entertainment/books/news/revealed-rimbaud-libertine-linguist-2356586.html.

Beller, Thomas. "Interview with Fran Lebowitz." Mr. Beller's Neighborhood: New York City Stories, October 11, 2002. mrbellersneighborhood.com/2002/10/interview-with-fran-lebowitz.

Bellow, Saul. *Seize the Day*. New York: Penguin, 2003.

Bernier, Rosamond. "On Design: Fashion Week, 1947." *Paris Review*, September 12, 2011. theparisreview.org/blog/2011/09/12/fashion-week-1947/.

Bibesco, Marthe. *Marcel Proust at the Ball*. Translated by Anthony Rhodes. London: Weidenfeld & Nicolson, 1956.

Binelli, Mark. "The Amazing Story of the Comic Book Nerd Who Won the Pulitzer Prize for Fiction." *Rolling Stone*, September 27, 2001.

"Blink Q and A with Malcolm." Gladwell.com, http://gladwell.com/blink/blink-q-and-a-with-malcolm.

Bockris, Victor. *Patti Smith, The Unauthorized Biography*. London: 4th Estate, 1998.

Bowker, Gordon. *James Joyce: A New Biography*. New York: Weidenfeld & Nicolson, 2011.

Brinkley, Douglas, and Terry McDonell. "Hunter S. Thompson, The Art of Journalism No. 1." *Paris Review*, Fall 2000. http://www.theparisreview.org/interviews/619/the-art-of-journalism-no-1-hunter-s-thompson.

Brockes, Emma. "Toni Morrison: 'I Want to Feel What I Feel. Even if It's Not Happiness." *The Guardian*, April 13, 2012.

Broe, Mary Lynn, ed. *Silence and Power: A Reevaluation of Djuna Barnes*. Carbondale: Southern Illinois University Press, 1991.

Bronfen, Elisabeth. *Sylvia Plath*. Plymouth, England: Northcote House, 1998.

Brookner, Howard, dir. *Burroughs: The Movie*. DPI, 1983.

Brown, Mick. "Worth Waiting For." Interview with Donna Tartt. *The Telegraph*, October 19, 2002. telegraph.co.uk/culture/4729011/Worth-waiting-for.html.

Bui, Phong. "In Conversation: Fran Lebowitz with Phong Bui." *Brooklyn Rail*, March 4, 2014. brooklynrail.org/2014/03/art/fran-lebowitz.

Burroughs, William S. *Junky*. New York: Ace, 1953.

———. *Last Words: The Final Journals of William S. Burroughs*. Edited by James Grauerholz. New York: Grove Press, 2001.

———. *The Western Lands*. New York: Viking Press, 1987.

Butscher, Edward. *Sylvia Plath, Method and Madness*. New York: Seabury Press, 1976.

Calder, John. "Samuel Beckett: A Personal Memoir." Naxos AudioBooks. web.archive.org/web/20071009184852/naxosaudiobooks.com/PAGES/beckettmemories.htm.

Campbell, James. "The Self-Loathing of Samuel Beckett." *Wall Street Journal*, December 12, 2014 (updated). wsj.com/articles/book-review-the-letters-of-samuel-beckett-1957-1965-1418421082.

Capron, Marion. "Dorothy Parker, The Art of Fiction No. 13." *Paris Review*, Summer 1956.

Caramagno, Thomas C. *The Flight of the Mind: Virginia Woolf's Art and Manic-Depressive Illness*. Oakland: University of California Press, 1992. University of California Press; New Ed. edition (May 3, 1996).

Carter, Angela. "Colette." *London Review of Books*, October 2, 1980. lrb.co.uk/v02/n19/angela-carter/colette.

Carter, William C. *Marcel Proust*. New Haven, CT: Yale University Press, 2000.

Caselli, Daniela. *Improper Modernism: Djuna Barnes's Bewildering Corpus*. Farnham, England: Ashgate, 2009.

Castle, Terry. "Desperately Seeking Susan." *London Review of Books*, March 17, 2005. http://www.lrb.co.uk/v27/n06/terry-castle/desperately-seeking-susan.

Champion, Laurie, and Emmanuel S. Nelson. *American Women Writers, 1900–1945*. Westport, CT: Greenwood Press, 2000.

Charters, Ann, ed. *The Portable Beat Reader*. New York: Viking, 1992.

Chisholm, Ann. *Nancy Cunard*. London: Penguin Books Ltd., 1981.

Cline, Sally. *Zelda Fitzgerald*. New York: Arcade Publishing, 2003.

Cochrane, Greg. "Q&A: Pulitzer Novelist Michael Chabon Reveals What It's Like to Work with Mark Ronson." *NME*, January 14, 2015.

Coleman, Emily Holmes. *Rough Draft: The Modernist Diaries of Emily Holmes Coleman, 1929–1937*. Edited by Elizabeth Podnieks. Newark: University of Delaware Press, 2012.

Colette. *Chéri*. Paris: Vintage Classics, 2001.

——. *Chéri* and *The Last of Chéri*. Translated by Roger Senhouse. New York: Farrar, Straus and Giroux, 2001.

——. *The Complete Claudine: Claudine at School; Claudine in Paris; Claudine Married; Claudine and Annie*. Translated by Antonia White. New York: Farrar, Straus and Giroux, 2001.

——. "Elegance? . . . Economy?" *Vogue*, August 1, 1958. First published in *Vogue Paris*, 1925.

——. *Gigi*. Paris: Hachette, 2010.

——. *Looking Backwards / Colette*, translated by David Le Vay. Bloomington: Indiana University Press, 1975.

Collier, Peter. *Proust and Venice*. Cambridge, England: Cambridge University Press, 1989.

Cott, Jonathan. "Susan Sontag: The *Rolling Stone* Interview." *Rolling Stone*, October 4, 1979.

Cowley, Malcolm, ed. *Writers at Work – The Paris Review Interviews Vol 1*. New York: Viking Press, 1958.

Crawford, Anwen. "The Theology of Patti Smith." *The New Yorker*, October 5, 2015.

Crisp, Quentin. *How to Have a Lifestyle*. Los Angeles: Alyson Books, 1998.

——. Interview by David Letterman. YouTube video, 9:20, posted by user Declan John. Originally filmed by CBS for *Late Night with David Letterman*, 1985. youtube.com/watch?v=l3mYpugPfhI.

——. *The Naked Civil Servant*. New York: Quality Paperback Book Club, 2000.

Crisp, Quentin, and John Hofsess. *Manners from Heaven*. New York: Harper & Row, 1984.

Cronin, Anthony. *Samuel Beckett: The Last Modernist*. New York: HarperCollins Publishers, 1997.

Cronin, Gloria L., and Lee Trepanier, eds. *A Political Companion to Saul Bellow*. Lexington: University Press of Kentucky, 2013.

"Dame Edith Sitwell: Good Taste Is the Worst Vice Ever Invented." A. G. Nauta Couture (blog). September 21, 2014. https://agnautacouture.com/2014/09/21/dame-edith-sitwell-good-taste-is-the-worst-vice-ever-invented/.

Daniel, Lucy. *Gertrude Stein*. London: Reaktion, 2009.

Daugherty, Tracey. *The Last Love Song*. New York: St. Martin's Press, 2015.

Davenport-Hines, Richard. *A Night at the Majestic: Proust and the Great Modernist Dinner Party of 1922*. London: Faber and Faber, 2006.

de Beauvoir, Simone. *The Coming of Age*. Translated by Patrick O'Brien. New York: W. W. Norton & Company, 1996.

——. *Force of Circumstance*. Translated by Richard Howard. NewYork: Paragon House, 1992.

——. *The Second Sex*. Translated by H. M. Parshley. London: Jonathan Cape Ltd., 1968.

de Botton, Alain. *How Proust Can Change Your Life*. New York: Pantheon Books, 1997.

DeCurtis, Anthony. "Patti Smith on Art." Interview with Patti Smith. PBS, December 30, 2009. www.pbs.org/pov/pattismith/patti-smith-on-art/.

DenHoed, Andrea. "Tom Wolfe Looks Over His Notes." *The New Yorker*, February 28, 2015.

Didion, Joan. *Blue Nights*. New York: Knopf, 2011.

———. "In Sable and Dark Glasses." *Vogue*, October 31, 2011.

———. *Slouching Towards Bethlehem*. New York: Farrar, Straus and Giroux, 1968.

———. *We Tell Ourselves Stories in Order to Live*. New York: Knopf, 2006.

———. *The White Album*. New York: Simon and Schuster, 1979.

———. "Why I Write." *New York Times Magazine*, December 5, 1976.

———. *The Year of Magical Thinking*. New York: Knopf, 2005.

Donaldson, Scott. *Fitzgerald and Hemingway: Works and Days*. New York: Columbia University Press, 2011.

Doumic, Rene. *George Sand: Some Aspects of Her Life and Writings*. Translated by Alys Hallard. Produced by Charles E. Keller and David Widger. Project Gutenberg: March 11, 2006. Updated January 26, 2013. Project Gutenberg. First published in 1910.

Drake, Alicia. *The Beautiful Fall: Fashion, Genius, and Glorious Excess in 1970s Paris*. New York: Back Bay Books, 2007.

Dreifus, Claudia. "Chloe Wofford Talks About Toni Morrison." Interview with Toni Morrison. *New York Times Magazine*, September 11, 1994.

Ebert, Roger. "Interview with Jacqueline Susann." RogerEbert.com. rogerebert.com/interviews/interview-with-jacqueline-susann. Originally published in the *Chicago Sun Times*, July 18, 1967.

Ellis-Peterson, Hannah. "Mark Ronson Collaborates with Author Michael Chabon on Latest Album." *The Guardian*, November 9, 2014.

Ellman, Richard. *James Joyce*. Oxford, England: Oxford University Press, 1983.

"Event Marks Premiere of Joe Orton's Classic Play, *Entertaining Mr Sloane*." http://www.leicestermercury.co.uk/event-marks-premiere-orton-s-classic-play/story-21310846-detail/story.html.

Fainlight, Ruth. "Sylvia Plath: Reflections on Her Legacy." *The Guardian*, February 8, 2013.

Field, Andrew. *Djuna: The Formidable Miss Barnes*. London: Secker & Warburg, 1983.

Fitzgerald, F. Scott. *The Diamond as Big as the Ritz and Other Stories*. Mineola, NY: Dover Publications, 1998.

———. *The Great Gatsby*. New York: Scribner, 1995.

———. *The Last Tycoon*. New York: Charles Scribner's Sons, 1941.

———. *A Life in Letters*. Edited by Matthew J. Bruccoli and Judith S. Baughman. New York: Simon & Schuster, 1995.

———. *This Side of Paradise*. Ware, Hertfordshire: Wordsworth Editions, 2011.

Fitzgerald, F. Scott, and Zelda Fitzgerald. *Bits of Paradise: 21 Uncollected Stories*. Edited by Matthew J. Bruccoli and Scottie Fitzgerald Smith. London: Bodley Head, 1973.

———. *Dear Scott, Dearest Zelda: The Love Letters of F. Scott and Zelda Fitzgerald*. Edited by Jackson R. Bryer and Cathy W. Barks. New York: St. Martin's Press, 2002.

Fitzgerald, Zelda. *The Collected Writings*. Edited by Matthew J. Bruccoli. New York: Scribner, 1991.

Flanner, Janet, and Stanley Edgar Hyman. "The Talk of the Town." *The New Yorker*, February 22, 1947.

Flippo, Chet. "Tom Wolfe: The *Rolling Stone* Interview." *Rolling Stone*, August 21, 1980.

Foschini, Lorenza. *Proust's Overcoat: The True Story of One Man's Passion for All Things Proust*. Translated by Eric Karpeles. New York: Ecco, 2010.

Frankel, Susannah. "Isabella Blow: A Truly Original Style Icon." *The Independent*, May 8, 2007. http://www.independent.co.uk/news/people/profiles/isabella-blow-a-truly-original-style-icon-448083.html.

Freeman, John. "In Wolfe's Clothing." *Sydney Morning Herald*, December 18, 2004.

Fullbrook, Kate, and Edward Fullbrook. *Simone de Beauvoir and Jean-Paul Sartre: The Remaking of a Twentieth-Century Legend.* New York: Basic Books, 1994.

Gardiner, Juliet. *Oscar Wilde: A Life in Letters, Writing, and Wit.* London: Collins & Brown, 1995.

"Gertrude Stein Arrives and Baffles Reporters by Making Herself Clear." *New York Times*, October 25, 1934.

Goldman, Andrew. "Cornel West Flunks the President." *The New York Times,* July 22, 2011. http://www.nytimes.com/2011/07/24/magazine/talk-cornel-west.html.

Gompertz, Will. "Celebrating 50 Years of Joe Orton," *BBC News,* June 27, 2014. http://www.bbc.co.uk/news/entertainment-arts-28056359.

Gorman, Paul. *The Look: Adventures in Pop and Rock Fashion.* London: Adelita, 2006.

Graham, Sheilah. *The Real F. Scott Fitzgerald Thirty-Five Years Later.* New York: Grosset & Dunlap, 1976.

Greene, Richard. *Edith Sitwell: Avant Garde Poet, English Genius.* London: Virago, 2011.

Gruen, John. "Samuel Beckett Talks About Beckett." *Vogue*, December, 1969.

Gussow, Mel, and Charles McGrath. "Saul Bellow, Who Breathed Life into American Novel, Dies at 89." *New York Times*, April 6, 2005.

Hagman, Lyman. *Heart of a Woman, Mind of a Writer, and Soul of a Poet: A Critical Analysis of the Writings of Maya Angelou.* Lanham, MD: University Press of America, 1996.

Hale, Grace. Review of *Gonzo: The Life and Work of Dr. Hunter S. Thompson*, directed by Alex Gibney. *The Sixties* 2, no. 1 (2009): 79-82. doi: 10.1080/17541320902909599.

Hale, Kathleen. "'Yoga Pants Are Ruining Women' and Other Style Advice from Fran Lebowitz." *Elle*, March 24, 2015.

Hammond, Ed. "Small Talk: Michael Chabon." *Financial Times*, November 2, 2007.

Hanson, Barry. Interview with Joe Orton. Program notes of Peter Gill's Royal Court production of *The Erpingham Camp* and *The Ruffian on the Stair (Crimes of Passion)*, June 1967. http://www.petergill7.co.uk/pieces/joe_orton.html.

Harlan, Elizabeth. *George Sand.* New Haven, CT: Yale University Press, 2004.

Hartman, Darrell. "Style Icon Gay Talese: The Dean of Long-Form Journalism on the Necessity of Suits (and the terrors of normcore). *The Village Voice*, March 30, 2016. http://www.villagevoice.com/arts/style-icon-gay-talese-the-dean-of-long-form-journalism-on-the-necessity-of-suits-and-the-terrors-of-normcore-8450803.

Hastings, Selina. *Nancy Mitford: A Biography.* New York: Dutton, 1986.

Heimel, Cynthia. "Fran Lebowitz Isn't Kidding." *New York* magazine, September 14, 1981.

Heinz, Drue. "Ted Hughes, The Art of Poetry No. 71." *Paris Review*, Spring 1995.

Hemingway, Ernest. *The Green Hills of Africa.* New York: Scribner, 1935.

Hibbard, Allen, ed. *Conversations with William S. Burroughs.* Jackson: University Press of Mississippi, 2000.

Hilditch & Key. "Our Story." http://www.hilditchandkey.co.uk/our-story.aspx. 2016.

Hilton, Lisa. *The Horror of Love: Nancy Mitford and Gaston Palewski in Paris and London.* New York: Pegasus Books, 2013.

Hilton, Phil. "The Bret Easton Ellis Interview." *Shortlist Magazine.* http://www.shortlist.com/entertainment/the-bret-easton-ellis-interview.

Hirsch, Edward. "Susan Sontag, The Art of Fiction No. 143." *Paris Review*, Winter 1995.

Hitchens, Christopher. "Rebel in Evening Clothes." *Vanity Fair*, October 1999.

Hoby, Hermione. "Toni Morrison: 'I'm Writing for Black People . . . I Don't Have to Apologise.'" *The Guardian*, April 25, 2015.

Hook, Professor Andrew. *F. Scott Fitzgerald, A Literary Life, (Literary Lives)*. New York: Palgrave Macmillan, 2002.

Hughes, Robert. Transcript of a filmed interview with Vladimir Nabokov. Television 13 Educational Program, New York, September 1965. Last modified July 25, 1998. lib.ru/NABOKOV/Inter05.txt.

Humm, Maggie. *The Edinburgh Companion to Virginia Woolf and the Arts*. Edinburgh: Edinburgh University Press, 2010.

Hunt, Jemima. "The Didion Bible." *The Observer*, January 12, 2003.

Hussey, Andrew. *Paris: The Secret History*. New York: Bloomsbury, 2007.

Jack, Belinda. *George Sand: A Woman's Life Writ Large*. London: Vintage, 1999.

"International Best-Dressed Hall of Fame Inductees." *Vanity Fair*. http://www.vanityfair.com/style/photos/2014/08/the-international-best-dressed-list-hall-of-fame-2004-2014.

Jeffries, Stuart. "The Language of Exile." *The Guardian*, June 7, 2007.

Jones, LeRoi, ed. *The Moderns: An Anthology of New Writing in America*. New York: Corinth Books, 1963.

Joyce, James. *Dubliners*. New York: Modern Library, 1926.

———. *Letters of James Joyce*. Edited by Stuart Gilbert. New York: Viking, 1957.

———. *A Portrait of the Artist as a Young Man*. New York: Vintage, 1993.

———. *Ulysses*. New York: Modern Library, 1992.

Kamp, David. "A Style Is Born." *Vanity Fair*, October 21, 2011. http://www.vanityfair.com/news/2011/11/anderson-and-sheppard-201111.

Kaplan, James. "Smart Tartt." *Vanity Fair*, August 31, 1999. http://www.vanityfair.com/news/1992/09/donna-tartt-the-secret-history.

Kaplan, Joel H., and Sheila Stowell. *Theatre and Fashion: Oscar Wilde to the Suffragettes*. Cambridge, England: Cambridge University Press, 1994.

Kaprielian, Nelly. "Words of a Man." Interview with Rick Owens. Rick Owens (website). https://www.rickowens.eu/en/US/interviews/vogueparis-aug14. First published in *Vogue Paris*, August 2014.

Karbo, Karen. *The Gospel According to Coco Chanel, The World's Most Elegant Woman*. New Delhi: Om Books International: 2009.

Kasindorf, Martin. "Jackie Susann Picks Up the Marbles." *New York Times Magazine*, August 12, 1973.

Kirk, Connie Ann. *Sylvia Plath: A Biography*. Westport, CT: Greenwood Press, 2004.

Kot, Greg. "Patti Smith on Literary Heroes, Role Models, and Sinatra." *The Chicago Herald Tribune*, October 24, 2014.

Kuehl, Linda. "Joan Didion, The Art of Fiction No. 71." *Paris Review*, Fall–Winter 1978.

Kurutz, Steven. "Tom Wolfe's Tailor: A Man in Full Mastery." *New York Times*, November 28, 2004.

La Ferla, Ruth. "A Rare Spirit, A Rarer Eye. Interview with Patti Smith." *New York Times*, March 19, 2010.

Lahr, John. *Prick Up Your Ears: The Biography of Joe Orton*. New York: Knopf, 1978.

Lambert, Pat. "Talking with Donna Tartt, Cinderella Story." *Newsday*, October 4, 1992.

Lange, Maggie. "Here Are Zadie Smith and Chimamanda Adichie in Conversation." *New York magazine*, March 21, 2014.

Leader, Zachary. "'I Got a Scheme!'—The Moment Saul Bellow Found His Voice." *The Guardian*, April 17, 2015.

Lebowitz, Fran. *The Fran Lebowitz Reader*. New York: Vintage Books, 1994.

———. *Metropolitan Life*. New York: Dutton, 1978.

———. "The Social Life." *Vogue*, November 1, 1990.

———. *Social Studies*. New York: Random House, 1981.

Lee, Harper. *To Kill a Mockingbird*. New York: Grand Central, 1988.

Lee, Hermione. *Virginia Woolf*. New York: Knopf, 1997.

Lee, John M. "Beckett Wins Nobel for Literature." *New York Times*, October 24, 1969.

Les Misérables - 101 Amazing Facts You Didn't Know: Fun Facts and Trivia Tidbits Quiz Game Books. GWhizBooks.com, Kindle Edition, 2014.

Lewis, Michael. "How Tom Wolfe Became Tom Wolfe." *Vanity Fair*, October 31, 2015.

Li, Stephanie. *Toni Morrison: A Biography*. Westport, CT: Greenwood, 2009.

Lipsky, David. *Although of Course You End Up Becoming Yourself: A Road Trip with David Foster Wallace*. New York: Broadway Books, 2010.

Lubin, Georges. *Oeuvres Autobiographiques*. Paris: Gallimard, 1971.

Machen, Peter. "Patti Smith's Most Personal Interview: 'The Things That Make Me Feel Strange—I've Transformed Them into Work.'" *Salon*, October 5, 2015. www.salon.com/2015/10/05/patti_smiths_most_personal_interview_the_things_that_make_me_feel_strange_ive_transformed_them_into_work/.

Mackenzie, Suzie. "Finding Fact from Fiction." *The Guardian*, May 26, 2000.

Mansfield, Irving, and Jean Libman Block. *Life with Jackie*. Toronto: Bantam Books, 1983.

Marchese, David. "The SPIN Interview: Patti Smith." *Spin* magazine, September 1, 2008. http://www.spin.com/2008/09/spin-interview-patti-smith/.

"Mark Twain in White Amuses Congressmen." *New York Times*, December 8, 1906.

Marling, William. "What Lies Beneath Djuna Barnes." Modernism: American Salons. 1997. http://www.case.edu/artsci/engl/VSALM/mod/brandelmcdaniel/index/library.htm.

Martin, Gwen, and Evan J. Elkin. "Ladies and Cigars: Aficionadas: Women and Their Cigars." *Cigar Aficionado*, Summer 1995.

Max, D. T. *Every Love Story Is a Ghost Story: A Life of David Foster Wallace*. New York: Viking, 2012.

McBee, Thomas Page. "The *Rumpus* Interview with Zadie Smith." *The Rumpus*, January 1, 2013. therumpus.net/2013/01/the-rumpus-interview-with-zadie-smith/.

McCaffery, Larry. "A Conversation with David Foster Wallace." *Review of Contemporary Fiction* 13, no. 2 (1993).

McGrath, Charles. "A Rigorous Intellectual Dressed in Glamour." Obituary of Susan Sontag. *New York Times*, December 29, 2004.

McKillop, Alasdair. "How Frank Sinatra's Cold Became Part of Literary History." *Scottish Review*, May 11, 2016. http://www.scottishreview.net/AlasdairMcKillop33a.html.

"Memorial for Dorothy Parker." *Associated Press*, October 23, 1988. http://www.nytimes.com/1988/10/23/us/memorial-for-dorothy-parker.html.

Menand, Louis. "Imitation of Life: John Updike's Cultural Project." *The New Yorker*, April 28, 2014.

Mendelsohn, Daniel. "Rebel Rebel: Arthur Rimbaud's Brief Career." *The New Yorker*, August 29, 2011.

Mitford, Nancy. *Christmas Pudding*. London: Hamilton, 1975.

———. "The English Shooting Party." *Vogue* (1929).

———. *The Nancy Mitford Omnibus*. London: Hamilton, 1956.

———. *Noblesse Oblige*. New York: Harper & Row, 1956.

———. *The Pursuit of Love*. New York: Random House, 1946.

———. *The Water Beetle*. New York: Atheneum, 1986.

Moyle, Franny. *Constance: The Tragic and Scandalous Life of Mrs. Oscar Wilde*. New York: Pegasus Books, 2012.

Noble, Joan Russell, ed. *Reflections of Virginia Woolf by Her Contemporaries*. Athens: Ohio University Press, 1994.

Orr, Lyndon. *Famous Affinities of History: The Romance of Devotion*. Charleston, SC: BiblioBazaar, 2006.

Orr, Peter, ed. *The Poet Speaks: Interviews with Contemporary Poets Conducted by Hilary Morrish, Peter Orr, John Press, and Ian Scott-Kilvert*. London: Routledge, 1966.

Orton, Joe. *The Complete Plays*. New York: Grove

Weidenfeld, 1990.

———. *The Orton Diaries*. Edited by John Lahr. New York: Harper & Row, 1986.

Painter, George D. *Marcel Proust: A Biography*. New York: Vintage Books, 1978.

Parker, Dorothy. *The Collected Short Stories of Dorothy Parker*. New York: Modern Library, 1942.

———. *The Poetry and Short Stories of Dorothy Parker*. New York: Modern Library, 1994.

———. *The Portable Dorothy Parker*. New York: Viking, 1973.

———. "The Standard of Living." *The New Yorker*, September 20, 1941.

Pearce, Joseph. *The Unmasking of Oscar Wilde*. Ignatius Press; Reissue edition (6 July 2015).

Phanor-Faury, Alexandra. "Closet Envy: British Author Zadie Smith." *Essence*, June 1, 2010. http://www.essence.com/2010/06/02 closet-envy-zadie-smith.

Plath, Sylvia. *The Bell Jar*. New York: Harper & Row, 1971.

———. *Ariel*. New York: Harper Perennial Modern Classics Paperback, 1999.

———. *The Unabridged Journals of Sylvia Plath*. Edited by Karen V. Kukil. New York: Anchor Books, 2000.

Plimpton, George. "Tom Wolfe, The Art of Fiction No. 123." *Paris Review*, Spring 1991.

———. "Maya Angelou, The Art of Fiction No. 119." *Paris Review*, Fall 1990.

———. ed. *Writers at Work: The Paris Review Interviews*, Volume 4. New York: Viking, 1976.

Plumb, Cheryl J. *Fancy's Craft: Art and Identity in the Early Works of Djuna Barnes*. Selinsgrove, PA: Susquehanna University Press, 1986.

Proust, Marcel. *In Search of Lost Time* (Proust Complete - 6 Volume Box Set).Translated by C. K. Scott Moncrieff. Edited by Richard Howard. New York: Modern Library, 2003.

Quinn, Arthur Hobson. *Edgar Allan Poe, A Critical Biography*. Baltimore: Johns Hopkins University Press, 1997.

Raby, Peter, ed. *The Cambridge Companion to Oscar Wilde*. Cambridge, England: Cambridge University Press, 1997.

Ratcliffe, Susan, ed. *The Oxford Dictionary of Quotations by Subject*. Oxford, England: Oxford University Press, 2010.

Ray, Nicholas, dir. *Rebel Without a Cause*. DVD, Los Angeles: Warner Bros, 1955.

Rimbaud, Arthur. *Collected Poems*. Translated by Martin Sorrell. Oxford, England: Oxford University Press, 2001.

———. *Selected Poems and Letters*. Translated by Jeremy Harding and John Sturrock. New York: Penguin Classics, 2004.

Robb, Graham. *Rimbaud: A Biography*. London: Picador, 2000.

Salter, Elizabeth. *The Last Years of a Rebel: A Memoir of Edith Sitwell*. Boston: Houghton Mifflin, 1967.

Samuels, Charles Thomas. "John Updike, The Art of Fiction No. 43." *The Paris Review*, Winter 1968.

Sand, George. *The Devil's Pool and Other Stories*. Translated by E. H. Blackmore, A. M. Blackmore, and Francine Giguere. Albany: State University of New York Press, 2004.

———. *Indiana*. Translated by Sylvia Raphael, edited by Naomi Schor. Oxford, England: Oxford University Press, 2008.

———. *Jealousy, Teverino*. Translated anonymously. Fredonia Books, 2004.

———. *Story of My Life: The Autobiography of George Sand*. Edited by Thelma Jurgrau. Albany: State University of New York Press, 1991.

———. *Winter in Majorca*. Translated by Robert Graves. Chicago: Academy Press, 1978.

Schappell, Elissa, with Claudia Brodsky-Lacour. "Toni Morrison, The Art of Fiction 134." *Paris Review*, Fall 1993. theparisreview.org/interviews/1888/the-art-of-fiction-no-134-toni-morrison.

Schine, Cathleen. "People Are Talking About: Fran Lebowitz. The Wit." *Vogue*, January 1, 1982.

Schneider, Pierre. "Paris: Fresh Look at Colette's Work." *New York Times*, April 9, 1973.

Schreiber, Daniel. *Susan Sontag: A Biography*. Translated by David Dollenmayer. Evanston, IL: Northwestern University Press, 2014.

Scorsese, Martin, dir. *Public Speaking*. Documentary. HBO Documentary Films and American Express Portraits, 2010.

Scott, Bonnie Kime. *Refiguring Modernism. Volume 1: The Women of 1928*. Bloomington: Indiana University Press, 1996.

Seaman, Barbara. *Lovely Me: The Life of Jacqueline Susann*. New York: William Morrow, 1987.

Sebring, Steven, dir. *Patti Smith: Dream of Life*. Clean Socks and Thirteen/WNET, 2008.

Seymour-Jones, Carole. *A Dangerous Liaison: A Revelatory New Biography of Simone de Beauvoir and Jean-Paul Sartre*. New York: Overlook Press, 2009.

"Short Novels of Colette." Questia.com, https://www.questia.com/library/501356/short-novels-of-colette.

Simon, John. "Beckett Two Ways." Review of *The Letters of Samuel Beckett: Volume 3, 1957–1956* by Samuel Beckett, George Craig, Martha Dow Fehsenfeld, Dan Gunn, and Lois More Overbeck. *New Criterion*, April 2015.

Sitwell, Edith. *Fire of the Mind: An Anthology*. Edited by Elizabeth Salter and Allanah Harper. London: Michael Joseph, 1976.

———. *Taken Care of: An Autobiography*. Hutchinson & Co. Ltd., 1965.

Sitwell, William. "Edith Sitwell, Eccentric Genius." *The Telegraph Newspaper*, March 11, 2011. http://www.telegraph.co.uk/culture/books/biographyandmemoirreviews/8373893/Edith-Sitwell-eccentric-genius.html.

Skerl, Jennie. *William S. Burroughs*. Boston: Twayne Publishers, 1985.

Smith, Joseph H. *The World of Samuel Beckett*. Baltimore: Johns Hopkins University Press, 1991.

Smith, Patti. *The Coral Sea*. New York: W. W. Norton, 1996, reissued 2012.

———. *Just Kids*. New York: Ecco, 2010.

———. *Salon.com*. interview with Peter Machen, 2015.

Smith, Zadie. *On Beauty*. New York: Penguin Press, 2005.

———. *White Teeth*. New York: Random House, 2000.

———. "Zadie Smith Talks with Ian McEwan." *The Believer*, August 2005. http://www.believermag.com/issues/200508/?read=interview_mcewan.

Sontag, Susan. *Against Interpretation*. London: Vintage, 1994.

———. *Reborn*. London: Hamish Hamilton, 2009.

Stein, Gertrude. *The Autobiography of Alice B. Toklas*. New York: Penguin Classics, 2001.

———. *Everybody's Autobiography*. Exact Change, 2004.

———. *Paris France*. England. Liveright; 1 edition (June 24, 2013).

———. "People and Ideas: Pierre Balmain—New Grand Success of the Paris Couture, Remembered from Darker Days." *Vogue*, December 1, 1945.

———. *Selected Writings of Gertrude Stein*. Edited by Carl van Vechten. New York: Vintage, 1990.

Stein, Sadie. "Greenwich Village 1971." *The Paris Review, The Daily*, May 12, 2016. http://www.theparisreview.org/blog/2016/05/12/greenwich-village-1971/.

Stendhal, Renate. *Gertrude Stein in Words and Pictures*. London: Thames & Hudson, 1995.

Susann, Jacqueline. *Once Is Never Enough*. New York: Grove Press, 1997.

———. *Valley of the Dolls*. New York: Grove Press, 1997.

Tadie, Jean-Yves. *Marcel Proust: A Life*. Translated by Euan Cameron. New York: Viking, 2000.

Tang, Dennis. "Style Icon: John Updike." *GQ*, May 24, 2012. http://www.gq.com/gallery/john-updike-style-icon.

Tartt, Donna. "Donna Tartt: By the Book." *New York Times*, October 17, 2013.

———. *The Secret History*. New York: Knopf, 1992.

———. "Sleepytown: A Southern Gothic Childhood with Codeine." *Harper's* magazine, July 1992.

———. "This Much I Know." *The Guardian*, November 15, 2003.

"Ten Minutes with a Poet: A Reporter Greets Oscar Wilde on His Arrival." *New York Times*, January 3, 1882.

Thompson, Dave. *Dancing Barefoot: The Patti Smith Story*. Chicago, IL: Chicago Review Press, 2011.

Thompson, Hunter S. *Fear and Loathing in America: The Brutal Odyssey of an Outlaw Journalist. The Gonzo Letters, Volume II, 1968–1976*. Edited by Douglas Brinkley. New York: Simon & Schuster, 2000.

———. *Fear and Loathing in Las Vegas*. New York: Vintage Books, 1998.

———. *Hell's Angels: A Strange and Terrible Saga*. New York: Modern Library, 1999.

———. *Kingdom of Fear: Loathsome Secrets of a Star-Crossed Child in the Final Days of the American Century*. New York: Simon and Schuster, 2003.

———. *The Proud Highway: Saga of a Desperate Southern Gentleman, 1955–1967. The Fear and Loathing Letters, Volume One*. Edited by Douglas Brinkley. New York: Ballantine Books, 1998.

Thompson, Laura. *Life in a Cold Climate: Nancy Mitford, The Biography*. London: Head of Zeus, 2015.

Thorpe, Vanessa. "The Secret History of Donna Tartt's New Novel." *The Guardian*, July 28, 2002.

"Timeline: Katie Eary." *British Vogue*. February 4, 2014. http://www.vogue.co.uk/brand/katie-eary.

Torrey, Beef, and Kevin Simonson, eds. *Conversations with Hunter S. Thompson*. Jackson, MS: University Press of Mississippi, 2008.

Tosches, Nick. "Patti Smith: A Baby Wolf with Neon Bones." *Penthouse* magazine, April 1976.

Turnbull, Andrew. *Scott Fitzgerald (Vintage Lives)*. New York: Vintage Classics, 2004.

Twain, Mark. *The Adventures of Huckleberry Finn*. New York: Penguin Classics, 2003.

———. *Autobiography of Mark Twain: The Complete and Authoritative Edition*. Vol. 2. Edited by Benjamin Griffin and Harriet Elinor Smith. Berkeley: University of California Press, 2013.

———. "The Czar's Soliloquy." *North American Review* 180, March 1, 1905.

Updike, John. "A&P." *The New Yorker*, July 22, 1961.

———. *Rabbit, Run*. New York: Alfred A. Knopf, 1960.

———. *Rabbit at Rest*. New York: Alfred A. Knopf, 1990.

Viner, Katharine. "A Talent to Tantalise." *The Guardian*, October 18, 2002.

Vonnegut, Kurt. "How to Write with Style." Advertisement by International Paper Company in *IEEE Transactions on Professional Communication* PC-24, no. 2: June 1980.

Vreeland, Diana. *D.V.* New York: Ecco Press, 2011.

Wallace, David Foster. *Brief Interviews with Hideous Men*. Boston: Little, Brown, 1999.

———. *Consider the Lobster and Other Essays*. New York: Little, Brown, 2005.

———. *Infinite Jest*. Boston: Little, Brown, 1996.

———. *This Is Water: Some Thoughts, Delivered on a Significant Occasion, About Living a Compassionate Life*. New York: Little, Brown, 2009.

Waters, John. "John Waters on William S. Burroughs." Interview by Ben Ahlvers. Burroughs100.com, October 23, 2013.

Wenner, Jann S., and Corey Seymour. *Gonzo: The Life of Hunter S. Thompson*. New York: Back Bay Books, 2007.

West, Cornel. *Brother West: Living and Loving Out Loud.* New York: SmileyBooks, 2009.

Wharton, Edith. *The House of Mirth.* Mineola, NY: Dover, 2002.

White, Edmund. *Marcel Proust: A Life.* New York: Viking, 1999.

White, Edmund. *The Double Life of a Rebel.* London: Atlantic Books, 2009.

Whitestone, Cheryl, and Diana Cardea, dir. *Quentin Crisp: Final Encore.* Interview, July 1999. http://www.quentincrispfinalencore.com.

Wilde, Oscar. *The Complete Works of Oscar Wilde.* New York: Harper Perennial, 1989.

———. *Interviews and Recollections.* London: Palgrave Macmillan, 1979.

———. *Oscar Wilde on Dress.* Edited by John Cooper. Philadelphia: CSM Press, 2013.

"William Burroughs." Obituary. *The Telegraph.* August 4, 1997.

Wilson, Andrew. "Sylvia Plath's London." *ES Magazine,* February 22, 2013. http://www.standard.co.uk/lifestyle/esmagazine/sylvia-plaths-london-when-i-came-to-my-beloved-primrose-hill-with-the-golden-leaves-i-was-full-of-8505529.html.

Wilson, Elizabeth. *Adorned in Dreams: Fashion and Modernity.* New Brunswick, NJ: Rutgers University Press, 2003.

Winder, Elizabeth. *Pain, Parties, Work: Sylvia Plath in New York, Summer 1953.* New York: Harper, 2013.

Wolfe, Tom. *The Bonfire of the Vanities.* New York: Farrar, Straus and Giroux, 1987.

———. "The 'Me' Decade and the Third Great Awakening." *New York* magazine, August 23, 1976.

———. "Radical Chic: That Party at Lenny's." *New York* magazine, June 8, 1970.

———. "The Secret Vice." *Keikari.com.* Posted April 26, 2013. keikari.com/english/the-secret-vice-by-tom-wolfe/. Originally published in the *New York Herald Tribune,* 1966.

———. "The Twentieth Century's Greatest Comic Writer in English." *Wall Street Journal,* February 22, 2005 (updated). wsj.com/articles/SB110903593760860492.

Wood, Gaby. "Are Ya Still Alive, Djuna?" Review of *Djuna Barnes* by Philip Herring. *London Review of Books,* July 4, 1996.

———. "Prime Time: 30s—Elements of Style." *Vogue,* August 1, 2006.

Woods, Sean. "Getting to Know David Foster Wallace: An Interview with *Rolling Stone* Contributing Editor David Lipsky." *Rolling Stone,* October 30, 2008.

Woolf, Virginia. *The Diary of Virginia Woolf, Volume 1: 1915–1919.* Edited by Anne Olivier Bell. Harmondsworth, England: Penguin, 1979.

———. *The Diary of Virginia Woolf,* Volume 3: *1925–1930.* Edited by Anne Oliver Bell. San Diego: Harcourt Brace Jovanovich, 1980.

———. *The Letters of Virginia Woolf, Volume 1: 1888–1912.* Edited by Nigel Nicolson and Joanne Trautmann Banks. London: Houghton Mifflin Harcourt, 1977.

———. *The Letters of Virginia Woolf, Volume 2: 1912–1922.* Edited by Nigel Nicolson and Joanne Trautmann Banks. London: Harvest Books, 1976.

———. *Mrs. Dalloway.* London: Penguin Modern Classics, 2000.

———. *Orlando.* New York: Harcourt Brace Jovanovich, 1973.

———. *The Virginia Woolf Reader.* Edited by Mitchell A. Leaska. San Diego: Harcourt Brace Jovanovich, 1984.

图片来源

Alamy Stock Photo: Callister, Dan: 190; Colaimages: 71; Everett Collection Historical: 53, 81, 83, 135, 187; Granger Historical Archive: 21; 78, 下图 ; 164, 下图 ; Heritage Image Partnership Ltd: 171; INTERFOTO: 101; Photo Researchers Inc: 16; Pictorial Press Ltd/Alamy: 59, 113, 147, 160, 175; The Print Collector: 25; Sherratt, Adrian: 184; SPUTNIK: 157; Sykes, Homer: 129; Trinity Mirror/Mirrorpix: 92.

Cannarsa, Basso: 103, 下图 : © Basso Cannarsa/Opale/Leemage.

Getty Images: Adoc-Photos: 141; Anderson, Ulf: 102; Beaton, Cecil: 62; Beckman, Janette: 48; 77, 下图 ; Bentley Archive: 89; Bettmann: 56, 79, 126, 150; Bloomberg: 103, 上图 ; Bryson, John: 136; Dean, Loomis: 167; DeAratanha, Ricardo: 45, 下图 ; Fadek, Timothy: 104; Felver, Chris: 120; Gay, John: 77, 上图 ; Galella, Ron, Ltd.: 86; Galella, Ron/Getty Images/Handout: 15; Getty Images/Handout: 169; Goldsmith, Lynn: 37; Goode, Jeff: 45, 上图 ; Hewitt, Charles: 95; Hopkins, Thurston: 180; Hulton Archive: 31, 68, 125; Jarnoux, Patrick: 165; Kisby, Roger: 40; Lancaster, Reg: 177; Lovekin, Stephen: 85; Mauney, Michael: 164, 下图 ; McPherson, Colin: 154; Ochs, Michael: 119, 132; Photo 12: 65, 74, 116, 163; Rathe, Joanne/ The Boston Globe: 22; STF: 98; Theisen, Earl: 105; TIME Life Pictures Ullstein bild: 12; 144; Venturelli: 78, 上图 ; The Washington Post: 183.

Greenfield-Sanders, Timothy: 110.

Hannabarger, Gary: 47: © 2016 Gary Hannabarger.

Rex/Shutterstock: Dryden, Ian: 9; Everett Collection Harlingue: 28;

Mydans, Carl: 34.

Trunk Archive: Howe, Susanna: 107; Inez and Vinoodh: 153.

Wasser, Julian: 封面琼 · 狄迪恩像 : © Julian Wasser.

Wolman, Baron: 43, 44: © Iconic Images/Baron Wolman.

著作权合同登记：图字 01-2023-1199

LEGENDARY AUTHORS AND THE CLOTHES THEY WORE
Copyright © 2017 by Terry Newman.
Published by arrangement with Harper Design, an imprint of HarperCollins Publishers.

图书在版编目（CIP）数据

名作家和他们的衣橱 / (英)特莉·纽曼著；林燕译. -- 北京：天天出版社, 2025.2
ISBN 978-7-5016-2252-8

Ⅰ.①名… Ⅱ.①特… ②林… Ⅲ.①随笔-作品集-英国-现代 Ⅳ.①I561.65

中国国家版本馆CIP数据核字(2024)第037052号

责任编辑：郭剑楠	美术编辑：丁 妮
责任印制：康远超 张 璞	

出版发行：天天出版社有限责任公司
地址：北京市东城区东中街42号　　　　邮编：100027
市场部：010-64169002

印刷：北京博海升彩色印刷有限公司　　经销：全国新华书店等
开本：710×1000　1/16　　　　　　　　印张：13
版次：2025年2月北京第1版　　印次：2025年2月第1次印刷
字数：182千字

书号：978-7-5016-2252-8　　　　　　　定价：128.00元

版权所有·侵权必究
如有印装质量问题，请与本社市场部联系调换。